Wenn man überhaupt nicht weiß,

in welche Richtung man gehen möchte,

irrt man orientierungslos durch die Gegend.

Anni Temp

# Blutdeal

Vampire kommen später

Bibliografische Information der Deutschen Nationalbibliothek:
Die Deutsche Nationalbibliothek verzeichnet diese Publikation in der Deutschen Nationalbibliografie; detaillierte bibliografische Daten sind im Internet über http://dnb.dnb.de abrufbar.

© 2016 Anni Temp

Herstellung und Verlag:
BoD – Books on Demand, Norderstedt

ISBN: **9783741238031**

# 1.

*Sie ist mein einziger Lebensinhalt. Ich werde nach ihr suchen, und wenn es das Letzte ist, was ich tue.*

Nachdenklich klappte Adriana das Buch zu und lehnte sich zurück. Das Buch trägt den Namen *Wahrheit* und es hat ein Schweizer namens Thomas Wind geschrieben. *Wahrheit* ist ein Buch mit nur 153 Seiten und erschien vor drei Jahren in einer Auflage von 500 Stück. Dennoch hatte es nur 59 Sfr gekostet. Adriana grinste. Offenbar wollten nur Fanatiker wie sie die Wahrheit wissen. Wie viele andere auch schwärmte Adriana für die mystischen Wesen, tat sie aber anfangs als Phantasiegestalten ab.
Mittlerweile füllte ein ganzes Bücherregal das Genre Vampire. Und nun hatte sie dieses Buch. Es handelt von den letzten Tagen des Autors bevor er das Buch schrieb.
Thomas hatte eine mysteriöse junge Frau kennengelernt, nur kurz in einem Café in Luzern. Sie hatte ihn so fasziniert, dass er sie ansprach. Thomas war ein Vampir-Fanatiker und so wie sie stellte er sich eine Vampir-Frau vor: schlank, fast feingliedrig, scheu in der Öffentlichkeit und mit blasser Haut. Sie hatte sich nur oberflächlich mit ihm unterhalten.
Aber Thomas war total verschossen in sie und noch mehr von dem Wunsch beseelt, selbst so wie sie zu werden. Er war überzeugt davon, dass sie ein Vampir war. Doch sprach er mit niemandem darüber, man hätte ihn eh nur verlacht.
Heimlich forschte er nach ihr und fand heraus, dass sie in einer Wohnung am Rande von Luzern im Schatten der

Berge wohnte. Durch geschicktes Nachfragen erfuhr er, dass sie Sylvia hieß.

Im Buch beschreibt er seine Bemühungen, mehr über sie und über die wahre Natur der Vampire herauszufinden. Er fand heraus, dass sich Vampire tatsächlich am liebsten im Dunklen bewegten. Das Sonnenlicht schwächte sie. Es war wohl so, als würden Vampire, die sich mehr als eine halbe Stunde in der Sonne aufhielten, anfangen zu fiebern, und die gleichen Symptome aufweisen, wie wir Menschen bei einer schweren fiebrigen Erkältung. Allerdings konnte ein schattiges Plätzchen unter einem Baum oder eine dunkle Ecke in einem Café schon Linderung verschaffen.

Wie sich Sylvia ernährte, konnte Thomas nicht mit Sicherheit sagen. Er sah sie immer nur warme Getränke wie Kaffee oder Tee zu sich nehmen, niemals aber mit Zucker oder Milch. Auch sah er sie nie essen. All diese Beobachtungen bestärkten ihn in seiner Meinung und als er sie schließlich Wochen später wieder in diesem Café antraf, nahm er all seinen Mut zusammen und fragte sie, ob er mit seinen Vermutungen richtig lag. Am Anfang lachte sie, aber als sie seinen Augen ansah, dass es ihm ernst war, verließ sie das Café. Auch er bezahlte und folgte ihr. Sie hatte im Schatten eines Hauses auf ihn gewartet. Gemeinsam liefen Sie durch schattige Straßen und er erhielt auf jede seiner Fragen eine Antwort.

Sie waren bereits weit aus dem Stadtkern von Luzern hinausgewandert, als er sie fragte, ob er so werden könnte wie sie. Sie sah ihn lange mit ihren dunkelblauen Augen an und meinte schließlich, dass er erst einmal Zeit brauche, sich genau zu überlegen, was ihm seine Menschlichkeit bedeutet und worauf er verzichten müsste. Sie meinte, dass die Zeit noch nicht reif wäre. Als er dann den Blick

senkte, spürte er einen leichten Luftzug und Sylvia war weg.
Noch oft saß er stundenlang in dem Café und wartete. Doch er sah sie nicht wieder.

Tief in ihrem wunderbar bequemen Korbsessel zurückgelehnt, dachte Adriana über das Buch nach. Dieses Buch war so wirklichkeitsnah und ohne Schnörkel geschrieben, dass es ein Tatsachenbericht sein könnte. In ihr reifte der Plan, nach Thomas Wind zu forschen. Der Gedanke, es könnte so etwas wie Unsterblichkeit geben, faszinierte sie. Außerdem hatte sie sowieso nichts mehr zu verlieren.
Bevor ihre Gedanken in die Schatten der Vergangenheit abdriften konnten, schlief sie ein.

## 2.

Geld war kein Problem – nicht mehr. Adriana wohnte mit ihrem damals siebenjährigen Sohn in einer Kleinstadt im Süden von Sachsen-Anhalt. Sie hatte das große Glück gehabt, einen Lottojackpot mit 18 Millionen Euro zu gewinnen. In der Nähe der Kleinstadt kaufte sie sich ein Häuschen in Hanglage mit einem kleinen Weinberg und zog mit ihrem Sohn dorthin. Sie kannte Leute in Bayern, die ebenfalls sehr viel Geld hatten und erbat sich Hilfe bei der Anlage ihres Geldes. Es stellte sich heraus, dass deren Finanzberater ein Steuerberater ganz in der Nähe war. Schließlich stammten die Bayern ursprünglich aus der Saale-Unstrut-Gegend. Frank Bentlig hieß er, war verheiratet und hatte ein schönes Haus. Ihm ging es nicht schlecht und daher übte er seinen Job nur noch für einige wenige Klienten aus, mehr aus Hobby als des Geldes wegen. Nach und nach war aus der anfänglichen Geschäftsbeziehung zu Adriana eine Freundschaft entstanden.

Adriana und ihr Sohn Tony waren glücklich miteinander. Sie liebte ihren Sohn und erfüllte ihm jeden Wunsch und Tony gab seiner Mutter sehr viel Liebe zurück. Es war wie ein wunderschöner Traum, dem ein böses Erwachen folgten sollte.

An einem Donnerstag im April vor zweieinhalb Jahren fand dieses Glück ein jähes Ende. Tony kam von der Schule nicht nach Hause. Er war sonst immer pünktlich und rief an, wenn es später werden würde.

Mit ungutem Gefühl ging Adriana zur Bushaltestelle. Schon von weiten sah sie den querstehenden Lastkraftwagen und die blauen Rundumleuchten der

Polizei. Mit zitternden Knien und flatterndem Herzen näherte sie sich der Unfallstelle, innerlich hoffend, nicht das vorzufinden, wovor sie sich so sehr fürchtete. Mit einem schmerzenden Kloß im Hals versuchte sie einem Polizeibeamten klarzumachen, dass ihr zehnjähriger Sohn Tony nicht nach Hause gekommen sei. Der Polizeibeamte kannte den Namen des hier tödlich verunglückten Kindes vom Inhalt des Schulranzens. Er ging mit Adriana ein Stück beiseite und sagte betroffen, dass sie jetzt sehr stark sein müsse.

Das Bild ihres Sohnes, wie er da auf der Trage des Krankenwagens lag, würde Adriana nie vergessen können. Die kommenden Minuten, Stunden, Tage bis zur Beerdigung waren unerträglich. Nur die Pflicht zu tun, was getan werden musste, hielt sie aufrecht. Am Grab ihres Sohnes brach sie dann zusammen und wachte erst am folgenden Tag im Krankenhaus wieder auf.

Adriana hatte niemanden, keine Familie mehr und richtige Freunde waren schwer zu finden. Die einzigen Besucher waren ihre Haushälterin und ihr Steuerberater mit seiner Frau. Es war eine unerträgliche Zeit des Leids. Die Ärzte gaben Adriana Beruhigungsmittel und entließen sie nur unter der Option nach Hause, dass eine ständige Betreuerin anwesend war. Linda und Frank besuchten sie oft und gaben ihr Kraft, diese Leidenszeit zu überstehen. Oftmals fehlte Adriana der Wille zum Essen, Trinken und zum Weiterleben. Erst nach über einem halben Jahr trat langsam eine Besserung ein. Irgendwer hatte ein Buch auf das Beistelltischchen neben Adrianas Sessel gelegt. Es war ein Fantasy-Roman – eine willkommene Flucht aus der realen Welt. Es folgte ein zweiter Fantasy-Roman. Und da Adriana wieder anfing normal zu essen und die

Lebensgeister sich wieder regten, förderten ihre Freunde das Lesen und besorgten ihr Bücher.
Tonys Zimmer hatte sie nie wieder betreten. Sie bat Erika, das Zimmer räumen zu lassen und irgendwann holte eine Hilfsorganisation das Zimmer ab. Ihr blieben nur noch Fotos und gemalte Bilder, welche Erika sorgsam in Kartons packte, die nun in Adrianas Arbeitszimmer verstaubten. Bis jetzt hatte sie es nicht über sich gebracht, in die Kartons hineinzusehen. Adriana hatte zu viel Angst vor einem erneuten Zusammenbruch, denn sie hatte Linda und ihre Haushälterin unfreiwillig belauscht, die sich damals gegen die Einweisung eines Arztes wehrten, der sie in eine psychiatrische Klinik stecken wollte.

Adriana erwachte und rieb sich den schmerzenden Nacken. Die Kerze auf den Beistelltischchen brannte noch. Sie blies sie aus und ging zu Bett. Morgen würde sie mit den Nachforschungen zu Thomas Wind beginnen.

# 3.

Die Morgensonne kitzelte Adriana wach. Unten rumorte die Haushälterin und bereitete sicher schon das Frühstück vor. Nach einer erfrischenden Dusche begab sie sich nach unten in die Küche. Durch die Terrassentür lockte eine warme Herbstsonne nach draußen, so dass sich Adriana zwei belegte Toastscheiben und einen Kaffee auf einem Tablett mit hinaus auf die Terrasse nahm. Einen Augenblick ließ sie sich die Morgensonne ins Gesicht scheinen und fing an zu frühstücken. Die Haushälterin wünschte guten Morgen und verabschiedete sich, als Adriana ihre Frage nach weiteren Wünschen verneinte. Sie würde heute Nachmittag mit dem Einkauf zurückkehren und nach dem Rechten schauen. Erika war um die fünfzig Jahre alt und eine richtige gute Seele. Sie pflegte das Haus, kümmerte sich um den Einkauf und beauftragte ihren Mann von Zeit zu Zeit zum Rasenmähen und Hecke schneiden. Adriana vertraute ihr und ließ ihr freie Hand.
Mit wehmütigem Blick sah Adriana auf den verwaisten Pool. Er war noch nicht abgedeckt. Tony mochte den abgedeckten Pool nicht...
Weitere Gedanken in diese Richtung verdrängte Adriana schnell. Sie schnappte sich das Tablett und kam nach wenigen Augenblicken mit einer frischen Tasse Kaffee und ihrem Laptop bewaffnet auf die Terrasse zurück. Sie hatte sich eine Aufgabe gestellt.
Dem Cover des Buches *Wahrheit* war zu entnehmen, dass Thomas Wind Lehrer an einer Primarschule in Luzern sei und dort Deutsch- und Sportunterricht gab. Das Buch war offenbar sein einziges Buch, zumindest fanden sich im Internet keine weiteren Anhaltspunkte zum Autor.

Also schrieb sich Adriana die Adressen der Primarschulen in Luzern auf und wollte dort ihr Glück versuchen. Sie überlegte, wann der beste Zeitpunkt für die Reise wäre.

Warum nicht gleich? Sie musste auf niemanden Rücksicht nehmen. Verpflichtungen gab es nicht. Morgen würde sie aufbrechen. Sie würde nur Frank und Linda Bescheid geben und auch Erika informieren.

Voller Tatendrang packte Adriana einen kleinen Koffer mit Klamotten für eine Woche und ging in die Garage. Der VW-Touareg war gerade von der Inspektion zurück. Er hatte die Garage in den letzten zweieinhalb Jahren nur zur Inspektion verlassen. Ihre Wege hatte Adriana mit dem Golf erledigt. Jetzt gab es einen guten Grund, das große Auto mal wieder auszuführen. Sie packte die Tasche hinein und programmierte das Navi. Dann telefonierte sie mit Linda und versprach vorsichtig zu fahren. Ihr Angebot mitzukommen schlug sie aus. Schließlich konnte sie den wahren Grund für ihre Reise Linda und Frank nicht nennen. Sie würden sie für verrückt erklären, wenn sie ihnen sagen würde, dass sie einen Schriftsteller besuchen und ihn nach dem Wahrheitsgehalt seines Buches über eine Vampirfrau fragen wolle, welches auch noch den Titel *Wahrheit* trug. Dieser Gedanke brachte sie zum Grinsen.

Das Wetter zeigte sich Ende September von seiner schönsten Seite und Adriana genoss es. Wieder einmal drehten sich ihre Gedanken darum, was sie mit sich, ihrer Zeit und dem vielen Geld anfangen sollte. Frank kümmerte sich sehr geschickt um ihre Geldanlagen. Trotz der ständigen Ausgaben, des Hauskaufes und der vielen Dinge, die Adriana schon zu Tonys Lebzeiten angeschafft hatte, war ihr Vermögen noch größer geworden. Anfangs

hatte sie versucht, die finanziellen Dinge kontrollieren zu wollen und den Finanzdschungel zu verstehen. Sie war kläglich gescheitert und Frank dankbar, dass er ihr die Gelddinge abnahm. Sie vertraute ihm und wusste wie geschickt er mit dem Geld umging.
Wenn sie aus Luzern zurück war, musste sie sich wirklich ernsthaft überlegen, was sie mit dem Geld anfangen könnte. Etwas womit sie sich beschäftigen konnte. Eine Aufgabe.
Adriana erwachte gegen drei Uhr morgens. Sie war zu aufgeregt, um weiterzuschlafen. Sie war am gestrigen Abend zwar erst spät ins Bett gegangen, da sie noch die laue Spätsommernacht genossen hatte. Dennoch erwachte sie so früh. Die Sachen waren schon gepackt und im Auto verstaut. Nach einer ausgiebigen Dusche schnappte sie sich noch die Handtasche und den Laptop und fuhr zehn Minuten später vom Hof.

# 4.

*Spende Blut – rette Leben!* las Adriana auf der Rückseite des Kassenbons und hatte diesen Slogan gleich darauf wieder vergessen. Sie stand auf und verließ nach einem unbefriedigenden Frühstück die Autobahnraststätte. Es war kurz nach sechs Uhr und in paar Minuten würde sie die ehemalige innerdeutsche Grenze passieren.

Ihr Auto stand vor einer Reklame mit dem Slogan: *Spende Blut – rette Leben!*

‚Schon wieder', schoss es Adriana durch den Kopf und hatte auch dieses Werbeplakat gleich wieder vergessen.

Mit ruhigen einhundertvierzig Kilometern pro Stunde im Tempomat fuhr Adriana die Autobahn entlang und grübelte über ihre Zukunft nach.

Adriana hatte einen Haufen Geld und nichts zu tun. Eine ganze Weile ging das gut, doch irgendwie regte sich Unruhe in ihr. Irgendetwas musste sie tun. Etwas Sinnvolles. Etwas Cooles. Etwas Neues. Aber was? Wenn man überhaupt nicht weiß, in welche Richtung man gehen möchte, irrt man orientierungslos durch die Gegend.

Welche Möglichkeiten gab es?

Verkaufen? Aber was? Zum Verkaufen muss man geboren sein. Das war nichts für Adriana.

Wohltätigkeit? Ja, nicht schlecht, aber eine dauerhafte befriedigende Tätigkeit war das auch nicht. Letztlich geht es nur ums Geld und irgendwann rennen sämtliche Hilfebedürftigen einem die Tür ein. Wie viele Promis waren denn in wohltätigen Organisationen tätig oder agierten als deren Schirmherren und dennoch tat sich nichts Gravierendes. Nein, da würden weiterhin ihre anonymen Spenden ausreichen müssen.

Was gab es noch?

Dienstleistung? Schon vor dem Lottogewinn hatte Adriana davon geträumt, ein zweites *Tropical Island* oder einen Wellness-Tempel zu bauen. Nur würde das hier in der Gegend wirklich ankommen? Würde dies eine befriedigende Tätigkeit darstellen? Würde nicht erneut lange Weile eintreten, wenn das Projekt abgeschlossen war und laufen würde? Und wenn dieses Konzept nicht aufgeht? Eine Millionenruine und der dazugehörige Ärger? Nein, danke!

Was gab es noch?

Adriana fiel nichts ein. Bei einer Raststätte kurz vor Stuttgart bog der Touareg von der Autobahn ab. Durch das viele Nachsinnen war die Zeit schnell vergangen und eine Pause dringend notwendig. Diesmal sah das Restaurant sehr modern und neu aus und Adriana kam eine Stunde später mit zufriedenem Gesicht wieder heraus.
Es war nun bald fünfzehn Uhr und Adriana hatte nicht mehr viel Lust zum Fahren. Da es warm und sonnig war, schnappte sie sich den Laptop, setzte sich auf die Bank neben ihrem Auto und suchte nach etwas Schönem zum Übernachten. Sie war nicht mehr weit vom Bodensee entfernt – höchstens noch zwei Fahrstunden. Ihr fiel ein, dass sie vor längerer Zeit bereits einmal in Konstanz gewesen war und sie hatte diese Stadt in sehr guter

Erinnerung. Dort gab es auch dieses Inselhotel und genau da würde sie übernachten. Sie suchte sich im Internet die Telefonnummer, griff zum Telefon und reservierte sich ein Zimmer. Sie freute sich jetzt schon auf den abendlichen Spaziergang durch die schöne Parkanlage.
Nachdem der Laptop heruntergefahren und seinen Platz auf dem Beifahrersitz im Auto eingenommen hatte startete Adriana. Sie hob den Blick und stutzte kurz. Genau in ihrem Blickfeld war die Reklametafel: *Spende Blut – rette Leben!*. ‚Schon wieder' dachte sie, ‚Na die müssen es ganz schön nötig haben!'
Die zwei Stunden Fahrt vergingen schnell. Die Erinnerung an das schön gelegene Hotel versüßte die Fahrt. Glücklicherweise hatte das Navi die unkomplizierteste Route ausgesucht, so dass Adriana die Zufahrt zum Hotelparkplatz Viertel vor Fünf passierte. Nur unterbewusst nahm sie die Werbetafel mit dem Blutspendeslogan wahr, da ihre Gedanken bereits im Hotelpark weilten. Sie checkte ein, bestellte sich noch Frühstück für den nächsten Morgen und brachte ihren Koffer auf das Zimmer. Ohne sich groß umzuschauen schnappte sie sich ihre Handtasche und ging hinaus.
Das Terrassenrestaurant war nur spärlich besucht und Adriana hatte daher einen schönen Platz mit einem wundervollen Blick auf den Bodensee. Sie bestellte sich *Pfifferlingsterrine im Tramezzini-Tomaten-Mantel* mit *Parmaschinken und Aprikosen-Linsen-Salat* und zerbrach sich wieder den Kopf über ihre Zukunft.
Ein Hotel? Adriana sah an der Fassade des *Steigenberger Inselhotels* hoch und bewunderte für einen Augenblick deren Schönheit. Dann wanderte ihr Blick zum Kellner, der soeben einem Pärchen ein sehr lecker aber auch

übersichtlich auf dem Teller angerichtetes Fleischgericht servierte.

Ein Kellner wird nicht reichen, sinnierte sie, dann noch der Koch, einen Haufen Servicepersonal, ein Hotelmanager, Rezeption und wer weiß was noch. Die ganze Gestaltung und Einrichtung würde Spaß machen. Wenn die Lage stimmt und das Ding läuft, wäre alles gut. Wenn nicht, gäbe es die nächste Millionenruine. In beiden Fällen wäre danach wieder Langeweile und vielleicht sogar Ärger angesagt.

Bauen und Verkaufen? Das wäre eine Möglichkeit. Adriana legte diese Möglichkeit in ihrem Gedächtnis ab. Leider hielt sich bei dieser Idee die Begeisterung in Grenzen.

Vielleicht sollte Sie erst einmal die Welt bereisen. Aber allein? Kurz schwirrte die Erinnerung durch den Kopf, dass Adriana eine halbe Weltreise in den Sommerferien mit Tony geplant hatte. Ganz schnell würgte sie diesen Gedanken wieder ab.

Der Oberkellner brachte die bestellte Terrine. Sie sah lecker aus und schmeckte auch köstlich. Der leichte französische Weißwein passte sehr gut dazu. Adriana nippte daran und beobachtete die in der Abendsonne glitzernde Oberfläche des Bodensees. Auch in ihrem Weinglas brach sich das Licht der Sonne und sandte ihr einen Strauß Farben.

Noch einen Weinberg? Einen kleinen Weinberg hatte sie am Haus. Erikas Mann hatte Freude daran. Er war gelernter Winzer und kelterte aus den Reben einen schönen leichten Weißwein. Aber der war nur zum Eigenbedarf.

Adriana winkte dem Kellner zum Bezahlen. Hier war der Abendwind schon etwas kühler und langsam machte sich die Müdigkeit nach dem langen Tag des Fahrens bemerkbar. Im Badezimmer ließ sich Adriana ein Bad ein. In der Badewanne knüpfte sie an den Gedankengang wieder an:

Weine, Weinberge und sogar eine Sektkellerei gab es in ihrer Gegend schon. Sie erinnerte sich, dass sie einen schönen Weinkeller in den Hang graben wollte. Allerdings war der Kleinunternehmer schon nach wenigen Metern auf hartes Gestein gestoßen. Es war deshalb nur ein kleiner Weinkeller geworden, aber ausreichend für das bisschen Wein, den ihr Weinberg einbrachte.

Adriana stieg aus der Wanne und schlang das Handtuch um den Körper. Ein zweites Handtuch wickelte sie um die nassen Haare und putzte sich die Zähne. Nach Beendigung der Abendtoilette verließ sie das Bad und wollte vom Bett aus noch ein wenig fernsehen.

Während sie die Fernbedienung suchte fiel ihr der Bauunternehmer noch einmal ein. Das harte Gestein in ihrem Weinkeller hatte nicht natürlich ausgesehen. „Vielleicht ein alter Bunker", hatte er gemeint. Doch weitere Beachtung hatte sie dieser Bemerkung nicht geschenkt.

‚Wo war diese vermaledeite Fernbedienung?' Adriana hob eine Faltmappe des Hotels hoch. Es rutschte ein Blatt heraus und sie bückte sich danach.

*Schenke Leben – spende Blut!* Stirnrunzelnd sah sie das Blatt an. Ihr fielen die vielen Werbeplakate wieder ein, auch die, die sie nur unterbewusst wahrgenommen hatte. Ganz besonders fiel ihr das Wort „Blut" ins Auge.

Vor lauter Grübeln war das wahre Ziel ihrer Reise ein wenig in den Hintergrund geraten. Sie schob das Blatt zurück in die Hotelmappe und suchte automatisch weiter nach der Fernbedienung, welche sie dann in der Schublade des Nachttisches fand. Sie legte die Fernbedienung auf den Nachttisch, schaltete den Fernseher dann doch nicht ein und legte sich ins Bett. Ohne das schöne Farbspiel des Sonnenuntergangs bewusst wahrzunehmen starrte sie an die Zimmerdecke. Der weiße Stuck färbte sich zuerst rötlich wurde dunkellila und schließlich grau. Die Laternen der Seepromenaden ließen diesen Teil des Bodensees nicht ganz dunkel werden, so dass auch das Hotelzimmer nicht in völliger Dunkelheit versank.
Blut! Thomas Wind hatte Sylvia die Frage nach dem Blut gestellt. Ja, Blut war wichtig und das einzige was einen Vampir am Leben hielt. Allerdings gab es keine – so oft beschriebene – Gier nach frischem Menschenblut.
„Heutzutage", sagte Sylvia, „brauchen wir keine Menschen mehr abzuschlachten. Es reicht auch nur täglich eine Tasse aus. Wie das mit richtigem Essen ist weiß ich nicht. Ich habe kein Verlangen danach. Der Körper eines Vampirs kann das Essen zwar aufnehmen aber nicht richtig verarbeiten. Genauso verhält es sich beispielsweise mit Milch oder süßen Getränken. Dagegen Kaffee oder Tee spenden kurzfristig sogar Erleichterung und so etwas wie Wärme. Es fühlt sich angenehm im Inneren an."
Woher das Blut kam, welches Sylvia brauchte, das hatte Thomas nicht gefragt.

Adriana war eingeschlafen.

Ein Hinweisschild gab Auskunft, dass es noch drei Kilometer bis Luzern waren und Adriana wunderte sich, da sie das Gefühl hatte, noch nicht lange gefahren zu sein. Doch dann sah sie in der Ferne schon eine der Primarschulen und beachtete dieses Detail nicht mehr. Aber das Navigationsgerät führte sie daran vorbei. ‚Oh, nein!' dachte Adriana ‚Hoffentlich schickt mich das Navi nicht kreuz und quer durch Luzern.' Darauf hatte sie beim Programmieren des Navis nicht geachtet. Auch an der nächsten Primarschule schickte das Navi sie vorbei. Das ärgerte Adriana. Warum hielt sie nicht einfach an? Woher wusste sie eigentlich, dass das eine Primarschule war? Adriana wendete und ignorierte das laute aufdringliche „Wenn möglich bitte wenden" des Navis.

Über einem großen Torbogen stand mit schmiedeeisernen Buchstaben: *Primarschule Friedrich Liszt*. Dieses Schild war ihr beim Vorbeifahren nicht bewusst aufgefallen. Sie bedankte sich bei ihrem Unterbewusstsein.

Nachdem sie das Auto in einer der Parkbuchten abgestellt hatte, suchte sie nach einer Klingel an dem Torbogen. Sie fand keine. Das heißt warten, und zwar darauf, dass jemand herauskam. Hinter einen Fenster sah sie plötzlich ein Mädchen mit zwei Zöpfen, die mit weißen Bändern durchflochten waren. Sie winkte und Adriana winkte zurück. Dann erschien noch so ein Mädchenkopf und noch einer und noch einer. Schließlich waren an der gesamten Fensterfront winkende Mädchen mit Zöpfen zu sehen. Ganz automatisch winkte sie zurück und kam sich reichlich komisch vor. Plötzlich sah sie einen Mann in der auf einmal geöffneten doppelten Flügeltür des Schulgebäudes stehen der ebenfalls winkte. Jetzt runzelte Adriana die Stirn ‚Was soll das?'. Sie hob den Blick wieder zu den Kindern, welche nun nicht mehr winkten, sie nicht einmal ansahen, sondern eher verängstigt zu dem Mann nach unten schauten. Adriana folgte diesen Blicken und sah ihn urplötzlich vor sich stehen. Nur das schmiedeeiserne Tor trennte sie noch. Adriana zuckte zusammen. Der Mann sieht genauso aus, wie auf dem Buchumschlag. Das war Thomas Wind. Sie wollte zum Gruß ansetzen, doch der Mann fauchte sie an und zeigte zwei spitze Vampirzähne. Im nächsten Moment sang er mit einer Frauenstimme: *Guten Morgen, guten Morgen, guten Morgen Sonnenschein...*

Adriana fuhr hoch. Ihr Handy sang dieses alte Lied von Nana Mouskuri, welches schon sehr lange als Weckton abgespeichert war. Sie ließ sich zurück ins Kissen fallen, schnappte sich das Handy und stellte den Weckton ab. Helles Morgenlicht strömte zum offenen Fenster herein und vertrieb den Traum aus Adrianas Gedanken. Sie reckte sich und stand auf. Sie war noch immer in Handtücher eingewickelt.

Nach einer erfrischenden Dusche und ausgiebigen Morgentoilette packte Adriana alles zusammen und verschloss den Koffer. Sie freute sich auf das Hotelfrühstück. Schon seit ewigen Zeiten hatte sie kein Hotelfrühstück mehr gehabt. „Ich sollte wirklich erstmal ausgiebig verreisen", murmelte sie. Den Koffer ließ sie auf dem Zimmer. Sie würde ihn später holen. Erst gegen elf Uhr musste sie aus dem Hotelzimmer raus sein.

Zwei Stunden später saß Adriana im Auto und wollte ihr Navi programmieren, als die Erinnerung an den Traum zurückkam. Mit Hilfe des Stadtplanes auf dem Laptop versuchte sie die Adressen der in Frage kommenden Schulen in einer sinnvollen Reihenfolge ins Navi einzuspeichern. Danach fuhr sie los.

## 5.

„Sie haben ihr Ziel erreicht", gab die nüchterne Frauenstimme des Navigationsgerätes an. Adriana parkte ein, stellte den Motor ab, stützte die Arme auf das Lenkrad und legte den Kopf darauf.

Bis Luzern war es nicht weit gewesen – ungefähr eineinhalb Stunden Fahrt. Bei der ersten Schule war der Unterricht bereits beendet und viele Lehrer nicht mehr da. Aber Adriana konnte noch einen Lehrer erwischen, der die Schule verließ. Er verneinte die Frage nach Thomas Wind. Dieselbe Auskunft erhielt sie auch bei den nächsten beiden Schulen. Bei der vierten Schule aber hatte sie Glück. Eine junge Frau mit langen schwarzen Haaren und einer modischen, eher unaufdringlichen Brille verschloss gerade das Schulhaus und sagte ihr, dass sie Thomas Wind vom Studium kenne. Er wäre wohl einen Studiengang über ihr gewesen.
„Aber er arbeitet nicht hier", sagte sie, „Ich habe gehört, dass er an der *St. Karli* sei. Bitte versuchen Sie es dort."
Adriana hatte sich für die Auskunft bedankt und im Internet nach der Anschrift der Schule gesucht.
Müde hob Adriana den Kopf. Das Schulhaus war ruhig und leer. Sie würde morgen wiederkommen müssen. Luzerns Stadtverkehr war anstrengend gewesen und sie suchte nun nach einem Hotel zum Übernachten. Sie fand das *Ameron Flora Hotel* und hoffte, dass dort noch ein Zimmer frei war.
Sie hatte Glück, denn an der Rezeption sagte man ihr, dass gerade noch ein Doppelzimmer frei wäre. Auf dem Zimmer ließ sie sich aufs Bett fallen. Ein kurzer Blick auf

die Uhr zeigte ihr, dass es in ein paar Minuten siebzehn Uhr sei. Adriana blieb noch einen Augenblick liegen und zog dann aus ihrer Handtasche einen Stift und ihren Notizblock hervor. Kurz darauf legte sie Beides wieder beiseite.

Die Fragen würden sich im Gespräch ergeben. ‚Ich bin ja keine Journalistin, die sich vorbereiten muss.'

Sie legte sich auf den Rücken und stellte sich vor, wie das Gespräch morgen ablaufen könnte. Schließlich raffte sie sich auf, machte sich ein wenig frisch und zog sich um.

Das Hotel war nicht weit von der bekannten *Kapellbrücke* entfernt. Adriana schlenderte über die Brücke und dann zur Promenade am Vierwaldstättersee. Zum Shoppen hatte sie keine Lust, aber sie kaufte sich ein Eis und ließ sich damit auf einer Bank nieder. Adriana genoss den Seeblick. Sie erinnerte sich an ein schönes kleines Restaurant, an dem sie vorbeigelaufen war. Dort beschloss sie zu Abend zu essen.

Adriana hatte sich einen Salat bestellt und einen Weißwein und wieder angefangen über ihre Zukunft zu grübeln. Sie winkte dem Kellner und zog ihr Portemonnaie aus der Handtasche. Dabei fiel der Bon für das gestrige Frühstück aus der Handtasche. *Spende Blut – rette Leben.* Ihr fiel wieder ein, dass Thomas Wind nichts darüber gesagt hatte, woher Sylvia das Blut hatte, welches sie trinken musste.

Sie bezahlte die Rechnung und erhob sich. In Gedanken versunken schlenderte Adriana zurück zum Hotel. Es war mittlerweile dunkel geworden, obwohl es noch gar nicht so spät war. Die ersten Regentropfen erwischten Adriana noch bevor sie das Hotel betrat.

Was war das für Blut, das Sylvia trank und woher hatte sie es? Kurz amüsierte es sie, dass sie bereits an die Existenz der Vampire glaubte. Aber dann folgte sie dem vorigen Gedankengang:
Wenn es noch mehr Vampire gäbe, die beispielsweise Blutbeutel aus Krankenhäusern stahlen, dann wäre klar warum so viel Werbung mit Blutspende gemacht wurde. Über diesen Gedanken musste sie grinsen. Ihr fiel eine Episode aus dem Film *Underworld* ein. Dort sagte die Vampirfrau *Selene*, dass das Blut was sie brauchen, geklont sei und die Herstellerfirma den Vampiren gehöre.
Gab es das? Konnte man Blut klonen? Wenn man einen ganzen Organismus, wie zum Beispiel Sally, das Schaf, klonen konnte, warum sollte man dann Blut nicht klonen können? Sally war unter Garantie nicht blutleer. Adriana nahm sich vor, im Internet mal die Frage zu googeln, ob Blut geklont werden könne.
Draußen peitschte starker Regen an das Fenster und ein Donnergrollen riss Adriana aus ihren Gedanken. Fasziniert beobachtete sie das Wetterleuchten bis das Gewitter weitergezogen war. Dann duschte sie, legte sich ins Bett und schaltete den Fernseher ein. Es lief irgendein alter Gangsterfilm, bei dem ihr die Augen zufielen. Irgendwann in der Nacht erwachte Adriana kurz. Der Fernseher zeigte eine Waschmittelwerbung. Sie schaltete ab und schlief weiter bis zum Morgen.

## 6.

*... Noch viele Tage saß ich nach der Arbeit stundenlang in dem Cafe und vernachlässigte immer mehr mein bisheriges Leben. Ich wartete und hoffte. Immer wenn die Tür aufging, schaute ich hoffnungsvoll auf und wurde immer wieder enttäuscht. Doch sie kam nicht mehr. Es dauerte lange, bis ich das begriff. Eines Tages stand ich einfach auf, verließ das Cafe und lief mit leerem Blick nach Hause. Dort saß ich – ich weiß nicht wie lange. Eine Stunde? Einen Tag? Zwei Tage? Mir war alles egal. Schließlich machte sich Ruhelosigkeit in mir breit und ich fing an, wahllos Sachen in einen Koffer zu werfen. Mein Kopf war leer und mein Leben – so wie ich es bisher kannte – zu Ende.*
*„Sie ist mein einziger Lebensinhalt. Ich werde nach ihr suchen, und wenn es das letzte ist, was ich tue."*

Adriana schlug das Buch zu und packte es in ihre Handtasche. Sie war kurz nach Sonnenaufgang erwacht und da es noch zu früh zum Frühstücken war hatte sie die letzten Seiten des Buches *Wahrheit* noch einmal gelesen. Sie hatte die Begegnung mit Thomas Wind nicht durchgeprobt aber beschlossen, ihn ohne weitere Umschweife auf das Buch anzusprechen.

Im Bad gab Adriana sich große Mühe, ihr Äußeres möglichst vorteilhaft erscheinen zu lassen. Sie hatte von Natur aus eine blasse Haut. Sorgfältig getuschte Wimpern umrahmten ihre blauen Augen. Ein rosafarbener Lipgloss betonte ihre Lippen auf natürliche Weise. Das hellbraune Haar fiel ihr in leichten Wellen über die Schultern. Ihre Kleider wählte sie sportlich-elegant und ging frühstücken.

Offenbar hatte Adriana alles richtig gemacht. Die Männer sahen ihr hinterher, die Frauen runzelten verärgert die

Stirn und der Kellner, der den Kaffee brachte, behandelte sie äußerst zuvorkommend. Am liebsten hätte sie laut losgelacht und setzte sich halb mit dem Rücken zum Frühstückssaal. Nachdem sie sich wieder unter Kontrolle hatte, drehte sie den Kopf und suchte das Buffet. Ein paar der anwesenden Herren starrten in ihre Kaffeetassen, so als ob darin etwas Spannendes vorging. Normalerweise machte Adriana nicht viel Aufheben um ihr Aussehen. Sie bevorzugte bequeme, eher sportliche Kleidung, schminkte sich fast nie und blieb meistens damit unauffällig.

Aber im Moment hatte sie Spaß und ließ ihre Hüften extra kreisen auf dem Weg zum Buffet. Auf dem Weg zurück zu ihrem Tisch musste sie feststellen, dass von den wenigen anwesenden Frauen einige fehlten und die zurückgelassenen Männer sich mit dem Austrinken des Kaffees oder der Speisekarte oder der sorgfältig gefalteten Zeitung sehr viel Zeit ließen.

‚Tsss! Männer!', dachte sie aber freute sich über diese Reaktionen. So konnte sie hoffen, dass ihr Anblick auch Eindruck auf Thomas Wind machen würde. Das Buffet war nicht ganz so exklusiv wie im *Steigenberger Inselhotel*, aber dennoch ein gutes Hotelfrühstück, welches Adriana sehr genoss.

Nachdem sie das Frühstück beendet hatte, holte sie noch ihre Handtasche aus dem Hotelzimmer und machte sich auf den bereits bekannten Weg zur *St. Karli Primarschule*.

Unterwegs rief Adriana die Schule an und bat um ein Gespräch. Als sie ihr Auto eingeparkt hatte und zur Eingangstür des Schulhauses lief bemerkte sie, dass sie bereits erwartet wurde. Die Schulleiterin stellte sich mit Frau Portli vor und bat Adriana, sie in ihr Büro zu begleiten.

„Nun, Frau Weidner, Sie sind hier wegen unseres Lehrers Thomas Wind?"
„Ja", antwortete sie und holte das Buch aus der Handtasche, „Ich wollte gern mit Herrn Wind über dieses Buch sprechen. Wäre es möglich, dass Sie ihm diese Nachricht überbringen. Ich würde dann nach Schulschluss wiederkommen, sofern Herr Wind momentan keinen Freiraum hat."
Frau Portli starrte das Buch an und seufzte. Sie stand auf und holte ein zweites Exemplar dieses Buches und legte es auf den Tisch.
„Leider können Sie nicht mit Herrn Wind sprechen."
Adriana zog eine Augenbraue nach oben und wartete ab. Die Schulleiterin seufzte erneut und fuhr fort: „Vor ungefähr drei Jahren ging Thomas nach Schulschluss nach Hause. Er kam nie wieder und seitdem hat ihn auch niemand wieder gesehen. Wir stellten Nachforschungen an. Doch Thomas war verschwunden. Ein paar Monate nach seinem Verschwinden erschien dieses Buch. Ich kaufte das Buch und hoffte, dass es Aufschluss über den Verbleib unseres Lehrers gibt." Frau Portli verstummte und sah Adriana fragend an. „Was halten Sie von diesem Buch?"
Diese Frage kam unerwartet. Mit einem langgezogenen „Hmmm, tja…", versuchte Adriana Zeit zu schinden und fieberhaft eine Antwort zu finden, die nicht lächerlich klang. Schließlich kam ihr eine Idee: „Ich wollte Herrn Wind eigentlich fragen, ob ich seine Ideen übernehmen darf. Ich will selbst einen Fantasy-Roman schreiben und fand seine Beschreibung zu Vampiren irgendwie sehr logisch." Sie räusperte sich. „Chrm, naja für Fantasy-Verhältnisse natürlich." Adriana starrte auf das Exemplar

des Buches der Schulleiterin und fuhr fort: „Es ist natürlich alles sehr mysteriös, wenn man den Schluss des Buches betrachtet."
„Ja", antwortete Frau Portli, „Im Nachhinein stellte ich noch weitere Ungereimtheiten mit dem Verschwinden von Thomas Wind fest. Zunächst einmal erschien dieses Buch in einer Auflage von nur 500 Exemplaren. Ich recherchierte selbst nach Thomas Wind und seinem Buch und entdeckte in einer großen Tauschböse einen Käufer mit dem Namen *Dracula*", bei der Erwähnung dieses Namens schnellten die Augenbrauen von Frau Portli spöttisch nach oben, „und fand mit Hilfe der Polizei heraus, dass dieser *Dracula* bereits 489 Exemplare dieses Buches erstanden hatte. Die Polizei hat Thomas Wind oder diesen mysteriösen *Dracula* bis zum heutigen Tag nicht gefunden und auch keinerlei Hinweise, die uns helfen könnten, unseren beliebten Lehrer wiederzufinden." Sie machte kurz Pause und musterte Adriana misstrauisch. „Und wissen Sie, was auch komisch ist?"
Adriana schüttelte den Kopf und sah Frau Portli fragend an.
Die Schulleiterin beugte sich vor und sprach in einem misstrauischen Ton weiter: „Im Winter des letzten Jahres erschien bereits schon einmal eine äußerst hübsche junge Dame hier und fragte nach Thomas Wind." Sie ließ diese Aussage im Raum stehen und Adriana richtete sich ärgerlich auf.
„Was wollen Sie damit andeuten? Wollte diese Frau etwa auch einen Fantasy-Roman schreiben?"
Das Misstrauen wich aus den Augen der Schulleiterin. Sie lehnte sich in ihrem Stuhl zurück und sah Adriana traurig

an. „Nein wollte sie nicht. Sie suchte nach Thomas und fragte mich, ob ich ihr helfen könne, ob noch Angehörige existierten. Doch Thomas war ledig, ein Einzelkind und hatte seine Eltern bei einem Flugzeugabsturz verloren. Ich fand halt nur komisch, dass sie mich beim Abschied fragte, ob ich ein Exemplar seines Buches besäße. Ich habe gelogen." Sie seufzte und murmelte. „Immer und immer wieder dieses Buch!"

Adriana schwieg. Offenbar war Thomas Wind sehr beliebt gewesen und Frau Portli hätte ihn gerne wieder an ihrer Schule. Thomas Wind war also verschwunden. Sagte das Buch die Wahrheit und er suchte nach Sylvia? Warum kaufte jemand dieses Buch in so großer Menge?

„Wissen Sie", sagte Frau Portli plötzlich, „als Sie heute anriefen und Thomas Wind zu sprechen wünschten, hatte ich die Hoffnung, dass Sie uns Hinweise zu seinem Verschwinden geben könnten. Diese Hoffnung ist nun dahin. Ich glaube mittlerweile daran, dass die Sache mit dem Buch irgendwie auch mit seinem Verschwinden zusammenhängt. Vielleicht gibt es diese Sylvia ja wirklich."

„Sie glauben an Vampire?", unterbrach Adriana sie ungläubig.

„Nein, so ein Unsinn! Ich glaube nicht an Vampire. Aber vielleicht war diese Sylvia ja tatsächlich eine mysteriöse junge Frau, in die sich Thomas verliebt hatte. Ich hätte mir für Thomas die große Liebe gewünscht, weil er immer so einsam und doch so kinderlieb war. Wir hätten ihn so gern zurück." Die Schulleiterin hatte sich resigniert zurückgelehnt und schien über irgendetwas nachzusinnen.

„Es tut mir leid, dass ich Ihnen nicht helfen kann", sagte Adriana und erhob sich. Sie wollte jetzt raus und musste

ihre Enttäuschung verarbeiten. Sie reichte der Schulleiterin die Hand. „Auf Wiedersehen und viel Glück bei ihrer Suche!"
Frau Portli war aufgestanden und drückte Adriana die Hand: „Vielen Dank, auf Wiedersehen!" Sie atmete tief durch und fügte noch hinzu: „Sie finden allein hinaus?"
„Ja", antwortete Adriana und verließ das Büro.

# 7.

Adriana saß in einem Straßenrestaurant in der Nähe der *Kapellbrücke*. Aber sie hatte sich nur etwas zu Trinken bestellt. Hunger hatte sie keinen.

Nachdenklich zog sie an dem Strohhalm welcher in einem Glas gefüllt mit Erdbeershake stak. Adriana war nun felsenfest davon überzeugt, dass Thomas Wind Sylvia suchte. Alles andere ergab doch keinen Sinn. Er hatte einen Job, war beliebt bei Lehrern und Kindern und er hatte seine Angehörigen verloren. Adriana zog eine schwache Parallele zu sich selbst.

„Verdammt!", entfuhr es ihr leise. Sie hätte sich diese Reise sparen können, wenn sie nur ein wenig intensiver nachgedacht hätte.

Auf der anderen Seite: Was schadete diese Reise? Sie hatte nun seltsamerweise die Gewissheit, dass das Buch den Tatsachen entsprach. Also war sie doch nicht umsonst nach Luzern gekommen.

‚Aber was hatte die Geschichte mit dem Buch auf sich. Warum kauft jemand 489-mal ein und dasselbe Buch? So etwas machte man doch nur, um zu verhindern, dass das Buch bekannt wurde. Nur warum sollte das jemand wollen und wer war dieser Jemand? Sylvia? War sie es, die bei Frau Portli war?' Fragen über Fragen.

‚Wenn Thomas wegen des Buches verschwunden ist und alles den Tatsachen entspricht, dann gibt es auch Vampire. Sie sind real und sie verstecken sich. Und wenn ich Thomas Wind nicht finde, werde ich auch nie einen Vampir finden und nie die absolute Gewissheit haben.'

Der Strohhalm zog Luft und das laute peinliche Geräusch riss Adriana aus ihren Gedanken. Sie winkte dem Kellner

und beobachtete ein Pärchen, welches sich erfreut über ein paar Bilder beugte, die sie erstanden hatten. Soweit Adriana sehen konnte, zeigten Bilder die Luzern und die Umgebung der Stadt. Es waren sehr schöne Gemälde.
Der Kellner nannte Adriana den Preis für die Bestellung und sie bezahlte. Dann stand sie auf und trat zu dem Pärchen. Die junge Frau wirkte erleichtert, als Adriana nur wissen wollte, wo man solche Bilder kaufen könne.
Adriana wollte für ihre Freunde ein kleines Geschenk mitbringen und die Bilder hatten ihr sehr gefallen. Laut Auskunft des Pärchens war das Geschäft nicht weit entfernt und Adriana erstand drei schöne Gemälde. Ein großes mit dem Blick auf den Birkenstock hatte sie für sich gekauft und auch schon eine genaue Vorstellung davon, wo sie es hinhängen würde. Ein zweites großes Bild zeigte den Vierwaldstättersee und Luzern im Hintergrund. Ein drittes kleineres Bild zeigte die Luzerner Uferpromenade am Vierwaldstättersee. Das kleine Bild sollte Erika bekommen.
Adriana verstaute ihre Einkäufe sorgfältig im Auto und fuhr in die Tiefgarage des Hotels. Es war erst zwei Uhr am Nachmittag und Adriana wollte noch nicht nach Hause fahren.
Im Hotelzimmer fiel ihr dann ein früherer Gedankengang ein. Zuerst hatte sie darüber geschmunzelt, aber jetzt reifte eine bisher noch vage Idee in ihr.
Es stand immer noch die Frage offen, womit sie sich beschäftigen sollte. Eine Aufgabe – eine coole Aufgabe – etwas Neues! Sie zog ihr Portemonnaie hervor und betrachtete den Bon, welcher ihr Frühstück an der Autobahnraststätte nachwies. *Spende Blut – rette Leben.*

Das Blut! Warum sollte sie ihr Geld nicht für ein wissenschaftliches Forschungsprojekt ausgeben. Adriana hatte sich ja sowieso vorgenommen im Internet mal nachzuforschen, ob Klonen von Blut möglich war.

Es stellte sich heraus, dass das Internet zu diesem Thema nicht viel preisgab. Zum Thema Klonen fanden sich immer nur ethische Berichte, Sally das Schaf und irgendwelche Schreckgespinste darüber, was Klonen alles anrichten konnte. Sie fand einen Artikel der besagte, dass Blut nicht geklont werden kann, erhielt aber keine Antwort auf die Frage, warum das so war. Ärgerlich stellte Adriana fest, dass man über jeden möglichen Unsinn im Internet ausführliche Auskünfte in mehreren Versionen und auf tausend Seiten erhielt. Aber die Frage, ob Blut geklont werden kann, konnte ihr das World Wide Web nicht zuverlässig beantworten.

Die Zeit verging und erst spät in der Nacht schaltete Adriana den Laptop aus und massierte sich den steifen Nacken. Im Bad schminkte sie sich ab, putzte sich die Zähne und duschte schnell. Das lange Sitzen am Computer hatte sie ermüdet. Sie stieg ins Bett und war kurz darauf eingeschlafen.

## 8.

Kopfschüttelnd ging Leonhard Weis in sein Büro. Er hielt sein Kündigungsschreiben in der Hand, welches die sofortige Beurlaubung verlangte. Sein Arbeitsverhältnis würde Ende nächsten Monats beendet sein und da der Urlaub angeblich nicht bezahlt werden könne, musste er ab sofort zu Hause bleiben. Auf seinem Schreibtisch stand schon eine Kiste, beschriftet mit seinem Namen. Sven Sanddorn, ein Forschungskollege und eingebildeter Schönling, bat ihn in der Kiste nachzusehen, ob darin alle seine persönlichen Sachen wären. Sämtliche Unterlagen von seiner Arbeit oder entsprechendes Computermaterial müssten im Institut verbleiben. Sven saß auf Leonhards ehemaligem Schreibtisch. Seine Miene drückte – wahrscheinlich falsches – Bedauern aus und er schenkte Leonhard ein aufmunterndes Lächeln, was seine schneeweißen Zähne aufblitzen ließ. „Mach dir nichts draus, du findest bestimmt schnell was Neues."
Er konnte die Kündigung nicht recht verstehen. Leonhard war ein brillanter Biologe, Genforscher und Chemiker. Er hatte zwei Jahre an dem Projekt gearbeitet und stand kurz vor dem Durchbruch. Ein letzter Versuch sollte seine Theorien und bisherigen Erfolge beweisen. Doch dazu sollte es nicht kommen.
Er hatte heute Morgen kaum seinen Kittel übergezogen, als er einen Anruf erhielt und zum Institutsleiter kommen sollte. Dieser hielt ihm einen Vortrag über fehlende Gelder und dass sein Projekt nach über zwei Jahren noch immer keine Früchte trug und es täte ihm leid, bla bla bla. Es war eine sogenannte betriebsbedingte Kündigung. Der Institutsleiter hatte ihm keine Gelegenheit gegeben, nach

den Gründen zu fragen, denn nachdem er seinen Vortrag gehalten hatte, sagte er, er stehe unter Zeitdruck und müsse zum nächsten Termin. Mit diesen Worten und dem Kündigungsschreiben in der Hand war Leonhard entlassen worden.

„Du musst unten noch deine Chipkarte und deinen Schlüssel abgeben!", sagte Sven nachdem sich Leonhard außer Reichweite seines aufmunternden Schulterklopfens begeben hatte.

„Ja", antwortete Leonhard und verließ das Büro mit der Kiste unter dem Arm ohne Gruß.

In seiner Lieblingskneipe hatte sich Leonhard ein Bier bestellt und stierte nun vor sich hin.

In eineinhalb Monaten war er arbeitslos. Toll! Er hatte die besten Empfehlungen und sein Studium mit Bestnoten beendet. Er hatte mehr als zwei Jahre an seinem Projekt gearbeitet und war nun kurz vor der Beendigung gefeuert worden. Welcher verdammte Mistkerl würde die Früchte seiner Arbeit ernten? Sven, dieser Schleimer? Nein, der konnte nur kratzen und den Weibern hinterherstiefeln. Dann war da nur noch Steffi, die ihm assistiert hatte. Der traute Leonhard das nicht zu. Aber wer weiß? Jemand anderes kam ja nicht in Frage, weil das ein Geheimprojekt gewesen war, zumindest hatte man ihm das so gesagt. Vielleicht steckte auch der Institutsleiter selbst hinter dem Ganzen.

Leonhard hatte kurze blonde Haare und trug eine moderne Brille. Er trieb Ausdauersport als Ausgleich zu seiner Institutsarbeit und war deshalb körperlich gut in Form.

Im Laufe der letzten zwei Jahre am Institut konnte er ein bisschen Geld sparen. Eigentlich wollte er mit diesem

Geld eine vierwöchige Reise nach Südamerika machen am liebsten mit einem Kreuzfahrtschiff, aber diese Pläne mussten vielleicht warten. Erstmal kam jetzt der Gang zum Arbeitsamt. Leonhard fluchte. Was hatte er bloß gemacht um die Kündigung zu kriegen? Er musste doch dem Institutsleiter ständig Berichte schreiben. Es war also bekannt, dass er kurz vor Beendigung des Forschungsprojektes stand. Wo war das Problem?

Leonhard hatte keine Freunde am Institut gefunden. Seine Abteilung war so abgelegen, dass keiner sich dorthin verlief und er hatte sich total auf sein Projekt gestürzt. Darüber reden durfte er ja sowieso nicht.

Grübeleien brachten ihn jetzt nicht weiter. Er trank sein Bier aus, zahlte und ging nach Hause.

## 9.

Adriana hielt vor dem schicken Haus und stieg aus. Sie reckte sich und sah auf die Uhr. 18:30 Uhr, gerade richtig zum Abendessen, dachte sie und klingelte.

Sie war nun doch nicht länger in Luzern geblieben. Aber sie war über München zurückgefahren. Sie hatte sich dort im *Westin Grand Hotel* ein Zimmer geleistet und einen Stadtbummel durch München gemacht, denn sie kannte diese Stadt noch nicht. München war sehr groß, zu groß. In den zwei Stunden hatte sie nur einen klitzekleinen Teil der Stadt gesehen. Aber das Personal im Hotel war ausgesprochen freundlich gewesen und hatte ihr einen ganzen Packen mit Informationsmaterial über die Stadt mitgegeben.

Linda rief erfreut: „Du bist wieder da!"

Adriana winkte und holte ihr Mitbringsel für Linda und Frank aus dem Kofferraum.

„Oh, was hast du denn da?", fragte Linda und wartete bis Adriana die Sachen im Flur abgestellt hatte.

„Hol bitte Frank, dann zeig ich´s dir!", meinte sie.

Im nächsten Augenblick kam Frank auch schon die Treppe herunter. „Hab ich doch richtig gehört", sagte er und begrüßte Adriana, „Kommt rein in die gute Stube!"

Adriana schnappte sich das eingewickelte Bild und nahm es mit in den großen Wohnraum, wo Frank eine Flasche Weißwein aus der Bar nahm und öffnete. Er schenkte drei Gläser ein. „Zum Wohl!", sagte er und die beiden Frauen stießen mit ihm an.

Adriana hob das Bild hoch und wickelte es aus dem Packpapier aus.

„Oh! Schön!", sagte Linda begeistert und betrachtete das Bild. Auch Frank nickte anerkennend.

„Und der Rahmen passt genau zum Highboard", meinte Linda erfreut und sah auf die weiße Wand über dem Möbelstück. Adriana freute sich, dass ihr Mitbringsel so gut ankam und gab einen kurzen Bericht über Luzern und München zum Besten.

Linda lud Adriana zum Essen ein und verschwand in der Küche. Adriana stierte in ihr Weinglas und überlegte. Frank kippte den restlichen Wein aus der Flasche in sein Glas. Er merkte, dass Adriana etwas auf dem Herzen hatte, aber er wartete ab.

„Frank", sagte sie dann leise, „ich habe beschlossen, mich einem Zweig der Wissenschaft und Forschung zu widmen."

Er sah sie an und war offenbar so geplättet, dass er nur mit einem gedehnten „Aha" antworten konnte.

„Ich weiß aber nicht, ob das ganz legal ist", fügte sie hinzu.

Frank sah sie ungläubig an und meinte dann in einem halb unsicheren, halb ironischen Ton: „Das klingt interessant."
Er war sich nicht sicher, ob Adriana scherzen wollte.

Eine Weile schauten sich die beiden an. Adriana versuchte herauszufinden, ob sie Frank ihre Absichten mitteilen sollte und Frank wartete offenbar auf eine Reaktion die ihm zeige, dass Adriana ihn bloß veräppeln wollte. Als diese Reaktion nicht folgte sagte er: „Ich kann dir vielleicht sagen, ob es legal ist oder nicht, wenn du mir verrätst, worum es geht."

„Gentechnik oder vielleicht Klontechnik." Adriana beugte sich verschwörerisch nach vorn.

Frank zuckte zurück. War es möglich, dass Adriana verrückt geworden war und nach einem Ersatz für ihren Sohn suchte? Dreht sie jetzt völlig durch? Er runzelte die Stirn.
„Adriana, ich weiß, dass das alles nicht so einfach für dich war, aber bleib vernünftig. Das ist verboten! Wir dachten, du hast die Sache mit Tony jetzt hinter dir gelassen. Natürlich schmerzt das noch immer und wird…"
„Frank!!" Adriana sah ihn entsetzt an und sofort war ihm klar, dass er auf der falschen Fährte war. „Ich werde ihn nie vergessen können, aber DAS! Das würde ich niemals tun!" Kurz schwindelte es Adriana, da die Erinnerungen mit Macht an die Oberfläche drangen und Adriana brauchte einen Moment um sie nieder zu ringen.
„Entschuldige!", stieß Frank zerknirscht zwischen den Zähnen hervor, lehnte sich aber aufatmend zurück. Ihm war die Erleichterung anzusehen und jetzt auch Neugier auf das was sie vorhatte.
Adriana trank das Weinglas in einem Zug leer und erzählte Frank schließlich, dass die Werbeschilder mit dem Blutspendeslogan ihr so besonders ins Auge gefallen waren und zwar immer und immer wieder, sie sogar genervt hatten, aber dass sie nun ein Zeichen darin gesehen hatte. Sie erzählte Frank, dass im Internet zu diesem Thema nichts zu finden war und dass sie nicht nur wegen eines halbherzigen Stadtbummels nach München gefahren war.
„Wenn ein ganzes Schaf mit Fleisch und Blut geklont werden kann, warum sollte es nicht möglich sein, Blut zu klonen. Ich bin ein wenig verwirrt darüber, dass die Forschung sich diesem Thema ganz und gar nicht widmet,

denn offenbar wird Blut gebraucht, wie die Werbetafeln beweisen."

Diese Ansicht teilte Frank und er hatte auch gleichzeitig erkannt, dass dies nichts mit dem ursprünglichen Grund ihrer Reise nach Luzern zu tun hatte. Aber er sagte nichts.

Allerdings hatte Adriana fast zeitgleich bemerkt, dass sie diesen Fehler gemacht hat und könnte sich am liebsten ohrfeigen, dass sie nun doch den falschen Ansatz gewählt hatte. Sie war froh, dass sie instinktiv darauf gewartet hatte mit Frank allein zu reden weil sie wusste, dass er gegenüber Linda schweigen würde.

Frank schüttelte den Kopf und meinte nur: „Ich gehe davon aus, dass die Forschung allein nicht illegal ist. Was allerdings das Klonen selbst betrifft, das bewegt sich eher im illegalen Bereich, zumindest ist das Klonen von Menschen verboten."

Adriana dachte noch einen Moment nach und nickte dann. „Wir sollten diese Sache erst einmal für uns behalten."

Nachdenklich tranken beide ihren Wein. Frank würde niemandem etwas sagen, das wusste sie.

# 10.

Der *CampusReporter* ist eine Münchener Studentenzeitung. Einer Eingebung folgend hatte sie die Zeitung mitgenommen, die in einem Werbeständer vor einem der Universitätsgebäude in München steckte. In der Zeitung gab es nur wenige Artikel, die für Adriana interessant waren und einen Haufen Annoncen. Allerdings war die Zeitung auch im Internet präsent und diese Internetseite würde Adriana bei nächster Gelegenheit einmal besuchen. Jetzt allerdings legte sie die Zeitung beiseite.

Adriana brauchte jemanden, der die Forschung für sie durchführte. Sie hatte sich den Kopf zerbrochen, wie sie an eine solche Person herankommen könnte. Mit Frank oder gar Linda hatte sie nicht wieder über das Thema gesprochen. Frank wartete offenbar ab und Linda hatte keine Ahnung.

Es war ungefähr einen Monat nach ihrem Ausflug nach Luzern. Sie saß im Wintergarten in einem Korbsessel und wartete auf ihre Freunde. Ihr Blick war auf das Bild vom Birkenstock gerichtet, welches seit kurzem im Wintergarten an der Wand hing. Der weiße Stuckrahmen des Bildes passte hervorragend zur Einrichtung und zum Kamin.

Adriana hörte das Auto in der Einfahrt und erhob sich. Sie nahm die Studentenzeitung und brachte sie noch schnell in ihr Arbeitszimmer. Dann öffnete sie die Tür um Linda und Frank hereinzulassen. Erika hatte ein paar Muffins gebacken, welche Adriana in den Wintergarten mitnahm, wo sich alle drei zum Kaffeetrinken niederließen. Linda wirkte aufgeregt und konnte offenbar kaum erwarten, Adriana irgendeine Neuigkeit mitzuteilen. Frank

trug eine gutmütige Gleichgültigkeit zur Schau, die allerdings ein wenig aufgesetzt wirkte. Offenbar hatten die beiden etwas vor. Adriana schenkte Kaffee ein, stellte die Kanne ab und meinte: „Ihr seht aus wie Weihnachtsmänner, die es kaum erwarten können, die Geschenke zu verteilen." Sie setzte sich und sah die beiden neugierig an.
Frank stieß Linda an und meinte: „Na nun mach schon, du platzt doch gleich."
Aber merkwürdigerweise fand Linda in ihrer Aufregung offenbar nicht die richtigen Worte, weil sie bestimmt vier Mal zum Sprechen ansetzte. „Adriana, wir dachten uns…., naja wir meinten….äh…. jetzt kommt doch bald der hässliche November. Ich kann den Monat genauso wenig leiden wie du und dachte… äh…. wir dachten…."
Adriana hatte ungeduldig die Augenbrauen hochgezogen und sah nach einem kurzen Seitenblick auf Frank wieder zu Linda, die jetzt die Sprache wiedergefunden zu haben schien. Sie platzt nun heraus: „Wir dachten, dass wir alle mal weg sollten. Eine Reise machen - dahin wo es schön ist."
Damit hatte Adriana nicht gerechnet. Aber bevor sie weiter überlegen konnte schob ihr Linda einen Flyer zu und fügte ganz aufgeregt hinzu: „Ich habe die Reise reserviert. Wir müssen uns heute bis achtzehn Uhr entscheiden!"
Automatisch sah Adriana auf die Uhr: „Das sind ja bloß noch zweieinhalb Stunden!"
In der folgenden halben Stunde machten Linda und Frank ihr die Reise schmackhaft. Es handelte sich um eine zwanzigtägige Schiffsreise über den Atlantik nach Südamerika mit einem Kreuzfahrtschiff von AIDA. Und diese Reise sollte schon in zehn Tagen losgehen. Die

beiden redeten und redeten. Doch Adriana hatte innerlich schon zugestimmt. Sie wollte sowieso ein wenig in der Welt herumreisen.

Noch zwei Minuten ertrug Adriana den Redeschwall bis sie ihre Entscheidung mitteilte. Die Reise war eine gute Idee. Und sie musste nicht allein verreisen.

Linda und Frank schauten Adriana fragend hinterher als diese aufstand und wenig später mit dem Laptop wiederkam.

„Buch sie! Wir machen die Reise", sagte sie und ließ den Rechner hochfahren. Dann schob sie ihn Linda zu. Die war jedoch so verblüfft, dass sie erstmal nicht reagierte.

„Na mach schon!", drängte Adriana und zeigte auf den Rechner, „nicht dass uns einer das noch wegschnappt."

Während Linda Adriana noch immer verblüfft ansah, tastete sie mit ihrer Hand nach ihrer Handtasche und zog ihr Handy hervor. Sie drückte auf Wahlwiederholung und schnappte sich den Flyer. Zwei Minuten später war die Reise gebucht. Die drei unterhielten sich aufgeregt über die Reisedetails und holten sich im Internet schon einmal Appetit.

Ein paar Tage später saß Adriana in ihrem Arbeitszimmer und klickte sich durch das Studentenforum. Es regnete schon den ganzen Tag. Vor einer Stunde hatte Linda sie zu Hause abgesetzt. Adriana war mit Tüten beladen die Auffahrt hochgeeilt. Die Tüten – voll mit neuen Klamotten – standen noch im Flur. Adriana hatte keine Lust zum Auspacken. Ihr war eingefallen, dass sie noch die Internetseite des *CampusReporter* besuchen wollte. Sie nahm eine Wasserflasche mit ins Arbeitszimmer und durchstöberte die Internetseite. Gelangweilt klickte sie durch den Plauderkasten.

„Hi Leute! Ich platzte gleich vor Glück und muss euch mitteilen, dass ich in einer Woche am Institut für Genforschung meine Arbeit aufnehme. Geil!"
Darauf folgten eine Menge Glückwünsche. Offenbar war es nicht so einfach, solch eine Stelle zu bekommen. Adriana schaute sich den User an. Auf dem Bild war ein Löwe abgebildet mit einer Brille. Er nannte sich *weiser Löwe*. Der Beitrag war über zwei Jahre alt.
Noch zwei Stunden lang versuchte sie im Internet herauszufinden, wie man an einen Forscher oder Wissenschaftler herankam. Es blieb offenbar nur eine Möglichkeit: Eine Annonce. Und das wollte Adriana auf keinen Fall.
Etwas frustriert schaltete sie den Rechner aus und ging mit den Einkaufstüten aus dem Flur nach oben ins Schlafzimmer. Sie packte die Klamotten aus. Es war seit drei Jahren das erste Mal, dass sie mal wieder shoppen war. Zugegebenermaßen war es auch notwendig gewesen. Sie zog immer noch ihre drei und mehr Jahre alten Sachen an. Das waren keine schlechten Sachen, aber eben nicht mehr ganz so neu. Jetzt allerdings war sie für die Reise gerüstet. Sie entfernte die Schildchen und brachte die Sachen zur Wäschetruhe mit einer Nachricht für Erika, dass diese Sachen in vier Tagen mit auf die Reise gehen sollten.

## 11.

Früh 3:45 Uhr klingelte der Wecker. Adriana hatte gut geschlafen. Sie reckte sich und stand auf. Erika war schon da. Trotz Adrianas Proteste hatte sie es sich nicht nehmen lassen darauf aufzupassen, dass Adriana auch ja alles eingepackt hatte. Zudem musste noch ein kleines Frühstück eingenommen werden, ohne das eine Abreise überhaupt nicht in Frage kam. Alles andere für die lange Abwesenheit war schon geregelt.

Pünktlich 4:15 Uhr fuhr der Audi Q7 vor. Erika hatte ihr Frühstück auch Frank und Linda aufgeschwatzt. Gegen fünf Uhr saßen alle im Auto, das Gepäck war verstaut und es konnte losgehen. Erika winkte noch und ging dann zurück ins Haus.

Alles verlief ohne Probleme und pünktlich 22:00 Uhr am selben Tag lief das Schiff mit dem Song *Sail Away* aus dem Hafen aus. Selbst der Nieselregen konnte die Stimmung an Bord nicht trüben. Alle Urlauber waren in freudiger Erwartung auf eine schöne Reise.

Es ging nach Madeira, La Palma und Teneriffa und überall zogen die drei auf eigene Faust los. Es war zwar kein hochsommerliches Badewetter aber angenehm und mittlerweile ohne Regen. In Teneriffa hatten sie fast die Zeit vergessen und waren mit einem jungen Mann im Taxi zurück zum Hafen gefahren. An Bord entspann sich ein kurzer Streit, weil Adriana sich das Taxigeld nicht zurückgeben lassen wollte. Der junge Mann gefiel ihr und sie schlug vor, dass er sich an der Bar revanchieren durfte. Damit war er einverstanden und sie verabredeten sich alle gegen zweiundzwanzig Uhr an der Poolbar.

Gegen zwanzig Uhr wollten Linda und Frank zu Abend essen und Adriana hatte reichlich eineinhalb Stunden Zeit, sich ein wenig zurecht zu machen.
Der junge Mann gefiel ihr sehr. Sie schätzte ihn ein bis zwei Jahre jünger. Adriana war neunundzwanzig aber das spielte keine Rolle. Sie erinnerte sich an das Frühstück in dem Hotel in Luzern und legte los.
Frank sah sie zuerst und pfiff anerkennend. Linda drehte sich um: „Wow! Du siehst toll aus."
Adriana grinste. Sie hatte die Haare locker am Hinterkopf aufgesteckt und das gleiche Make up benutzt wie in Luzern. Sie trug ein luftiges Neckholderkleid und ein Jäckchen gegen den kühlen Wind draußen am Pool. Franks Reaktion gab ihr die Bestätigung die sie brauchte.

Nach dem Essen schlenderten sie gemeinsam durch die AIDA-Shops und schauten sich die Bilder der AIDA-Fotografen an. Dann gingen sie zur Poolbar und wollten sich schon einmal einen Drink bestellen. Von weitem sah Adriana den blonden Kopf des jungen Mannes an der Bar. Sie sah auf die Uhr: Viertel vor Zehn. „Pünktlich, pünktlich", meine Adriana zu Linda und nickte zur Bar. Linda stieß Frank an: „Wir wollten noch mal in den Schmuckshop. Wir sehen uns später." Frank hatte begriffen und ging grinsend mit Linda mit.
„Hallo!", sagte Adriana und der Blondschopf fuhr herum.
„Hallo!", antwortete er. Er versuchte sich die Anerkennung in seiner Miene zu verkneifen sagte dann aber: „Gut sehen Sie aus!"
„Bitte", sagte Adriana, „Wir sind hier im Urlaub und sollten das förmliche Sie ablegen. Ich heiße Adriana."
„Okay, ich heiße Leonhard. Was möchtest du trinken?"

Eine Stunde später stellte Adriana ihren Freunden Leonhard vor. Er schien ein gebildeter Mensch zu sein und die Gespräche mit ihm waren anregend. Adriana hatte kurz einmal Angst gehabt, dass Leo (die Kurzform bevorzugte er) überhaupt kein Interesse an ihr haben könnte und nur notgedrungen ihre Gesellschaft in Kauf nahm. Aber diese Angst erwies sich als unbegründet, denn er fragte sie, ob sie sich am nächsten Tag, der ein Seetag sein würde, gegen zehn Uhr mit ihm am Pool treffen würde. Es sollte schönes Wetter werden und er würde sich über ihre Gesellschaft beim Sonne tanken freuen. Linda und Frank hielten sich zurück und meinten, sie hätten noch keine Pläne für Morgen.
So viel Freude hatte Adriana lange nicht mehr in ihrem Leben gehabt. Linda und Frank gönnten es ihr von Herzen und klopften sich gegenseitig auf die Schultern, weil sie Adriana zu dieser Reise gebracht hatten.
Adriana und Leo sahen sich nun jeden Tag, unternahmen viel Sport, gingen zu den Show-Angeboten an Seetagen und verließen das Schiff, wenn es in einem Hafen lag. Sie redeten über Gott und die Welt, spielten Karten zusammen mit Frank und Linda und vergaßen die Sorgen des Alltags.
So kam es, dass sie den Hafen von Santarem verließen und Adriana von Leo nicht mehr als den Vornamen und auch er von ihr kaum etwas wusste. Sie wusste nicht einmal auf welchem Deck er eigentlich seine Kabine hatte. Sie hatten sich immer auf Deck sieben verabschiedet und er war weiter nach unten gegangen. Dafür kannte sie jetzt die Geschichte jeder Hafenstadt und halb Brasiliens und konnte alles wunderbar durcheinanderbringen. Sie wusste

jetzt auch wie man Shuffleboard spielte, gewann gegen Leonhard beim Fahrradfahren und war top in Form.

Dies war der vorletzte Abend vor der Abreise und sie hatten sich nach dem Essen in der *Anytime-Bar* verabredet. Dort sollte ein Salsa-Abend stattfinden.

Adriana hatte bei einem Bummel durch Santarem ein hübsches Kleidchen erstanden, welches zu dem Salsa-Abend passte. Sie trug die Haare offen, statt auffallendem Schmuck nur ein dünnes Halskettchen und hatte - wie immer in der letzten Zeit - nur ein wenig Lipgloss aufgetragen. Sie genoss Leos anerkennende Blicke, als sie zu ihm an die Bar kam.

„Gut siehst du aus, so als ob du gleich einen Salsa aufs Parkett legst und erwartest, die heutige Salsa-Königin zu werden." Mit diesen Worten empfing Leo sie.

„Danke, aber aus der Salsa-Königin wird nichts werden. Ich kann nicht tanzen."

Sie bestellten sich die Getränke und Leonhard bestand darauf, einen auszugeben. Als er dem Barkeeper seine Bordkarte reichte konnte sie den Namen Leonhard Weis lesen. Aus irgendeinem Grund schoss ihr der *weise Löwe* aus dem Studentenforum durch den Kopf, sagte aber nichts. Stattdessen nahmen sie ihre Cocktails und prosteten sich zu.

„Weißt du, dass wir uns jetzt seit vierzehn Tagen kennen und ich weiß nicht einmal deinen vollständigen Namen?" meinte Adriana.

Leonhard stand auf, machte eine formvollendete Verbeugung und gab ihr einen Handkuss. Schelmisch grinste er sie an und sagte „Leonhard Weis und mit wem habe ich das Vergnügen?"

Adriana lachte, griff sich eine Serviette die sie provisorisch zu einem Fächer formte und fächelte sich mit schnellen Bewegungen Luft zu: „Adriana Weidner, ich…"

In diesem Moment setzte laute Musik im Salsa-Rhythmus ein. Der DJ stellte die drei Pärchen vor, die auf der Tanzfläche waren und verkündete, dass diese mit einem heißen Salsa den Abend eröffnen würden. Dann wirbelten die Tänzer über die Tanzfläche und animierten nach dem ersten Tanz die umstehenden Zuschauer zum Mitmachen. Leonhard und Adriana hatten sich ihre Getränke genommen und waren zu einem der hinteren Stehtische geflüchtet. Auch Leonhard sah bei diesen Tänzen lieber zu. Als dann die Animateure immer weiter in ihre Richtung kamen und sich Tanzpartner holten sagte Leonhard: „Ich glaube wir sollten entweder hier verschwinden oder zusammen auf die Tanzfläche gehen, auch wenn wir keinen Salsa tanzen. Ich habe keine Lust, mich mit einem der Animateure zu blamieren."

Damit hatte er Adriana unbewusst einen Gefallen getan. Sie hatte schon ängstlich das Geschehen beobachtet und überlegt, wie Sie Leo dazu bringen konnte, zu gehen.

„Ja", sagte sie deshalb erleichtert, trank den letzten Rest ihres Cocktails und nahm die Hand, die Leonhard ihr reichte. Aber statt die Bar zu verlassen, ging er auf die Tanzfläche und führte Adriana in einem einfachen Discofox darüber. Adriana hatte geglaubt, dass er auf die angrenzende Terrasse gehen würde und war so überrascht, dass sie sich automatisch von ihm führen ließ. Sobald ihr so richtig bewusst wurde, dass sie tatsächlich mit Leo tanzte, stolperte sie über Leos Füße und zischte ihm zu: „Ich kann nicht tanzen".

Leonhard grinste: „Das sah aber eben anders aus."

Adriana versuchte sich auf die Schritte zu konzentrieren, aber verhaspelte sich immer wieder.

„Ich kann nicht tanzen", sagte sie noch einmal. Aber Leonhard ließ sie nicht los.

„Mach dich locker, lass dich einfach von mir führen und sieh mich an!", erwiderte er und versuchte es erneut. Aber nach ein paar Tanzschritten sah sie wieder nach unten und verhaspelte sich.

„Sieh MICH an, nicht nach unten und denk nicht immer, dass du es nicht kannst. Du musst einfach den Rhythmus fühlen und den Rest mache ich." Adriana wollte etwas erwidern, aber Leonhard grinste sie an und schüttelte leicht den Kopf um damit anzudeuten, dass er nicht aufgeben würde. Sie spürte jetzt intensiv seine Hand auf ihrer Taille. Ein leichtes Kribbeln ging von dieser Stelle aus und sie sah ihm in die Augen. Ohne dass sie es bewusst wahrnahm führte er sie tanzend übers Parkett. Aber Adrianas Gedanken führten in eine Richtung, die sie schon lange nicht mehr eingeschlagen hatten.

„Siehst du, du kannst es ja doch", riss Leonhard sie aus ihren Gedanken. Seine Stimme war ganz nah an ihrem Ohr und täuschte sie sich oder war sie etwas rauher als sonst. Sobald sie merkte, dass sie immer noch tanzten, verhaspelte sie sich wieder. Doch das Lied war glücklicherweise zu Ende.

„Komm, ich will dich nicht weiter quälen", meinte er mit einem schelmischen Grinsen und sie gingen zusammen auf die Terrasse. Adriana sagte nichts. Sie war wie benommen und betäubt von der Richtung, die ihre Gedanken eingeschlagen hatten.

Draußen war es schwülwarm, aber der leichte Fahrtwind überzog Adriana mit einer Gänsehaut. Leonhard stellte

sich schützend gegen den Wind und nahm sie in die Arme. Ihm war ihre seltsame Stimmung nicht entgangen und er ließ sich davon anstecken. Adriana gefiel ihm: sie war attraktiv, sportlich und lachte gern. Er hatte sie aber auch ein paar Mal dabei ertappt, dass sie mit den Gedanken abwesend war und in diesen Momenten sah sie traurig aus. Doch das machte ihn nur neugierig. Ihm war aufgefallen, dass beide es vermieden hatten, über sich zu sprechen.
Adriana hatte den Kopf an seine Schulter gelegt und sah hinaus auf das Wasser. Ihre Haare kitzelten ihn an der Nase. Als er die Hand hob, um die kitzelnden Haare zurückzustreichen hob sie den Kopf und sah ihn an. Kurz darauf küssten sie sich.
Als Leonhard die Arme um sie legte, hatte Adriana die Gewissheit, dass er sie nicht zurückweisen würde. Sie lächelte, hob den Kopf und sah, dass er schon darauf gewartet hatte. Der Kuss brachte die Gänsehaut zurück und ließ sie sehr empfindlich werden. Seine Arme umfingen sie noch immer, doch jetzt schien es, als ob überall dort, wo er sie berührte ein leichter Stromfluss unter ihre Haut ging und je länger der Kuss dauerte, desto tiefer ging dieser Stromfluss.
Die beiden hatten alles um sich herum vergessen. Adriana hatte die Arme um seinen Hals gelegt und wollte den Kuss nicht beenden, aber von irgendwoher drang ein leicht neidisches „Müssen die sich hier auffressen?" an ihre Ohren. Er hatte es offenbar auch gehört, denn kurz darauf lösten sich ihre Lippen voneinander und machten einem Lächeln Platz.
„Bevor wir noch öffentliches Ärgernis erregen, sollten wir lieber verschwinden", meinte Adriana mit einem

spöttischen Blick in die Richtung, aus der die neidische Stimme kam.

„Wir können ja nochmal tanzen", witzelte Leonhard und musste lachen, weil sie so tat als hätte sie es nicht gehört und sich weiter durch die Bar in Richtung Fahrstühle bewegte. Leonhard wollte den Abend noch nicht beenden, aber er sagte nichts weil sie so schnurstracks die Treppen hinunter lief und erst auf Deck sieben stehen blieb. Leonhard bedauerte, dass der Abend schon jetzt enden sollte und meinte: „Der Salsa-Abend war aber sehr kurz."

Adriana lächelte ihn mit einer Spur Unsicherheit an, nahm seine Hand und zog ihn hinter sich her zu ihrer Kabine. Zwar ging ihr immer wieder durch den Kopf ‚Was mache ich hier? Was mache ich hier?' Aber offenbar waren die Gefühle zu übermächtig.

„Leider habe ich keinen Sekt", sagte sie und schenkte zwei Gläser Wasser voll. Ein Glas reichte sie ihm und trat hinaus auf den Balkon. Er folgte ihr und gemeinsam ließen sie schweigend die dunklen Wälder vorüberziehen. Irgendwann legte er den Arm um ihre Schulter, sah sie an und sagte leise: „Der Kuss war sehr schön."

Adriana schoss noch immer durch den Kopf: ‚Was mache ich hier? Was mache ich hier?' Aber laut sagte sie mit heißerer Stimme: „Ja." Doch als er sich zu ihr hinüberbeugte legte sie ihm zart den Zeigefinger auf die Lippen.

„Wir wissen nichts voneinander und ich möchte nicht, dass du von mir denkst, dass... äh... naja...ich..." Sie ließ die Hand wieder sinken.

Leonhard verstand. „Ich denke so etwas nicht von dir und war deshalb auch sehr erstaunt, dass du mich mit auf

deine Kabine genommen hast. Aber du hast mir nicht die Kleider heruntergerissen und mich nicht in dein Bett gezogen." Zögernd fügte er hinzu: „Auch ich wollte den Abend noch nicht beenden." Er nahm einen Schluck Wasser und sie verfielen wieder in Schweigen.
Was jetzt? Folgten jetzt Fragen wie: Wie alt bist du? Wo wohnst du? Was machst du? Offenbar dachte er dasselbe, denn er fing an zu grinsen und Adriana lachte.
„Das ist ganz schön doof! Ich habe alles über die Geschichte von halb Südamerika gehört und von dir weiß ich nichts." Aber trotzdem war es blöd, gerade jetzt ein Frage-und-Antwort-Spiel zu beginnen. Sie merkte, dass sein Arm immer noch locker auf Ihrer Schulter lag. Nach und nach stellte sich wieder das Kribbeln ein. Sie sah ihn an und flüsterte: „Der Kuss war sehr schön."
Leonhard zog sie näher an sich heran und küsste sie erneut und diesmal unterbrach sie niemand.

Leonhard erwachte allein in seiner Kabine. Er blieb noch ein wenig liegen und dachte an den vergangenen Abend. Adriana hatte seinen Kuss erwidert und sich an ihn geschmiegt. Der Kuss hatte lange gedauert und als sie sich endlich gelöst hatten, hätte er nichts dagegen gehabt, wenn sie ihn in ihr Bett gezogen hätte, aber sie hat es nicht getan und als sie sich verabschiedet hatten und er in seinem Bett lag wurde er von erotischen Träumen übermannt. Als er jetzt daran denken musste sprang er auf und stellte sich unter die Dusche. Er bevorzugte eher kühles Wasser und ließ es eine ganze Weile laufen.
Was das gegenseitige Kennenlernen betraf, waren sie immer noch nicht weiter. Leonhard würde Adriana unbedingt seine Telefonnummer geben und hoffen, dass

sie ihn anruft. Noch besser wäre, wenn er ihre Telefonnummer haben könnte.

„Nach dem gestrigen Abend ist das doch berechtigt", sagte er zu sich selbst. Er trocknete sich ab, putzte die Zähne, zog sich an und verließ die Kabine in Richtung *Calypso-Restaurant*.

Adriana war gegen sechs Uhr wach. Sie ließ den gestrigen Abend gedanklich Revue passieren. Deutlich sah sie sein Bild vor sich, seine blauen Augen, die Lippen, die so gut küssen konnten, seinen nicht sehr muskulösen aber schlanken sehnigen Körper... Sie seufzte. Aber sie hatte richtig gehandelt. Sie wussten immer noch nicht mehr voneinander als die Namen und nach zwei Küssen gleich Sex? Natürlich kannten sie sich schon vierzehn Tage – vierzehn URLAUBstage. Und natürlich hätten sie Sex haben können – URLAUBssex! Aber Adriana fand das nicht richtig. Sie glaubte zwar nicht, dass Leonhard so einer sein könnte, der eine Frau nachdem er sie ins Bett bekommen hatte fallen ließ, aber konnte sie das wissen? Wenn er etwas für sie empfindet, dann würde er sich bei ihr melden. Heute war der letzte Tag und sie würde ihm ihre Telefonnummer geben.

Adriana zog Sportsachen an, band die Haare zu einem Zopf zusammen und ging zum Joggingparcour.

Während sie ihre Runden drehte färbte sich der Himmel von schwarz zu dunkelviolett, bekam dann kräftig rote Streifen und wurde mit jeder gelaufenen Runde heller. Als der Himmel sich rosa zeigte mit hellblauen Streifen ging Adriana zurück in ihre Kabine. Beim Joggen war ihr siedend heiß ein Gedanke gekommen: War Leonhard überhaupt single?

Adriana duschte sich, machte sich zurecht und ging zum Frühstück. Frank und Linda waren noch nicht da, Leonhard auch nicht, also suchte sie sich einen Tisch und ließ den Kaffee kommen. Auf Frank und Linda musste sie nicht lange warten und Linda konnte es kaum erwarten, Adrianas Bericht vom vergangenen Abend zu hören. Als Frank zum Buffet gegangen war fragte sie: „Und?"
Adriana hob den Daumen. „Klasse! Du wirst es nicht glauben, aber wir haben getanzt."
Es war Linda anzusehen, dass es nicht das war, was sie hören wollte.
„Linda! Mehr wie küssen war nicht!"
„Das reicht ja auch für den Anfang."
„Na auf alle Fälle, noch dazu, weil wir kaum etwas voneinander wissen", meinte Adriana, „Ich weiß nicht mal, ob er überhaupt single ist."
Doch bevor Linda antworten konnte fügte sie noch hinzu: „Frank kommt wieder."
Auch Frank wollte wissen, wie der Abend mit Leo war, aber er gab sich mit einem „Toll, wir haben es genossen." zufrieden und fing an zu frühstücken.
Jetzt erhob sich auch Adriana und ging zum Buffet. Sie tat sich gerade ein wenig Rührei auf den Teller als eine Stimme von hinten sagte: „Na, hast du gut geschlafen?"
Adriana erkannte die Stimme sofort. „Ja, ich hoffe du auch."
„Ich habe wunderbar geschlafen und geträumt", erwiderte Leonhard und zwinkerte ihr zu. Adriana konnte nicht anders, gab ihm ein kurzes Küsschen und sagte: „Wir sitzen dort." Sie wies mit dem Finger in die Richtung.
Während des Frühstücks legte das Schiff im Hafen von Manaus an. Ihnen blieb noch ein ganzer Tag. Den

darauffolgenden Tag ging Leonhards Flug gegen Mittag und Adriana, Linda und Frank würden eine Stunde später starten.

Für den heutigen Tag hatten sie den Ausflug *Geburtsort des Amazonas* gebucht. Gegen zehn Uhr sollte es losgehen. Es blieb also noch ein wenig Zeit für einen Kaffee auf der Terrasse. Adriana und Leo gingen schon mal vor und blieben mit ihrer Kaffeetasse an der Reling stehen, weil kein Sitzplatz mehr frei war. Beide hatten etwas auf dem Herzen und beide merkten auch, dass der andere etwas wollte, aber keiner sagte etwas und da kamen auch schon Frank und Linda.

Sie hatten ja noch den ganzen Tag Zeit.

Linda war es, die die Beiden endlich dazu brachte, die für sie wichtige Frage zu stellen. Im schwimmenden Restaurant konnte sie es nicht mehr mit ansehen, dass sich die Beiden wie Teenager verhielten. Sie sagte wie beiläufig: „Heute ist ja schon unser letzter Tag. Werdet ihr beide euch wiedersehen?"

Adriana sah Linda entsetzt an. Aber die Frage war gestellt und verlangte nach einer Antwort. Sie merkte dass Leonhard sie ansah und erwiderte den Blick.

„Ich würde dich gern wiedersehen!", sagte Adriana und beobachtete seine Reaktion. Das hellte seine bisher nachdenkliche Miene auf.

„Ich dich auch."

Adriana ging jetzt davon aus, dass er single war, was sie bei seinem Aussehen zwar etwas verwunderte aber dennoch erfreute.

Eigentlich war hier die Gelegenheit, das Gespräch weiter zu führen, aber der Reiseführer drängte zum Aufbruch und erzählte lauter interessante und teils auch vergnügliche Geschichten, die sie nicht verpassen wollten. Es gab so viel zu sehen und zu fragen und unglaubliche Bilder und Geschichten, dass die Vier erst zum Abendessen wieder Zeit zum Reden hatten und auch hier noch die Eindrücke des Tages verarbeiteten.

Als die beiden Männer sich ein Bier holten sagte Linda: „Ihr solltet das Gespräch von heute Mittag fortsetzen. Wir wollen nachher noch in die Fotogalerie, um uns die schönsten Bilder herauszusuchen, aber danach muss ich aufs Zimmer, um das Gröbste schon mal einzupacken. Frank wird sich wahrscheinlich noch ein Bier holen und im Internet nach den neuen Börsenzahlen schauen."

„Ich denke, in die Fotogalerie werden wir noch mitkommen. Ich hoffe dass Leo nicht auch zum Packen aufs Zimmer will und noch etwas mit mir trinken geht. Mal sehen, ob wir dann noch ein bisschen reden können." Adriana würde mit dem Packen schnell fertig sein und hatte sich das für morgen vor dem Frühstück vorgenommen. Da sie allein war und auf niemanden Rücksicht nehmen musste, würde das Packen in Nullkommanichts erledigt sein.

Als Frank und Leonhard mit dem Bier zurückkamen sagte Linda: „Wir wollen nachher noch gemeinsam in die Fotogalerie. Vielleicht sollten wir nicht mehr so lange trödeln, da wir wahrscheinlich nicht die einzigen sein werden."

Die Männer ließen sich durch Linda nicht drängen und unterhielten sich über Franks Job und Frank bestätigte Lindas Vermutung, dass er nach der Fotogalerie noch in die Börse sehen wollte.

Frank und Linda hatten sich verabschiedet nachdem sie sich für den nächsten Morgen zum Frühstück verabredet

hatten. Leonhard hatte es nicht eilig mit dem Packen und ging mit Adriana in die Ocean-Bar. Dort bestellten sie etwas zu trinken und setzten sich an einen freien Tisch. Leonhard zog einen Zettel aus seiner Brusttasche und gab ihn Adriana: „Meine Telefonnummer."
Darauf holte Adriana aus ihrer Tasche ebenfalls einen schon vorbereiteten Zettel: „Und das ist meine Telefonnummer." Adriana hatte sich dafür entschieden ihre Festnetznummer aufzuschreiben. Seine Nummer war eine Handynummer. Und wie erwartet kam dann auch die Frage: „03445? Wo ist das denn?"
„Bei Naumburg", antwortete Adriana.
„Ah, Naumburg, das ist doch gar nicht so weit weg von Leipzig."
„Das stimmt, kommst du denn aus Leipzig?"
„Ursprünglich ja, aber ich war lange Zeit in München."
„München habe ich vor einem Monat einen Besuch abgestattet. Hast du in München gearbeitet?"
Leonhard seufzte und meinte: „Ich hatte Arbeit. Jetzt suche ich etwas Neues. Vielleicht komme ich ja zurück nach Leipzig." Er sah sie an und fügte hinzu: „Wär doch schön, wenn das klappen würde, oder?"
„Ja", hauchte Adriana und dann küssten sie sich wieder.
Eigentlich wollte jeder vom anderen alles wissen, aber irgendwie hatten die beiden keine Lust über Dinge zu reden, die wieder mit dem Alltag zu tun hatten. Sie schwelgten lieber in Erinnerungen der gemeinsamen Zeit auf dem Schiff, lachten und küssten sich. Gegen Mitternacht trennten sie sich dann und gingen jeder in seine Kabine.

## 12.

Kopfschüttelnd schaltete Adriana den Laptop aus. Wieder hatte sie versucht, im Internet etwas über ihr Vorhaben herauszufinden. Nichts. Nur die Andeutung, dass Blut nicht geklont werden kann. Aber warum? Nirgends fand sich eine Begründung. Alles findet man im Internet, aber dieses Thema war wie abgewürgt. Und dass hier die Forschung nicht intensiver betrieben wird, angesichts der vielen Blutspende-Werbung, das kam ihr reichlich komisch vor.

Es waren jetzt vier Tage nach ihrer Rückkehr vergangen. Die fleißige Erika hatte das Haus tipptopp in Ordnung gehalten und auch jetzt alle Spuren ihrer Reise beseitigt. Die AIDA-Bilder lagen in einem ordentlichen Stapel auf dem Schreibtisch in ihrem Arbeitszimmer. Ein Bild davon, welches sie gemeinsam mit Leo, Linda und Frank zeigte stand mit einem Rahmen auf einem runden Schränkchen im Wintergarten nahe dem Platz, auf dem sie gerade saß.

Leonhard hatte sie nur einmal kurz angerufen und ihr gesagt, dass er derzeit viele Dinge zu regeln hätte und erst anrufen würde, wenn er Ergebnisse hätte. Sie solle sich keine Sorgen machen. Verabschiedet hatte er sich mit den Worten: „Ich kann es kaum erwarten, dich wiederzusehen." Sie war sich sicher, dass Leonhard sich wieder melden würde. Sie sehnte sich nach ihm. Aber derzeit bereitete ihr wieder ihr Vorhaben Kopfzerbrechen.

Gedankenverloren starrte Adriana über die vielen Kerzen hinweg in die Dunkelheit hinter ihrem Wintergarten. Dies hier war ihr Lieblingsplatz und angesichts des bevorstehenden Advents und der früh hereinbrechenden Dunkelheit entzündete sie gern viele Kerzen.

Sie klappte den Laptop zu und dachte über ihr Ziel nach, das Ziel was keiner kannte. Ja, sie wollte wissen, ob es wirklich Vampire gab, unsterbliche Wesen mit unglaublicher Kraft und Schnelligkeit und Schönheit. Aber wie findet man Vampire? Es gab keinen Anhaltspunkt, genauso wenig, wie sie eine Spur zu Thomas Wind finden konnte. Zwar hatte sie seit ihrem Urlaub nicht mehr in dieser Richtung geforscht, aber die Sache mit dem Blut war ein wichtiges Zwischenziel. Adriana würde die Suche nach den Vampiren und Thomas Wind erst einmal nicht in den Vordergrund rücken, aber die Augen und Ohren für ungewöhnliche und mysteriöse Nachrichten offenhalten. Und dann war da ja auch noch Leo.

## 13.

„… Ich bin in Leipzig bei Freunden und kann eine Woche bleiben", meldete Leos Stimme aus dem Telefon, „Wo können wir uns treffen?"
Adrianas Herz klopfte.
Endlich am zweiten Adventssonntag kam sein lang erwarteter Anruf. Sie hatte schon mehrmals zu seiner Handynummer gegriffen, aber dann doch nicht angerufen. Er wollte sich melden.
„Hm, lass mich mal überlegen." Adriana suchte nach einer gemütlichen Lokalität, wo man in Ruhe reden konnte und wo nicht gleich gegafft und gemeckert wurde, wenn man sich mal küsste. „Ich kenne da einen Weinkeller, der in Richtung Leipzig liegt. Dort muss ich nur vorbestellen, damit wir einen schönen Platz bekommen."
Leonhard war das völlig egal. Er hätte sich auch auf dem Bahnhof mit ihr getroffen oder auf dem Marktplatz. Hauptsache er sah sie wieder.
„Sag mir wo das ist und wann!", erklang seine ungeduldige Stimme aus dem Telefonhörer und Adriana musste lächeln.
„Ich versuche so schnell wie möglich einen Tisch zu bestellen, dann rufe ich dich zurück. Bis dann!"
Drei Stunden später stieg Adriana aus dem Golf und ging in den Weinkeller. Die Platzreservierung für eine dieser Nischen war nicht so einfach gewesen, aber ein kleines Entgelt bewirkte auf wundersame Weise, dass dann doch noch etwas frei war. Eine halbe Stunde vor dem vereinbarten Zeitpunkt war Adriana schon da, weil Leo nichts von dem „Reservierungsentgelt" mitbekommen sollte. Normalerweise verabscheute Adriana solche

Maßnahmen, aber eine andere Lokalität war ihr in der Kürze der Zeit nicht eingefallen und auch sie war ungeduldig, Leonhard wiederzusehen. So ging sie in den Weinkeller, zahlte mit leicht angewiderter Miene für die Reservierung und ließ sich zu dem gewünschten Tisch führen. Sie bestellte sich ein Glas Wein und erklärte dem Kellner, dass sie einen Herrn Weis erwarte.

Leonhard ließ nicht lange auf sich warten. Zehn Minuten vor der Zeit war er da und wurde zu ihrem Tisch geführt. Nachdem er den Kellner mit den Wunsch weggeschickt hatte, er wolle dasselbe trinken, wie die Wartende, setzte er sich zu ihr und küsste sie, bevor er meinte: „Entschuldige, ich hab so lange darauf gewartet!"

Aber Adriana fand, dass es nichts zu entschuldigen gab.

„Ich bin auch glücklich, dass wir uns endlich wiedersehen. Aber jetzt bin ich auch neugierig und will endlich mehr von dir wissen."

„Ja, ich auch von dir. Im Urlaub war das irgendwie nicht so wichtig. Da gab es so viele andere schöne Dinge und Ablenkung. Aber jetzt sind wir wieder in der Heimat und bei all dem Stress in der letzten Zeit haben sich bei den Gedanken an dich auch viele Fragen eingeschlichen."

Der Kellner brachte den Wein und fragte nach der Speisenbestellung. Da Leonhard noch gar nicht dazu gekommen war in die Speisekarte zu schauen raunte er Adriana zu: „Ich verlass mich auf dich."

Adriana bat den Kellner ihnen etwas zu empfehlen und danach bestellten sie. Das Essen war ihr völlig egal, sie hatte keinen Hunger.

„Na dann erzähl doch mal, was du nach dem Urlaub für Stress gehabt hast." Leonhard stieß geräuschvoll die Luft aus und begann zu erzählen, dass er überraschenderweise die Kündigung erhalten hatte, daraufhin erst einmal den lange geplanten Urlaub machen wollte und nun die Sache mit der Arbeitslosigkeit geregelt hatte. Seine bisherige Wohnung hatte er auch gekündigt und sich nach einer neuen Arbeit umgehört. All diese Dinge hatten ihn zweieinhalb Wochen auf Trab gehalten und nun hatte er eine Zusage vom Max-Planck-Institut in Heidelberg.

„An einem Institut in Heidelberg? Was tut man an diesem Institut?" fragte Adriana und durch ihren Kopf schwirrten die Worte München – *CampusReporter* - *weiser Löwe*. Wie sie ausgerechnet jetzt darauf kam, war ihr schleierhaft. Was wollte ihr Unterbewusstsein damit sagen?

„Ich werde in der Abteilung Entwicklungsgenetik des Nervensystems arbeiten. Ich bin Genforscher."

Das schlug ein wie eine Bombe. Adriana ließ sich in die Lehne ihres Stuhls fallen und schaute Leonhard völlig entgeistert an. Erschrocken sagte er: „Was hast du denn? Du bist ja ganz bleich!"

Adriana schüttelte den Kopf, als würde sie lästige Gedanken vertreiben. „Da ist... Ich weiß nicht was ich dazu sagen soll... Das wirst du nicht glauben...", stammelte Adriana.

Leonhard schaute sie verunsichert an. „Was werde ich nicht glauben."

„Dass ich einen Genforscher suche", antwortete Adriana und sah Leo immer noch entgeistert an.

„Du? Du suchst einen Genforscher? Wozu brauchst du einen Genforscher?" Nun war es Leonhard, der völlig ungläubig schaute und Adriana zischte: „Pssst, nicht so laut." Und nach einer kurzen Pause fuhr sie fort: „Ja, ich suche einen Genforscher und ich sage dir auch gleich wofür. Aber ich frage mich, warum mir ständig ein User

aus einem Münchner Studentenforum durch den Kopf geht. Er nannte sich *weiser Löwe* mit einfachem *s.*"
„Das wird ja immer unheimlicher!", raunte Leonhard ihr zu, „Diesen Namen habe ich in dem Forum verwendet."
Irgendwie wusste Adriana die Antwort kurz bevor er das sagte. Leonhard Weis – *weiser Löwe*. Aber sie ließ das unkommentiert. „Ich sagte dir ja, dass ich einen Genforscher suche. Ich habe im Internet stundenlang gesucht und es schließlich in einem Studentenforum versucht. Dort stieß ich auf einen Beitrag von dir, in dem du mitteilst, dass du Arbeit gefunden hättest."
Leo bemerkte mit gerunzelter Stirn: „Das war vor über zwei Jahren…"
„Ich weiß!", fiel sie ihm ins Wort „Ich wollte dir damit nur beweisen, dass ich nach einen Genforscher gesucht habe, bevor ich dich kannte."
„Das beweist gar nichts", sagte Leonhard leicht spöttisch, „Das hättest du auch in den letzten zwei Wochen machen können."
Adriana sah ihn jetzt traurig an, „Da habe ich dich aber noch nicht mit dem User *weiser Löwe* in Verbindung bringen können und auch nicht gewusst, dass du Genforscher bist."
Auch Leonhard merkte jetzt, dass beide drauf und dran waren, sich den Abend zu verderben. „Entschuldige, das ist alles so, so… äh… unwirklich! Ich will nicht streiten, aber nun ist das alles gesagt und ich kann mich auf etwas anderes nicht mehr konzentrieren. Wenn du einen Genforscher suchst, warum schaltest du nicht eine Annonce?"
„Naja ich weiß nicht recht. Das ist alles ein bisschen komisch. Da ist irgendwas nicht ganz koscher! Irgendwas

stimmt da nicht", stammelte sie. Adriana erzählte ihm schließlich von ihrem Vorhaben und von ihren unbefriedigenden Internetrecherchen und machte im Gegensatz dazu klar, wie nötig Blut war. Während sie erzählte verfinsterte sich Leonhards Gesicht. Sie merkte das und brach ab. Fragend blickte sie ihn an. Aber er sagte nichts, weil im diesem Augenblick das Essen serviert wurde.

Leonhard dachte offenbar über etwas nach. Er stürzte sich auf sein Essen. Es schien zu schmecken, weil er nicht aufhörte zu essen, aber seine Miene wurde immer finsterer.

Adriana sagte nichts. Sie nippte nur an ihrem Wein und beobachtete ihn. Das Essen würde ihr nur im Hals stecken bleiben. Was war nur los mit ihm?

Plötzlich hörte er auf mit essen. Er sah in ihr fragendes, fast schon ängstliches Gesicht. „Du isst ja gar nichts!"

„Ich kann jetzt nicht essen. Und du siehst aus als wolltest du gleich jemanden verprügeln. So habe ich mir unser Wiedersehen nicht vorgestellt."

Er flüsterte nur: „Was ich dazu zu sagen habe kann ich nicht hier sagen in der Öffentlichkeit. Das sind so viele merkwürdige Zufälle."

Er hatte dafür unterschrieben, nichts zu sagen. Bei den vielen Zufällen, kam ihm sogar der Gedanke, dass Adriana an seiner Kündigung Schuld trug. Er horchte in sich hinein und spürte tief in seinem Inneren, dass er Adriana vertrauen konnte. Trotzdem musste er erst einmal alles über sie wissen. „Wie wäre es, wenn du erst einmal ein bisschen von dir erzählst?"

Es war aber auch nicht für alle Ohren bestimmt, dass sie mehrfache Millionärin war und irgendwie hatte sie das

Gefühl, dass beide eine kurze Pause brauchten. Darum traf sie eine Entscheidung. „Erwarten dich deine Freunde zurück?", fragte sie.
Damit hatte er nun gar nicht gerechnet. Er wollte ihr schon schnippisch antworten, dass sie ihre Lebensgeschichte auch abkürzen konnte, sagte aber dann: „Ich bin ihnen nicht zu Rechenschaft verpflichtet, würde aber anrufen, wenn ich nicht zurückkomme."
„Gut, wir fahren zu mir!", sagte sie und winkte dem Kellner. Sie bezahlten und verließen den Weinkeller.
„Fahr mir einfach hinterher!"
Sie wartete bis er in sein Auto gestiegen war und fuhr los.

Sie hatte ihm alles erzählt, alles, bis auf die Sache mit den Vampiren. Ihre Fahrt nach Luzern hatte sie damit begründet, einen alten Freund zu besuchen, diesen aber nicht mehr angetroffen zu haben.
Sie hatten sich im Wohnzimmer gegenüber gesessen, sie auf der Couch, er im Sessel. Über Tony zu sprechen war ihr nicht leicht gefallen, aber sie hatte erleichtert festgestellt, dass sie darüber sprechen konnte und es tat sogar gut. Leonhard hatte sie mitfühlend angesehen, war aber nicht zu ihr herübergerutscht, um sie tröstend in den Arm zu nehmen. Auf seine Frage, ob ihr Vorhaben nur so eine fixe Idee wäre hatte sie geantwortet: „Ich will eine Aufgabe! Eine richtige Aufgabe und ich bin bereit, dafür viel Geld auszugeben. Ich habe lange überlegt, was ich mache und das mit der Blutspende-Werbung war auf der Fahrt nach Luzern irgendwie auffällig. Ich will keine Hotels bauen oder Wellnesstempel für die reichen Schnösel. In Wohltätigkeitsorganisationen spende ich lieber anonym. Ich will nicht, dass die mir die Bude

einrennen und auch nicht ins Licht der Öffentlichkeit. Irgendwas verkaufen will und kann ich nicht. Ich wollte etwas Richtiges und verstehe halt nur nicht, warum es so etwas noch nicht gibt. Das ist doch ein Widerspruch. Man kann ganze Organismen klonen und da sollte es bei einem Bestandteil dieser Organismen, dem Blut, nicht gehen? Das verstehe ich nicht! Und wenn das wirklich nicht funktionieren sollte, dann will ich wenigstens wissen warum!"

Leonhard hatte seine Brille abgenommen und rieb sich die Schläfen. Er hatte unterschrieben. Er durfte nicht darüber reden! Worüber reden? Er musste sich noch einmal die Verschwiegenheitserklärung durchlesen. Er wollte auf Nummer Sicher gehen.

Leonhard war nicht geblieben. Es gab keinen Kuss, nur eine lange Umarmung und die Abschiedsworte: „Ich weiß nicht, ob ich dir helfen kann. Ich muss zurück nach München. Aber ich melde mich bei dir."

Dann hatte er sie losgelassen und war gegangen. Wie betäubt stand Adriana fünf Minuten später immer noch an der Stelle, wo er sie umarmt hatte. Danach war sie mechanisch unter die Dusche gegangen und ins Bett. Sie hatte sich auf die Seite gerollt und war irgendwann auf dem tränennassen Kissen eingeschlafen.

## 14.

Leonhard suchte die Verschwiegenheitserklärung und las sie mehrfach durch und lächelte. Offenbar war das so ein allgemeiner Vordruck. Jedenfalls hatte sich keiner große Mühe mit irgendwelchen juristischen Formulierungen gemacht. Er musste darin erklären, dass er über die Arbeit im Institut absolutes Stillschweigen zu wahren hätte und dass sämtliche Datenträger oder sonstige Niederschriften Eigentum des Instituts seien.

Da stand aber nicht, dass er als Genforscher keine weiteren Forschungen bezüglich der Sache selbst machen durfte. Damit war es klar. Er würde zwar von vorn anfangen müssen, aber Vieles war noch in seinem Kopf.

Auf seiner Fahrt zurück nach München bedauerte Leonhard seinen Abschied bei Adriana. Aber dieses Wiedersehen war so komisch verlaufen, dass er einfach nicht in der Lage war, Adriana Zärtlichkeiten entgegen zu bringen. Er wollte nichts Falsches sagen und damit alles kaputt machen. Er wusste, dass er sie enttäuscht zurückgelassen hatte.

Gedankenverloren schüttelte er gewohnheitsgemäß die Werbung der letzten Wochen aus bevor er sie in eine Kiste packte, die er dann in den Papiercontainer brachte. Verwundert schaute er auf einen weißen Umschlag der aus einem älteren Werbeprospekt gerutscht war. Er hob ihn auf. Es stand nur sein Name darauf, keine Postwertzeichen oder die vollständige Adresse oder ein Absender. Schulterzuckend öffnete er ihn und zog einen Zettel hervor auf dem stand: „Ruf mich doch mal an! Steffi" und darunter stand die Telefonnummer.

Steffi? Was kann sie von mir wollen? Er erinnerte sich an die eher kräftig wirkende Assistentin. Sie hatten ganz gut zusammen gearbeitet, aber privat lief da nichts. Steffi war so gar nicht sein Typ. Kurze rote Strubbelhaare, kleine Brüste, schmale Hüften aber kräftige Oberarme und Oberschenkel. Er konnte sich nicht vorstellen, dass überhaupt ein Mann Interesse an Steffi zeigen könnte. Aber sie war flink und nicht dumm und die Zusammenarbeit war gut gewesen. Sie wusste, wo er wohnt, weil sie ihn einmal nach einer ziemlich langen Spätschicht, nach der sein Auto gestreikt hatte, nach Hause brachte.
Leonhard war neugierig geworden, griff zum Telefon und wählte die Nummer, die auf dem Zettel stand.
„Drahme", meldete sich Steffis Stimme am Telefon.
„Hier ist Leonhard. Ich habe deine Nachricht gefunden", antwortete Leonhard.
„Jetzt erst?", fragte Steffi, „Die Nachricht habe ich dir schon vor mindestens drei Wochen in den Briefkasten gesteckt. Ich hab gar nicht mehr mit deinem Anruf gerechnet. Wo warst du denn?"
„Ich habe erst einmal kräftig Urlaub gemacht und mich dann um den ganzen Arbeitslosenkram gekümmert und Bewerbungen und so weiter. Und der Umschlag war irgendwo zwischen der Werbung. Aber worum geht's denn eigentlich."
„Naja ich wollte dir sagen, dass ich zwei Wochen nach deinem Rauswurf ebenfalls die Kündigung bekommen habe. Und ein paar Tage später habe ich erfahren, dass Sven, der eingebildete, blöde Arsch, selbst gekündigt hatte. Ich dachte das würde dich interessieren."
„Er hat selbst gekündigt?", fragte Leonhard überrascht.

„Ja, das kam mir sehr spanisch vor und ich dachte, dass du das vielleicht wissen solltest. Ich war mit dem Pförtner mal ein Bierchen trinken und der sagte mir ganz im Vertrauen, dass Sven das Institut mit zwei Kisten verlassen hatte. Eine davon war aus dem Labor."

Sie machte eine kurze Pause und fuhr dann fort: „Ähm, ich gehe davon aus, dass du das für dich behältst."

„Ja natürlich. Tja… äh… wollen wir ein Bier zusammen trinken?" fragte Leonhard, denn diese Unterhaltung schrie nach einer Fortsetzung.

Steffi war einverstanden und sie verabredeten sich eine Stunde später in einer kleinen Studentenkneipe.

„Hallo Leo!", sagte Steffi und setzte sich ihm gegenüber. Sie drehte sich zur Bar: „Ich nehme ein Weizen!"

„Hallo Steffi, ich hätte nicht gedacht, dass wir mal gemeinsam in eine Kneipe gehen", meinte Leo.

„Tja, warum haben wir das nie gemacht?" Steffi lehnte sich zurück und verschränkte die Arme. „Du warst ja immer so in deine Arbeit vertieft." Sie grinste spöttisch.

„Und du warst nicht mein Typ und bist es immer noch nicht", erwiderte Leonhard trocken.

Die Bedienung stellte das Weizenbier auf dem Tisch, machte einen Strich auf den Bierdeckel und verschwand wieder.

„Aber wir haben gut zusammengearbeitet und nun erzähl mal: Woher willst du wissen, dass das eine Kiste aus dem Labor war."

„Es war deine Kiste aus dem Labor. Reinhold, der Pförtner, meinte, dass auf der einen Kiste ein blauer Deckel war. Der war eingerissen. Denk mal an die Kiste, wo du immer die CDs einsortiert hast."

„Da war meine ganze Arbeit drin. Der Mistkerl hat meine Arbeit geklaut!", zischte Leo. Stefanie sah ihn an.
„Ich weiß noch ein bisschen mehr. Aber das musst du für dich behalten, okay?"
Leo nickte und versprach leise: „Ich werde niemanden was sagen. Jetzt erzähl schon!"
„Also: Mir kam das auch komisch vor, dass der einfach so mit unserer Arbeit verschwinden kann. Ich habe Reinhold gefragt, ob der mir mal die Adresse von Sven aus der Datenbank besorgt. Dann bin ich dort mal hingegangen und siehe da: Der Vogel war ausgeflogen.
Glücklicherweise hatte das Haus einen Else-Kling-Verschnitt. Die Omi sagte mir, dass der Herr Sanddorn eines Vormittags mit einem kleinen Koffer und zwei Kisten in ein schwarzes Auto gestiegen sei. Es war ein Mercedes mit einem ausländischen Kennzeichen. Sie meinte wohl es wäre russisch, war sich da aber nicht sicher."
Das waren ungeheuerliche Nachrichten. Leonhard meinte grimmig: „Aber können wir da nichts machen? Unsere Arbeit war für das Institut."
Steffi schüttelte den Kopf und meinte bissig: „Nein! Überleg doch mal! Sven ist nicht einfach so heimlich verschwunden. Der ist da am helllichten Tag rausspaziert, nachdem er offiziell gekündigt hatte. Meinst du nicht, dass die Leitung des Instituts dahintersteckt? Vielleicht haben die ein großes Stück vom Kuchen abbekommen? Wer weiß, was da im Gange ist?"
Leo musste an das denken, was Adriana ihm gesagt hatte über ihre Internetrecherchen. Er hatte am Institut fast den Beweis liefern können, dass es möglich war Blut herzustellen. Er war fest davon überzeugt, dass der letzte

Versuch geklappt hätte. Und er erinnerte sich auch, dass er das voller Euphorie in Svens Beisein gesagt hatte. Am nächsten Tag war er gekündigt worden.
„Ja, wer weiß was da im Gange ist", antwortete Leo.
„Gibt es hier Internet?", fragte er und sah sich um.
„Nein", sagte Steffi, „aber ich habe mein Netbook dabei. Was willst du denn wissen?"
„Schau einfach mal nach, ob irgendwo steht, ob Blut geklont werden kann."
Steffi arbeitete eine Weile und meinte dann: „Hier steht überall, dass Blut nicht geklont werden kann. Man kann es ja auch nicht klonen im Sinne von KLONEN. Das weißt du. Worauf willst du hinaus?"
„Woher kommen die Quellen, die das behaupten?", drängte Leonhard.
Steffi klimperte wieder eine Zeit lang auf der Tastatur herum. „Hier ist ein David Neblung vom Institut Freiberg", sagte sie nach einer Weile, „die anderen Quellen sind nicht benannt." Sie klimperte wieder auf der Tastatur herum während Leonhard sie fragte: „Freiberg? Dort gibt es keine Genforschung oder ein Institut in biologischer und medizinischer Richtung, oder?"
„Nein", erwiderte Steffi, die offenbar denselben Gedanken hatte und die Seite der Institute in Freiberg durchforstete, „die haben da alles Mögliche an ihrer Bergakademie und TU, aber diese Richtungen sind nicht vertreten."
„Also ist das alles nur Fake!", sagte Leonhard mehr zu sich selbst.
Aber Steffi griff das auf. „Sieht ganz so aus, und ich denke wir sollten uns da nicht reinhängen. Da scheint irgendeine

große Sache im Gange zu sein. Und denk dran, du hast mir versprochen: Zu keinem ein Wort!"

„Ich sag niemandem etwas!", entgegnete Leo unwirsch und trank sein Bier aus. „Ich nehme noch eins!", rief er der Bedienung zu.

Steffi trank einen Schluck sah ihn grimmig an. „Irgendwie hast du da noch was. Ich hab da so eine Ahnung, dass du nicht locker lässt. Sollte ich bereuen, dass ich dir etwas gesagt habe?"

Leonhard rollte mit den Augen. „Nein, ich verrat nichts, aber ich überlege gerade: Niemand kann mir verbieten, dieses Forschungsprojekt noch einmal durchzuführen, oder?"

Steffi sah ihn ungläubig an. „Was? Das alles nochmal? Nochmal zwei Jahre?"

„Unsinn", grinste Leonhard, der gerade einen Entschluss gefasst hatte, „nochmal brauch ich keine zwei Jahre."

Aber Steffi sah ihn misstrauisch an. „Du? Allein? Überleg mal was du alles brauchst. Woher willst du das Geld nehmen!"

Doch Leonhards Gesicht wurde immer selbstzufriedener, so dass sie überrascht sagte: „He, du hast einen neuen Job, stimmt´s? Eh, Kumpel, vergiss mich nicht!"

Danach hatte Leonhard ziemlich schnell sein Bier hintergekippt und sich verabschiedet nachdem er Steffi versprochen hatte nochmal anzurufen. Ja, er würde Adriana bei ihrem Vorhaben unterstützen. Es musste nur geheim bleiben. Und es gab noch ein paar Kleinigkeiten zu klären.

## 15.

„Soll ich wirklich nicht rüberkommen?", fragte Linda mit besorgter Stimme am Telefon.
„Nein, ich glaube ich brauche einfach nur ein bisschen Ruhe", antwortete Adriana.
„Na gut, wie du meinst." Linda gab auf. „Aber ich ruf morgen wieder an." Nach Adrianas Zustimmung legte sie auf. Irgendwas muss mit Leo schiefgegangen sein, dachte sie sich, und Adriana war offenbar noch nicht bereit darüber zu sprechen, und wenn sie nicht sprechen wollte, dann war nichts zu machen. Linda seufzte und bastelte weiter an den Weihnachtskarten, die sie verschicken wollte.

Adriana rollte sich wieder auf der Couch zusammen. Nur zu gerne würde sie in einem Gespräch mit Linda ihrem Liebeskummer Luft machen. Aber da müsste sie ja ihr Vorhaben Linda erklären. Adriana überlegte, ob sie Linda nicht einfach in alles einweihen sollte. Auch Frank passte diese Heimlichtuerei gar nicht. Aber so wie die Dinge jetzt standen, war sie sowieso kurz vor dem Aufgeben. Sie brauchte jemanden, der die Forschung für sie durchführte. Illegal oder nicht, moralisch verwerflich oder nicht. Die Forschung oder die Beweisführung, ob das Klonen von Blut möglich war oder eben nicht – das konnte doch nicht verboten sein. Sie wollte es ja auch nicht an die große Glocke hängen. Die Sache mit dem Forscher war jedoch schwieriger als gedacht.
Es war jetzt drei Tage her nachdem Leo gegangen war. Und wieder zerbrach sie sich den Kopf darüber, was Leo so abweisend gemacht hatte. Seit sie von ihrem Vorhaben

gesprochen hatte, war er wie ausgewechselt. Gar nicht mehr der wunderbare Mann aus dem Urlaub. Sollte es doch nur eine Urlaubsbekanntschaft gewesen sein. In diesem Fall beglückwünschte sie sich selbst, dass sie der Versuchung widerstanden hatte, mit ihm ins Bett zu gehen.

Aber wenn er nicht mehr als eine Urlaubsaffäre wollte, warum rief er dann an und traf sich mit ihr? Nein, sie wurde daraus nicht schlau.

Eine kleine Hoffnung blieb ihr noch: Er hatte gesagt, er würde sich melden. Und daran klammerte sie sich.

Und siehe da: Als es draußen ganz langsam anfing dunkel zu werden klingelte Adrianas Telefon. Als sie abnahm und Leos Stimme hörte machte ihr Herz einen Satz vor Freude.

Mit dieser Wendung hatte Adriana nun nicht gerechnet. Noch vor Weihnachten würde Leonhard herkommen. Ihr Angebot, ob er bei ihr übernachten wollte – das Haus sei ja groß genug – hatte er erfreut angenommen. Wo sie soeben noch resigniert zusammengerollt dagelegen hatte, saß sie jetzt aufgeregt und mit klopfenden Herzen da und machte Pläne. Morgen würde sie erst einmal mit Erika sprechen.

„Ich mache mit bei dem Projekt", hatte er gesagt, „Wenn du nichts dagegen hast bleibe ich über die Feiertage. Da können wir alles in Ruhe besprechen." Zum Schluss hatte er noch gesagt, dass ihm sein überstürzter Aufbruch leid täte und dass er sie vermissen würde.

Das tat gut! Diese Aussage wärmte Adrianas Herz.

In zehn Tagen war Weihnachten. Irgendwann in diesen zehn Tagen würde Leonhard hier sein.

Einen Tag vor Weihnachten kam Leo. Der Himmel war schon fast schwarz als es klingelte. Erika hatte vorbildlich das Gartentor verschlossen, so dass Adriana sich schnell eine Jacke überwarf und nach draußen ging. Sie lief die Einfahrt hinunter, welche durch den mit bunten Lichtern geschmückten Tannenbaum im Vorgarten ein wenig erhellt wurde. Adriana schloss das Tor zum Grundstück auf und sah sich im nächsten Augenblick in Leos Armen wieder. Er wirkte irgendwie gelöst und zeigte dieselbe Überschwänglichkeit, die Adriana auch auf dem Schiff an ihm erlebt hatte.
„Fahr dein Auto rein und bis hoch!", sagte Adriana, als er sie und ihre Lippen wieder losließ. Sie fing an zu frieren und wollte wieder rein.
Drinnen stellte er erst einmal seinen Koffer ab und sah sich um. Er war froh, dass er hier nicht über zu viel Weihnachtsschmuck drübersteigen, dazwischen Slalom laufen oder daran hängenbleiben musste. Adriana hatte nur sehr spartanisch geschmückt mit roten und goldenen Bändern und Kugeln und frischem Tannengrün. Kerzen gab es auch genug, aber diese glaubte Leonhard schon bei seinem letzten Besuch hier gesehen zu haben.
„Ich zeig dir erst einmal dein Zimmer", sagte Adriana. Er schnappte sich seinen Koffer und lief ihr hinterher. Sie zeigte ihm gleich noch das Gästebad. „Du kannst dich ja ein bisschen frischmachen. Ich warte unten", bot sie an und ging nach unten. Dort schob sie Erikas schon vorbereiteten Broiler in den Ofen. Dazu machte Adriana Klöße und Rotkraut. Sie deckte den Tisch und war gerade dabei die Kerzen anzuzünden als sie Leos Stimme hörte.
„Hmmmm, was für ein köstlicher Duft!" Wenig später sah sie ihn im Durchgang zum Esszimmer stehen. „Und was

für ein köstlicher Anblick", fügte er noch mit Schalk in den Augen hinzu.

Adriana lachte und drückte ihm eine Flasche ihres eigenen Weines in die Hand. „Du kannst schon mal einschenken. Ich komme gleich wieder."

Wenig später saßen sie sich am Esstisch gegenüber und ließen sich den Broiler schmecken. Nach dem Essen nahmen sie den Wein und setzten sich im Wintergarten vor den Kamin. Sie hatten es sich beide in dem davorstehenden Bigsofa bequem gemacht, er hatte seinen Arm um sie gelegt und beobachtete gemeinsam mit ihr das Feuer. Mit der anderen Hand nahm er sein Weinglas und trank einen Schluck. Sie genossen die Ruhe und plauderten über den Wein, den Weinberg und Erikas Mann Horst, der den Wein kelterte. Sie hatten beide noch keine Lust über ihr zukünftiges Vorhaben zu reden.

„Wir sind heute Abend bei Frank und Linda eingeladen. Aber keine Angst! Ein Weihnachtsmann kommt nicht und du musst auch nicht singen, wenn du ein Geschenk haben willst", flachste Adriana bei einem Spaziergang am nächsten Tag. Nach dem ausgiebigen Frühstück hatte Adriana beschlossen, ihm ihr Reich zu zeigen und ein wenig von der Umgebung. Es war knackig kalt und sie waren froh, dass Erika eine Suppe auf den Herd gestellt hatte. Mehr wollten sie nicht essen, weil Linda ihnen übel nehmen würde, wenn sie ohne Hunger auftauchen würden.

Und tatsächlich: Adriana und Leo waren kaum hereingekommen, als Linda auch schon zu Tisch bat. Es gab Muffins, Stollen, Lebkuchen und einen großen Haufen der unterschiedlichsten Plätzchen. Und noch während des Kaffeetrinkens redete Linda schon vom nächsten Essen. Sie wollte unbedingt, dass beide am ersten Feiertag zum Essen kamen und hörte solange nicht auf, bis beide zugestimmt hatten. Nach dem Kaffee machten es sich alle gemütlich und sie schwelgten gemeinsam in Urlaubserinnerungen, bis Frank plötzlich aufstand, in einem Schubfach in der Kommode herumkramte und Linda schließlich ein kleines Kästchen überreichte: „Fröhliche Weihnachten, mein Schatz" sagte er und küsste seine Frau. Mit strahlenden Augen öffnete Linda das Kästchen und bestaunte ihre neuen Ohrringe. Sie wollte sie Adriana zeigen, hielt sich aber zurück, weil die beiden sich soeben auch mit kleinen Geschenken überraschten. Adriana hatte ein ähnliches Kästchen wie Linda bekommen und bestaunte einen wunderschönen silbernen Anhänger in Form eines Eiskristalls mit vielen kleinen Glitzersteinchen. „Der ist aber schön!", hauchte sie und Leo sagte glücklich, dass er gehofft hatte, dass ihr der Anhänger gefallen würde. Er seinerseits war von Adriana mit einer neuen Armbanduhr überrascht worden. Sie sahen sich mit glänzenden Augen an und küssten sich. Sie tranken noch ein Glas Wein mit Frank und Linda und meinten dann, aufbrechen zu wollen. Linda sah ihnen an, dass sie jetzt allein sein wollten und erinnerte sie nur an das morgige Mittagessen bevor sie sie gehen ließ.

Leonhard wollte Adriana nicht mehr loslassen. Die Weihnachtsstimmung hatte beide so verzaubert, dass sie nicht mehr voneinander ablassen konnten, dass es keine vernünftigen Überlegungen mehr gab und dass um sie herum nichts mehr wichtig war. Diese Nacht verbrachten beide in einem Bett.

Die Wintersonne schien Adriana ins Gesicht, als sie endlich erwachte. Leo hatte den Kopf auf seinen Arm

gestützt und sie beobachtet. Als sie endlich erwachte sagte er: „Na? Schlafmütze."
Er hatte sie aber schlafen lassen. Die vergangene Nacht war lang gewesen. Jetzt grinste er sie an. Sie grinste verschlafen zurück und reckte sich. Er zog sie zu sich heran, gab ihr einen Kuss auf die Nasenspitze und meinte.
„Ich glaube, das Frühstück können wir weglassen. In zwei Stunden müssen wir bei Linda sein."
„Hmmm" machte Adriana und rollte sich aus dem Bett. „Einen Kaffee können wir schon noch trinken."
Erika hatte über die Weihnachtsfeiertage frei und so ging sie selbst in die Küche und setzte Kaffee an. Dann ging sie wieder hoch und stellte sich unter die Dusche.
Wenig später saßen beide mit der Kaffeetasse in der Hand vor dem kalten Kamin. Leonhard hatte angefangen von sich zu erzählen. Er erzählte von der dramatischen Krankheit seiner Mutter, der Verzweiflung und dem Freitod seines Vaters. Er war wie Adriana allein und hatte keine Familie mehr.
Nach Lindas Festmahl und einem anschließenden ausgiebigen Spaziergang hatten sich die beiden Verliebten verabschiedet und auf den Weg nach Haus gemacht. Adriana hatte noch einmal Kaffee gemacht und Leo hatte es erfolgreich geschafft, den Kamin anzuzünden. Sie zündete für eine stimmungsvolle Atmosphäre noch ein paar Kerzen an, als Leo anfing, von seiner Rückfahrt nach München und dem dort Erlebten zu erzählen.
Adriana hatte mit großem Staunen Leos Bericht gelauscht.
„Und ihr glaubt, dass da irgendeine große Sache läuft? Und diese Steffi? Kann man der trauen?"
Leonhard sah sie an und musste lachen: „Kann es sein, dass du ein klein wenig eifersüchtig bist?" neckte er sie.

Adriana war tatsächlich ein wenig eifersüchtig und sagte ärgerlich: „Lenk nicht vom Thema ab!"
Nun musste Leonhard noch lauter lachen während Adriana ihn mit gerunzelter Stirn beobachtete. Als er sich beruhigt hatte, gab er Adriana einen Kuss auf die Nasenspitze und meinte: „Ich glaube, wenn sich Steffi einen Partner sucht, ist sie der Mann."
Adriana war zwar nicht hundertprozentig überzeugt, aber schon erleichtert und bevor Leo wieder mit Lachen anfangen konnte sagte sie trotzig: „Das beantwortet meine Fragen nicht!"
Leo trank seinen Kaffee aus und versuchte seine selbstzufriedene Miene und das aufkommende Lachen in den Griff zu kriegen. Immer noch leicht grinsend meinte er: „Ich bin fest davon überzeugt, dass Steffi ein guter Kumpel ist. Ich traue ihr." Dann wurde er ernst und zuckte mit den Schultern: „Ob und was da für eine krumme Sache läuft, das weiß ich natürlich nicht. Aber die ganzen Fakten stehen dafür. Wie denkst du darüber?"
Adriana nippte nachdenklich an ihrer Kaffeetasse und ließ sich seine Geschichte nochmal durch den Kopf gehen. „Erzähl mir von diesem Sven?"
Leonhard meinte aber nur: „Was soll ich da erzählen, da gibt es nicht viel. Der war ein Arschloch, allerdings ein sehr schönes Arschloch. Ich weiß noch, wie die Weiber ihm immer hinterhergestiert haben. Außer Steffi," er grinste Adriana an, „die hält ihn auch bloß für ein Arschloch." Er dachte kurz nach. „Sven kam ungefähr ein halbes Jahr nach dem Beginn des Projekts und ich kann mich nicht erinnern, dass er außer dummen Sprüchen etwas dazu beigetragen hätte. Mir war das damals nur

nicht so aufgefallen, weil ich total in meine Arbeit vertieft war."

Er starrte nachdenklich in den Kamin, während Adriana ihn schweigend beobachtete. Dann stand er auf, holte sich noch eine Tasse Kaffee und stellte sie auf den kleinen Tisch, der aussah, als ob man ein Stück Fels grob in Form eines zu kurz geratenen Bistrotisches gebracht und seine Platte glattgeschliffen hatte. Schulterzuckend schaute er Adriana an. „Aber für uns tut das nichts zur Sache. Es scheint Schicksal gewesen zu sein, dass wir uns kennengelernt haben. Ich bin begierig darauf, dieses Experiment abzuschließen und werde damit gleichzeitig deinen Interessen gerecht. Besser kann es gar nicht kommen. Allerdings gibt es da noch ein paar Kleinigkeiten, die wir klären sollten und", er machte eine kurze Pause, „ich brauche Steffi dabei."

Das mit Steffi passte Adriana im ersten Moment gar nicht. Aber sie besann sich und sagte zu Leonhard. „Wenn du dieser Steffi traust, dann hol sie her. Ich werde mir selbst ein Bild machen und dann entscheiden. Und noch etwas: Ich will nicht nur der Geldsack sein. Wenn es dazu kommen sollte, dann will ich aktiv daran beteiligt sein."

Leonhards Gesicht konnte sie entnehmen, dass er fieberhaft nachdachte, zu was er sie gebrauchen könnte. Deshalb sagte sie: „Überlass mir die Organisation. So etwas kann ich gut. Außerdem kann ich tippen."

## 16.

Leonhard hatte mit Steffi telefoniert. Zum Feiertag *Heilige Drei Könige* saßen die drei an Adrianas Esstisch.
Leo war über Sylvester geblieben und die beiden hatten viel miteinander und auch mit Linda und Frank unternommen. Sie hatten ihr Vorhaben nicht weiter diskutiert und alles Weitere auf das Treffen mit Steffi verschoben. Adriana war gespannt auf Steffi gewesen und die beiden Frauen waren sich auf den ersten Blick sympathisch. Steffi war nachts gefahren. So war es noch dunkel draußen, als Steffi die beiden aus dem Bett geklingelt hatte. Glücklicherweise war Erika da und hatte sie hereingebeten, während Leo und Adriana sich nach einer schnellen Morgentoilette anzogen und nach unten ins Wohnzimmer kamen. Steffi saß mit einer dampfenden Kaffeetasse am Tisch und wartete auf ihren Exkollegen und seine neue Flamme. Sie war locker und unkompliziert und Adriana war froh darüber.
Die drei frühstückten und die beiden Frauen versuchten sich dabei etwas näher zu kommen. Beide hatten während des Frühstücks jede für sich beschlossen, der anderen zu vertrauen und so eine gute Grundlage für ihre Pläne geschaffen. Steffi benutzte von vorn herein das „Du" und Adriana akzeptierte das.
Erika brachte noch eine Kanne frischen Kaffee und fragte, ob die junge Dame sich länger hier aufhalten wolle. „Das werden wir jetzt alles besprechen. Steffi wird auf jeden Fall die kommende Nacht hier schlafen. Alles Weitere werden wir dann sehen." Adriana wusste, dass Erika überlegte, wo der neue Gast schlafen sollte. Das Gästezimmer hatte Leonhard noch belegt obwohl er seit

Heilig Abend bei Adriana schlief. Tonys ehemaliges Zimmer war leer und in Adrianas Arbeitszimmer stand nur ein kleines Chaiselongue.
„Bitte bezieh nur einmal Bettzeug und leg es in mein Arbeitszimmer. Ich kümmere mich selbst drum. Danke Erika."
Erika nickte und ging hoch, um die Bäder sauber zu machen.
Leonhard hatte sich schon an Erika gewöhnt aber Steffi sagte: „Wow, so etwas hätte ich auch gerne!"
Adriana grinste: „Ja, Erika ist Gold wert. Ich bin froh, dass ich sie habe, aber" fügte sie ernster hinzu: „sie ist auch froh, dass sie diese Anstellung hier hat und ihr Mann ebenfalls."
Eigentlich erwartete Adriana von Steffi den Spruch „reiche Tussi!" und sah Steffi herausfordernd an. Steffi wusste sofort Bescheid und sagte lachend zu Leonhard: „Hey da haste dir ja ne reiche Tussi angelacht." Alle lachten und damit war Steffi nun endgültig im Team.
In den folgenden Stunden diskutierten die drei die Frage, was hinter dem merkwürdigen Verhalten von Sven und auch dem Institutsleiter steckte und ob es gefährlich war, das Projekt durchzuführen. Leonhard war der Meinung, dass es seine Sache ist, was er erforscht. Solange kein Geschäft damit betrieben und damit die öffentliche Meinung über ethische Fragen nicht verletzt würde, könne doch keiner etwas sagen. Schließlich einigten sich die drei, dieses Projekt heimlich durchzuführen und machten sich daran, die Ausführung zu diskutieren. Da Leonhard und Steffi jetzt etwas verlegen schwiegen war Adriana jetzt wohl dran. Schließlich ging es hier um viel Geld.

„Also Leute: Ich will dieses Projekt! Was wir mit dem Ergebnis anfangen weiß ich noch nicht, das werden wir dann sehen."

Sie legte auch Steffi noch einmal ihren Standpunkt dar, dass ihr dieses Projekt wichtig war und dass sie mit ihrem Geld etwas Sinnvolles anfangen wollte. „Das heißt: Ich stelle das Geld für alles bereit, was für das Projekt benötigt wird. Ich kümmere mich um die Organisation und was sonst noch anfällt."

„Das riecht verdammt nach Sven Nr. 2" meinte Steffi stirnrunzelnd. Auch Leo überlegte kurz sagte aber dann.

„Um irgendwelcher eventuelle Missverständnisse von vorn herein auszuschließen würde ich vorschlagen, wir verschließen die Dokumente und Speichermedien und alles zu unserer Arbeit unter der Bedingung, dass jeder von uns die Möglichkeit hat, an diese Unterlagen heranzukommen."

Adriana seufzte: „Wir säen ja jetzt schon Misstrauen untereinander. Aber ich bin dafür, dass eine Sicherheitstechnik eingesetzt wird, die verhindert, dass einer alleine an die Unterlagen herankommt. Das kostet mich zwar eine Stange Geld, aber das kann ich euch ja vom Gehalt abziehen." Das löste ein kurzes verlegenes Lachen bei allen aus aber damit hatte Adriana bewusst zum nächsten Thema übergeleitet.

Leo war ein wenig unangenehm berührt, aber ohne Geld ging es nun mal nicht. Irgendwie mussten seine laufenden Ausgaben bestritten werden. Dasselbe bei Steffi. Adriana sah die beiden an, die peinlich berührt den Tisch und ihre Kaffeetassen anstarrten. Deshalb sagte Adriana: „Also: Dank Internet kann ich Euch einen Vorschlag machen. Ein Forscher verdient mindestens 40.000 Euro im Jahr, das sind monatlich ca. 3.350 Euro. Ich weiß dass das die Untergrenze ist. Da aber an dem Projekt alle gleich beteiligt werden sollen und ich alles andere bezahle, schlage ich vor, dass ich jedem von Euch 3.000,00 Euro brutto im Monat zahle."

Sie lehnte sich zurück. Sie wusste, dass sie damit unter den Gehaltsvorstellungen lag, die normalerweise in der Branche vorherrschten. Aber sie hatte ihre Gründe dargelegt und wartete jetzt auf die Reaktionen.

Leonhard überlegte: Für ihn war es mehr als ausreichend, da er hier bei Adriana wohnen würde. Andererseits musste man immer damit rechnen, dass so eine Beziehung in die Brüche gehen konnte und erst recht dann, wenn man täglich aufeinander hockte. Wenn er sich dann ein kleines Polster angespart hatte... „Ok, ich bin einverstanden!", sagte er.

„Ich auch!", sagte Steffi, die als Assistentin wahrscheinlich eher an der Obergrenze des üblichen Gehalts kratzte. Sie würde sich hier eine Bleibe suchen müssen, da sie sich auf keinen Fall in diesem Liebesnest hier einnisten würde.

Leo allerdings hatte schon weitergedacht. „Wie willst du eigentlich zahlen, ich meine die ganzen Abgaben und der Kram."

Damit würde nun die nächste schwere Hürde zu knacken sein. Adriana wusste, dass jetzt lange Diskussionen auf sie zukamen. „Ich muss Frank einweihen und auch Linda."

Steffi sah sie ungläubig an und meinte dann spöttisch: „Und dann machen wir eine Party, laden die ganze Umgebung ein und verkünden stolz, was wir vorhaben."

„Nein", sagte Leo unwirsch zu Steffi, „den beiden können wir trauen, ich kenne sie."

Aber Steffi war nicht beruhigt, so dass Adriana jetzt ärgerlich sagte: „Wie stellst du dir das sonst vor? Ich werde eine Scheinfirma oder so etwas gründen müssen und dazu brauche ich Frank. Wenn ich euch das Geld einfach so gebe, wie wollt ihr das zum Beispiel einer Krankenversicherung oder so erklären. Damit bringt ihr nicht nur euch sondern auch mich in Schwierigkeiten. Außerdem weiß ich ja nicht, was danach kommt. Ich möchte nicht dass ihr dann in der Luft hängt."

Adriana sah Steffi an und die sagte unwillig: „Beim Arbeitslosengeld gibt's keine Probleme. Das erste halbe Jahr wäre abgesichert. Und dann würde ich mich beim Jobcenter melden und sagen, dass ich im Lotto gewonnen hätte oder so."

Adriana war erst einmal sprachlos aber Leo sagte zu Steffi: „Und dann? Was kommt nach dem Projekt? Wenn wir das mit der Scheinfirma machen, dann hättest du, falls alles schiefläuft, danach noch Anspruch auf Arbeitslosengeld und kannst dich kümmern." Ärgerlich fügte Leo noch hinzu: „Wir müssen keine weiteren Probleme verursachen. Wer weiß, was die Ämter für Zugriffsrechte auf Konten und so weiter haben. Und wenn die sehen, dass Adriana monatlich Geld auf dein Konto überweist werden Fragen kommen."

Steffi war dennoch nicht überzeugt, sagte aber: „Stellt mir die beiden erst einmal vor. Solange lassen wir das Thema und kümmern uns um einen anderen wichtigen Punkt: Wo werden wir arbeiten?"

Aber Adriana sah gerade Erika auf sich zukommen. Als diese nach dem Mittagessen fragte, sah Adriana erstaunt auf ihre Armbanduhr. Den mittlerweile kalten Kaffee hatten sie vor lauter Diskussionen vergessen. Alle drei nahmen dankend das Angebot von Erika an, die Pizza machen wollte.

Da sie bis zum Essen noch ein wenig Zeit hatten, bat Adriana ihre beiden Gäste, ihr zu folgen. Sie führte die beiden in ihren Weinkeller. Auf dem Weg dorthin, schwand ihre Hoffnung immer mehr, dass ihr Vorschlag Zustimmung finden würde. Die Frage nach dem Wo hatte sie nämlich auch schon beschäftigt.

„Also", begann sie langsam, während sich Leo und Steffi begeistert in dem Weinkeller umsahen „aus Gründen der Geheimhaltung", sie sah Steffi jetzt herausfordernd an, „mache ich euch folgenden Vorschlag."

Sie erzählte von dem Fund des Bauunternehmers, der den Weinkeller in den Hang gegraben hatte.

„Allerdings würde das den Beginn des Projekts verzögern." Adriana sah unsicher zu Steffi. Aber die war Feuer und Flamme. Offenbar hatte dieser Fund ihre Abenteuerlust geweckt.

„Ein Bunker also?" sagte sie aufgeregt. „Na da bin ich dabei!"

Jetzt war es eher Leo, der ein wenig skeptisch war. „Bist du sicher?"

Adriana war natürlich nicht sicher, aber ihr schien es die beste Möglichkeit, alles geheim und unter Kontrolle zu halten und das sagte sie den Beiden auch. „Wir sollten es versuchen. Allerdings können wir erst Anfang Februar beginnen, weil da Erika 14 Tage zu ihrer Mutter nach Dresden fährt."

Sie sah Steffi an und bevor die etwas sagen konnte, meinte Adriana leicht genervt: „Ich weiß nicht, wie lange wir das vor Erika geheim halten können. Was soll ich ihr denn sagen, wenn ihr ständig hier seid und dann irgendwo im

Keller auf geheimnisvolle Weise verschwindet. Aber eine andere Idee habe ich nicht. Es wird immer irgendwo jemanden geben, der Bescheid weiß. Und wenn ich mir diesen Jemand aussuchen kann, dann nehme ich Erika. Vielleicht fällt uns noch irgendwas ein, womit wir unser Tun begründen und vielleicht sollten wir die Sache mit der Scheinfirma genauer durchdenken."
Jetzt schien jeder seinen Gedanken nachzuhängen. Steffi hatte eine Flasche aus dem Weinregal gezogen und sah verwundert, dass da kein Etikett zu finden war.
Adriana sah das und meinte: „Das ist mein eigener Wein. Auf dem Hang über uns ist ein Weinberg." Sie nahm Steffi die Flasche ab und brachte sie zu einer am anderen Ende stehenden antik aussehenden Anrichte. Dieser entnahm sie drei Becher und öffnete die Weinflasche.
„Ich glaube, ein Becher Wein ist genau das, was wir jetzt brauchen."
Stumm nickten die Anderen und nahmen die gefüllten Becher entgegen. Während Steffi wieder in dem kleinen Weinkeller umherging prostete Leo Adriana zu und gab ihr einen kurzen Kuss nachdem er einen Schluck getrunken hatte.
„Schmeckt gut und geht bestimmt nicht so in den Kopf." sagte Steffi, die nun die Wände genauer in Augenschein nahm.
Doch bei Adriana meldete sich nun der Hunger und sie bestimmte: „Wir gehen erst mal wieder nach oben. Die Pizza wartet. Und ich glaube, wir sollten für heute Nachmittag ein Treffen mit meinem Steuerberater arrangieren."

## 17.

Adriana saß in ihrem Arbeitszimmer und starrte aus dem Fenster in die verschneite Landschaft. Steffi und Leo hatten beschlossen, ihre Zelte in München abzubrechen und wollten in einer Woche zurückkommen, wenn alles geregelt war. Adriana sollte in der Zwischenzeit mit Frank die beschlossene Firmengründung vorantreiben. Frank hatte die geniale Idee gehabt, einen Einkaufs- und Lieferservice für medizinische Geräte und Labormaterial zu gründen. Damit waren gleich zwei Dinge gleichzeitig erledigt: Zum einen die Löhne und zum anderen der Einkauf der benötigten Geräte. Natürlich würden auch Bestellungen bearbeitet werden müssen, die von anderen Kunden kommen, aber Adriana wollte nicht so viel Werbung machen und sich selbst um die entsprechenden Besorgungen kümmern. Frank hatte Verbindungen zu einer Röntgenklinik und damit sollte diese Firma vor dem Finanzamt aufrechterhalten werden.
Sie hatten Linda und Frank alles offenbart. Linda war befremdet über diese Verrücktheiten. Sie schrieb das Adrianas Langeweile zu und war auf der anderen Seite aber froh, dass ihre Freundin endlich ihren Lebensmut wiedergefunden hatte und Pläne schmiedete. Ihr war es nur eben lieber, wenn Adriana kochen oder backen oder Deco basteln würde und zwar mit ihr zusammen. Doch dann hatte Adriana sie um ihre Hilfe gebeten, da Linda ihr als gelernte Einzelhandelskauffrau wertvolle Tipps geben konnte. Das hatte sie ein wenig besänftigt.
Frank hatte mit unbeweglicher Miene alles angehört und nach einer Weile die Sache mit dem Lieferservice vorgeschlagen. Er würde sich natürlich um den ganzen

Geld- und Rechtskram kümmern meinte er seufzend und überlegte, ob er sein „Hobby" nur noch für Adriana ausüben sollte.

In der Zwischenzeit hatte es wieder angefangen zu schneien. Adriana stand auf und ging nachdenklich im Zimmer hin und her. Wenn sie allein war, wich ihre Euphorie und Zweifel stellten ihr ganzes Tun in Frage. Doch mittlerweile gab es kein Zurück mehr. Gedankenverloren starrte sie aus dem Fenster. Würde sie Leo je ihre wirklichen Beweggründe erklären können? Das rätselhafte Verschwinden von Thomas Wind beschäftigte Adriana immer noch in den Stunden, in denen sie allein war. Sie hatte begonnen, das Internet nach rätselhaften und mysteriösen Vorfällen zu durchsuchen, bisher aber nichts Interessantes gefunden. In der letzten Zeit waren allerdings ruhige Stunden des Alleinseins rar geworden, da das künftige Vorhaben sehr viel von Adrianas Zeit in Anspruch nahm.
Morgen würde sie in den Baumarkt fahren und ein paar Werkzeuge holen, die sie brauchten, um im Weinkeller Gewissheit zu bekommen, ob es tatsächlich einen Bunker gab. Für heute war es genug. Sie wandte sich zur Tür, löschte das Licht und ging nach unten.

## 18.

In Burjatien, im Hochland nahe der Quelle des Uda hinter dem Baikalsee standen in einer verstecken Höhle inmitten des Jablonowygebirges drei hochgewachsene Männer in dunklen Anzügen, die jedes Frauenherz hätten schneller schlagen lassen. Zwei davon sahen sich sehr ähnlich und trugen je zwei große Kühlboxen. Der Dritte trug eine große Holzkiste, in der zwei kleinere Pappkisten und ein Koffer verstaut waren. Trotz der Größe des Gepäcks hatten die Männer keine Mühe gehabt dieses den steilen Hang von der Straße bis zur Höhle zu transportieren. Der grüne Geländewagen, der sie hergebracht hatte, war weitergefahren.

Einer der Männer, dessen schulterlanges Haar im Nacken zusammengebunden war, stellte seine Last ab und hob eine im Felsgestein getarnte Metallplatte an unter der ein Handscanner zum Vorschein kam. Als er seine Hand darauflegte schob sich eine ebenso gut getarnte große Felsplatte, ungefähr einen Meter stark, zunächst nach vorn und dann zur Seite und gab den Blick auf einen dreimal drei Meter großen quadratischen Raum frei, dessen Boden aus einer Stahlplatte bestand. Nachdem die Männer diesen Raum betreten hatten bewegte sich die Felsplatte wieder zurück an ihren Platz und der Stahlboden, der ein Lastenaufzug war, fuhr langsam nach unten.

Als der Aufzug endlich stoppte, öffnete sich ein zweiflügeliges Portal und man sah sich beim Verlassen des Aufzugs ins frühe 19. Jahrhundert zurückversetzt. In der Mitte eines großen ovalen Saales befand sich eine lange schwere Holztafel mit je zwölf Stühlen an beiden Seiten. Hinter der Tafel gegenüber dem Aufzug befand sich ein schweres zweiflügeliges mit Messing beschlagenes Eichenportal. An den Seiten des ovalen Raumes gingen zwischen Aufzug und dem großen Portal je fünf kleinere mit Eisen beschlagene Holztüren ab. Die Felswände zwischen den Türen waren grob behauen und wiesen als einzigen Schmuck schmiedeeiserne Kerzenhalter auf. Beleuchtet wurde der Raum durch einen großen relativ schlicht gehaltenen zwölfflammigen Kronleuchter, welcher jedoch mit elektrischem Licht betrieben wurde.

Ihr Kommen war nicht unbemerkt geblieben, denn aus dem großem Eichenportal trat ein hochgewachsener schwarzhaariger Mann, dessen Kleiderordnung der Umgebung angepasst war. Er hatte ebenfalls längeres Haar, welches streng zurückgekämmt im Nacken durch ein schmales schwarzes Samtband zusammenhalten wurde. Unter seinem langen schwarzen Gehrock trug er ein weißes Leinenhemd und eine enge graue Hose die in schwarzen hohen Stiefeln steckte. In einer Geste des Willkommens breitete er seine Arme aus und sagte: „Ah, da seid ihr ja endlich. Legt ab, nehmt Platz und berichtet. Ich lasse sogleich einen Willkommenstrunk servieren."

Auf einem Tablett brachte ein Diener in Livree vier Kristallgläser, gefüllt mit einer roten Flüssigkeit, die er an die Männer verteilte und sich mit einer knappen Verbeugung entfernte. Die vier Männer hatten am Ende der Tafel Platz genommen.

„William", sagten die drei Neuankömmlinge und erhoben die Gläser. William ergriff ebenfalls sein Glas. „Meine Freunde", sagte er und trank das Glas in einem Zug aus, genau wie die anderen. Er stellte es wieder ab und lehnte sich zurück.

„Ich höre!", sagte er nachdem die anderen ihre Gläser gelehrt und abgestellt hatten und sah einen der Männer mit den schulterlangen im Nacken zusammengebundenen Haaren an.

„Es lief alles nach Plan. Wir konnten die Kühlboxen relativ unauffällig in verschiedenen Krankenhäusern füllen. Es ist uns keiner gefolgt und Richard bringt den Jeep zurück. Der ist zuverlässig. Dafür hat das Geld gesorgt. Was die andere Sache betrifft, davon wird Sven berichten."

Der junge Mann, dem ein paar Strähnen seines kastanienbraunen Haares nach der neuesten Mode in die Stirn fielen war derjenige der drei Neuankömmlinge, der die Kiste mit den Pappboxen und dem Koffer getragen hatte.

„Ich hatte Erfolg!", meinte dieser, „Ich konnte dieses Projekt durchführen lassen. Es war nicht schwer, den Institutsleiter zu täuschen."

Ein verächtlicher Zug legte sich über Svens schönes ebenmäßiges Gesicht. „Wie er das von ihm genehmigte Fehlprojekt erklärt, ist seine Sache."

Dann stand er auf, holte die Pappboxen aus der Holzkiste und stellte sie vor William auf den Tisch. „Das sind die Unterlagen. Es wurde alles bis aufs Kleinste dokumentiert. Ein abschließender Versuch sollte die Theorie bestätigen. Doch bevor die Sache beendet werden konnte, habe ich die Berichte gefälscht und dafür gesorgt, dass der Forscher gefeuert wird. Der Institutsleiter wird das Projekt nun vertuschen müssen und der Forscher ist nur ein kleines Licht. Der wird keine Probleme machen."

William sah Sven streng an. „Du hättest den letzten Versuch manipulieren müssen. Damit wäre der Forscher

gescheitert und hätte keine weiteren Versuche genehmigt bekommen." William sah Sven tadelnd an. Doch dann fragte er nur noch: „Und es kann nichts hierher zurückverfolgt werden?"
„Nein", antwortete Sven und hielt Williams Blick stand, „und auch unsere Identität wurde gewahrt."
William kannte Sven und wusste, dass er ein wenig zur Überheblichkeit neigte und es war eben schon vorgekommen, dass es aufgrund dieser Überheblichkeit Opfer gegeben hat. Die Bereinigung dieser unangenehmen Vorfälle hatte immer William selbst in die Hand genommen, um nicht noch mehr Aufsehen zu erregen. Er wusste aber auch, dass Sven sehr einfallsreich war und es war sein Verdienst, dass sie in Zukunft vielleicht nicht mehr abhängig von den Menschen waren und diese Sache vielleicht sogar endlich wieder Geld in die verstaubten Kassen seines kleinen Clans spülte. Daher ließ er die Sache vorerst auf sich beruhen und stand auf.
Die Anderen erhoben sich ebenfalls, um dem Oberhaupt ihren Respekt zu erweisen.
„Morgen erwarte ich eine Liste der benötigten Dinge. Die Kühlboxen wird mein Butler in die Vorratsräume bringen. Ihr dürft euch jetzt zurückziehen." Die Kisten ließ er auf dem Tisch stehen und entfernte sich durch das große Eichenportal.
Sven trug die Pappboxen zurück zu der Holzkiste während seine Begleiter in verschiedenen Türen verschwanden. Er schnappte sich die Holzkiste und begab sich ebenfalls in sein Quartier.

# 19.

Zufrieden lächelnd kam Adriana aus der Tür über welcher schlicht *Hochsicherheitstechnik* stand. Sie hatte ein wenig suchen müssen, um solch eine Firma ausfindig zu machen. In einem Monat würde der spezielle Tresor an jedem Ort ihrer Wünsche einbetoniert werden können. Der Schließmechanismus war mit einem achtstelligem Code und Spracherkennung gesichert. Auch Adrianas kleiner Extrawunsch könne berücksichtigt werden.

Adriana stieg in den Touareg ein und fuhr los. Es waren knapp 250 km zurück nach Hause. Sie musste noch in einen Baumarkt und dann würde dieser Tag auch schon wieder vorbei sein.

Den Stemmhammer und die anderen Utensilien, mit denen ihre Weinkellerwand eingerissen werden sollte, ließ Adriana im Auto. Allein hätte sie diese Kiste sowieso nicht in den Keller bringen können. Nur mit den Papieren und zwei leeren Holzkisten bewaffnet betrat Adriana das Haus.

Erika war noch da. Sie hatte es sich zur Aufgabe gemacht, das Haus vor ihrem Urlaub in einem tadellosen Zustand zu hinterlassen. Erika hatte es sich auch nicht nehmen lassen Adrianas Kühltruhen mit vorgekochten Mahlzeiten zu füllen. Lächelnd musste Adriana an die verächtliche Miene denken, die Erika den Essenslieferanten schenkte, die Adriana manchmal bestellt hatte. Als Erika mit einem Korb frischer Wäsche nach oben gehen wollte, um sie in die Schränke einzusortieren winkte Adriana sie zu sich heran. Sie teilte Erika mit, dass sie beabsichtige, eine Firma zu gründen und Leonhard und Steffi als Mitarbeiter einzustellen. Ganz nebenbei, um Erika nicht zu

verschrecken, teilte sie mit, dass eventuell ein paar Umbauarbeiten stattfinden würden. Das Wort Umbauarbeiten ließ Erika dennoch aufhorchen, doch bevor sie etwas sagen konnte, hatte Adriana gesagt, dass der Urlaub nicht gefährdet wäre. Erwartungsgemäß hatte Erika nicht näher nachgefragt.
Am nächsten Morgen beobachtete Adriana beim Frühstück Horst, wie er die Einfahrt vom Schnee freiräumte. Erika wirbelte wie ein aufgescheuchtes Huhn an diesem letzten Tag vor ihrem Urlaub durchs Haus. Adriana ließ sie gewähren, da jedes gut gemeinte Wort jetzt nur ungeduldige Blicke ernten und sowieso zu nichts führen würde. Adriana klickte sich durch die neuesten Nachrichten im Internet und trank dabei ihren Kaffee. Das Telefon klingelte und Leonhard meldete sich. Er würde jetzt Steffi abholen und dann losfahren. In München war alles erledigt. „Ich bin aber wahrscheinlich nicht vor dem Dunkelwerden da. Steffi will noch eine Wohnung bei dir im Nachbarort ansehen, die sie im Internet gefunden hat. Dann kommen wir zu dir. Ich freu mich auf dich."
„Und ich mich auf dich" antwortete Adriana und legte auf. Für heute haben sich auch Frank und Linda angekündigt. Dies war wohl vorerst das letzte Mal, dass die beiden hier mit Adriana allein in Ruhe Kaffee trinken würden. Diese gelegentlichen, ruhigen Kaffeekränzchen würde Adriana wohl ein wenig vermissen. Aber sei´s drum. Wenn Adriana mal Ruhe brauchte, sollte sie zu Linda kommen. Adriana bedauerte, dass Linda ihr Vorhaben und auch Steffi argwöhnisch beäugte aber sie hoffte, dass sie sich daran gewöhnen würde.

Nach dem Mittag, als die Küche blitzblank gescheuert und Horst mit Adrianas Außenanlagen zufrieden war, kam Erika endlich zur Ruhe. Horst brachte noch ein Paket, was für sie abgegeben worden war mit herein. Adriana dankte Erika und ihrem Mann für ihren gewissenhaften Einsatz und wünschte beiden einen schönen Urlaub, soweit man von einem schönen Urlaub bei einer pflegebedürftigen Mutter reden konnte. Als die beiden dann weggefahren waren holte Adriana noch zwei leere Holzkisten aus der Garage und brachte sie in den Weinkeller. Dann fing sie an, die Weinflaschen sorgfältig in den Kisten zu verstauen, um die Weinregale auszuräumen, die den kommenden Bauarbeiten weichen mussten. Nach einer Stunde hatte sie die vier Kisten gefüllt. Sie würde noch zwei Kisten brauchen, aber das konnte warten. Da Linda und Frank bald auftauchen würden, ging Adriana sich noch schnell duschen und begann, den Kaffeetisch einzudecken. Als sie die Kerzen anzündete und das Feuerzeug wieder an seinen Platz legte, fiel ihr das Paket ein, das Horst mit hereingebracht hatte. Sie öffnete es und fand darin das schlichte Schild auf welchem *Einkaufs- und Lieferservice für medizinische Geräte und Labormaterial* stand nebst ihrer Telefonnummer. Dieses Schild sollte am Zufahrtstor befestigt werden und neugierige Fragen nach fremden Personen oder Lieferungen beantworten.

Es klingelte und Adriana öffnete Linda und Frank die Tür nachdem sie das Schild beiseitegelegt hatte.

„Wir trinken aber erst einmal in Ruhe Kaffee!", sagte Adriana nach einem Blick auf Franks Aktenkoffer. Sie sah Lindas Aufatmen und umarmte die Freundin. Die drei Freunde ließen sich Zeit und während Linda und Adriana

über alles Mögliche schnatterten lehnte sich Frank mit seiner wohlbekannten, etwas belustigten Miene im Sessel zurück und trank genüsslich seinen Kaffee. Erst als es draußen anfing dunkel zu werden zeigte Adriana Frank das Firmenschild. Sie räumten den Kaffeetisch ab, den Frank sofort mit seinen Papieren bedeckte. „Ab März hast du dann deine Firma", sagte er und zeigte Adriana, wo sie überall unterschreiben musste. Geduldig erklärte er ihr, was sie da unterschrieb. Adriana schwirrte der Kopf von Kontoeröffnungen, Überweisungen, Anträgen, Hinweisen und den vielen Dingen, die sie beachten musste. „Na hoffentlich komme ich auch noch dazu etwas zu tun, bei dem ganzen Papierkram", sagte sie schließlich.
„Das ist doch nur der Anfang. Das läuft dann schon. Und wenn jemand etwas bestellen sollte, dann sag Linda Bescheid! Sie hilft dir." Er drehte sich zu seiner Frau um „Stimmt´s Schatz!" Adriana sah Linda an, welche nur nickte. Linda würde ihr helfen, das wusste sie, aber es sah ihr ähnlich, dass sie noch ein wenig schmollen musste. Adriana legte die Papiere ordentlich zur Seite und beendete den geschäftlichen Teil.
„Wollte Leo heute nicht zurückkommen?", fragte Linda.
„Ja, aber die beiden fahren erst noch eine Wohnung ansehen für Steffi." antwortete Adriana wobei ihr Lindas Aufatmen nicht entging. „Steffi ist in Ordnung, Linda!", fügte sie ein wenig ungehalten hinzu aber Linda sagte nur völlig emotionslos: „Wir werden sehen."
Adriana rollte die Augen. Frank sah demonstrativ weg – er würde dazu keine Meinung preisgeben. Adriana dachte sich dann nur: ‚Na gut, dann werden wir eben sehen'.
Sie starrte ins Kaminfeuer und eine Weile sagte keiner ein Wort. Schließlich stand Linda auf. „Also, wir gehen dann.

Wenn du willst kannst du jederzeit mit Leo vorbeikommen." Die demonstrative Ausgrenzung von Steffi fiel Adriana natürlich auf, aber sie sagte nichts dazu und bedankte sich nur für die Einladung.
Einige Minuten später waren die beiden gegangen und Adriana räumte die Küche auf.

Adriana erwachte und sah Leonhard ins Gesicht, der sie auf einen Arm gestützt beobachtete. „Na, mein verschlafener Schatz, draußen scheint schon die Sonne."
„Na und?", antwortete Adriana, „es ist ja auch ganz schön spät geworden gestern, stimmt's?"
Leonhard grinste: „Wir haben uns ja auch lange nicht mehr gesehen" und schickte die freie Hand unter die Bettdecke auf Erkundungstour.

Ein wenig später reckte sich Adriana wohlig und dann nahm sie Geräusche von unten wahr. Fragend sah sie Leo an. Doch der zuckte nur mit den Schultern. „Steffi wird ungeduldig sein. Sie hat mich gestern schon die ganze Fahrt genervt, was es mit dem Bunker auf sich hat."
„Na dann wollen wir sie nicht länger warten lassen!", meinte Adriana und stand auf.
Unten war tatsächlich schon der Tisch gedeckt. Nur der Kaffee lief noch durch. Leo hatte Adriana den Vortritt gelassen und stand jetzt unter der Dusche. Steffi lehnte mit verschränkten Armen am Herd und fragte nur grinsend: „Na? Endlich ausgeschlafen?"
„Hm", machte Adriana und zog eine Grimasse, „und wie hast du geschlafen?" Adriana hatte Leonhards Sachen in ihr Schlafzimmer geräumt, damit Steffi vorübergehend im Gästezimmer schlafen konnte.

„Hervorragend", sagte sie und grinste Adriana an. „Und höchstwahrscheinlich habe ich mehr Schlaf gehabt als ihr beide", fügte sie hinzu als Leonhard die Küche betrat. In dem Moment war Adriana froh, dass Steffi von sich aus beschlossen hatte, eine eigene Wohnung zu beziehen.

„Dieses Weinregal müssen wir abnehmen!", sagte Adriana zu den beiden. Alle drei hatten sich Blaumänner angezogen und die Kisten mit den Weinflaschen und die antike Anrichte mit Tüchern abgedeckt. Steffi hob das Holzregal aus der Verankerung und stellte es mit Leos Hilfe an die Seite.
„Die Decke über uns ist aus einem Stück und ziemlich dick. Ist ja schließlich die Bodenplatte von meinem Haus. Jedenfalls kann uns da nichts auf den Kopf fallen."
Steffi griff nach dem Stemmhammer und fing an, die Klinkermauer des Weinkellers zu bearbeiten. Adriana und Leo räumten den entstehenden Schutt in bereitstehende Eimer und entleerten diese draußen vor dem Grundstück. Die beiden schwitzten schon und Steffi hatte mittlerweile ein mannsgroßes Loch in die Mauer gestemmt. Erdreich fiel herein, welches sie mühsam in Eimer schaufelten und ebenfalls nach draußen brachten. Adriana und Leo liefen trotz der Kälte schwitzend hin und her bis Adriana keuchend sagte: „Ich kann nicht mehr!"
Leo holte eine leere Holzkiste und drehte einen leeren Eimer um.
„Pause" bestimmte er, verteilte Wasserflaschen und ließ sich auf dem umgedrehten Eimer nieder. Adriana saß auf der Kiste. Steffi blieb stehen und beäugte misstrauisch das Loch. Das Erdreich war eine Zeit lang von oben nachgerutscht. Das hatte jetzt nachgelassen. Steffi stellte

die Wasserflasche ab und stieß kraftvoll mit der Schaufel zu. Es knirschte und die Schaufel war auf etwas Hartes gestoßen. „Ha!", stieß sie triumphierend hervor und buddelte eine Betonwand frei. „Das muss es sein!"
„Ja", antwortete Adriana, „aber mir tun die Arme weh, ich brauch eine Pause. Am besten mach ich uns etwas zu essen."
„Okay", stimmten die anderen gemeinsam zu. Leonhard hatte interessiert mitgeholfen und sagte nun: „Wir räumen das hier noch weg. Dann kommen wir."
Adriana zog die Schuhe und den Blaumann im Flur aus und ließ ihn fallen. Nachdem sie die Hände in der Gästetoilette gewaschen hatte, holte sie drei von Erikas Essen aus der Kühltruhe und steckte sie in der Küche in die Mikrowelle.
Sie ging in den Flur und besah sich die Schweinerei. Sie überlegte kurz und ging dann in die Garage. Dort hatte sie noch eine große Schmutzfangmatte und legte sie vor den Eingang zu Küche und Wohnraum. Kehren würde sie erst, wenn für heute der letzte Eimer Erde oder Schutt rausgebracht worden war. Alles andere machte sowieso keinen Sinn.
Leo und Steffi kamen die Treppe herauf. Jeder trug zwei Eimer. „Noch zwei Mal!", keuchte er. Steffi grinste nur und lief ihm hinterher.
Adriana bewunderte Steffis Ausdauer, aber ein Blick auf ihren Körperbau sagte genug. Das nächste Mal kam Steffi allein mit zwei Eimern und Adriana hörte, dass Leo unten zusammenkehrte.
Das Essen verlief ruhig, denn die schwere Arbeit machte sehr hungrig.

Bei einer anschließenden Tasse Tee verkündete Steffi, dass sie heute noch durch den Betonklotz durchbrechen wolle. Adriana war es ganz recht, dass die Arbeit mit dem meisten Dreck so schnell wie möglich abgeschlossen wurde. Sie stellte sich auf einen arbeitsamen Nachmittag ein und kochte eine Thermoskanne voll Kaffee. Die packte sie zusammen mit ein paar Keksen in einen Korb. Den Korb stellte sie im Flur ab und zog die Arbeitssachen wieder an.
Leo und Steffi waren schon wieder unten. Sie erweiterten das entstandene Loch und legten so viel wie möglich von der Betonwand frei. Adriana schaufelte die Eimer voll und wollte loslaufen, als Steffi sagte: „Hier ist der Beton zu Ende."
Neugierig sah Adriana nach, was sie meinte. Ein Stück über ihrem Kopf war eine Kante. Das schien die Oberkante des Bunkers zu sein. Zwischen ihrer gemauerten Weinkellerwand und dem Beton waren ungefähr 40 cm. „Sollten wir nicht erst einmal das Erdreich provisorisch abstützen?" fragte Adriana.
Leo nickte zustimmend. „Hast du ein paar Bretter da?"
Adriana schüttelte den Kopf und sah auf die Uhr. „Da müssen wir wohl noch in den Baumarkt."
Steffi meinte dazu: „Fahrt ihr mal los! Ich mach das hier alles ein bisschen größer und rechteckiger."
„Sei vorsichtig!" sagte Adriana. Dann schnappten sich beide die vollen Eimer und zogen los.

## 20.

Unter Steffis Anleitung hatten Leo und Adriana ein U-förmiges Holzgestell gebastelt. Während die beiden das Holz und das Werkzeug zum Bauen gekauft hatten, stemmte Steffi die Öffnung so breit und so hoch frei, dass eine einzelne Person aufrecht in der Öffnung stehen konnte. Doch während des Aufbaus des Holzgestells waren Adriana Zweifel gekommen.
„Wenn wir da jetzt wirklich einen Bunker vorfinden – was dann? Hast du mal daran gedacht, wo die Luft herkommt? Ich glaube nicht dass der kleine Lüfter da hinten das alles schafft." Sie zeigte auf das kleine Gerät und beugte sich näher zu Leo. Sie flüsterte ihm zu: „Ich glaube auch nicht, dass wir hier ohne professionelle Hilfe weiterkommen!"
Aber Leo zuckte mit den Schultern. „Lass uns erst einmal sehen, ob da wirklich ein Bunker ist und ob wir damit dann etwas anfangen können. Wenn nicht, dann mauern wir das alles wieder zu und suchen nach einer anderen Lösung." Doch Adriana war trotzdem noch skeptisch.
Nachdem sie mit dem Holzgestell das Erdreich um die Öffnung abgestützt hatten schlug sie eine Teepause vor. Steffi war zwar ungeduldig und wollte nun endlich sehen, was es mit der Betonwand auf sich hatte, setzte sich dann aber trotzdem auf einen umgekehrten Eimer und stopfte sich mit Keksen voll, solange der Tee noch zu heiß zum Trinken war.
„Also, ich will heute noch sehen, was da hinter dem Beton ist." Steffi trank den Tee aus und stand auf.
Adriana reichte ihr einen Mundschutz und sagte missmutig: „Ich glaube, das werden wir brauchen." Dann

verstaute sie die Kanne, Becher und Kekse wieder im Korb und brachte ihn die Kellertreppe hinauf.
Wieder unten beobachteten Leo und Adriana, wie Steffi mit dem Stemmhammer die Betonwand bearbeitete. Mehr wie zusehen konnten sie erst einmal nicht. Allerdings sah es so aus, als würde es eine Weile dauern, denn nach einer Stunde ließ Steffi den Stemmhammer sinken, obwohl sie noch nicht sehr weit gekommen war. Sie wischte sich den Schweiß von der Stirn und zog den Mundschutz nach unten. Der Keller war vernebelt und alles schon mit einer dünnen weißen Schicht bedeckt.
„Das wird noch ein hartes Stück Arbeit", schimpfte sie mit gerunzelter Stirn. „An der einen Stelle bin ich bestimmt schon zwanzig Zentimeter tief und immer noch nicht durchgebrochen."
„Ich bewundere deine Ausdauer", meinte Adriana. „Dir müssen doch die Arme bald abfallen."
Aber Steffi zuckte nur mit den Schultern. „Geht schon."
Leo stand auf. „Na dann werde ich jetzt mal ein bisschen weitermachen."
Leo arbeitete zwei Stunden lang mit dem Stemmhammer, bevor er aufgab. „Wer weiß was das für ein Betonklotz ist. Die tiefste Stelle ist bestimmt schon über 30 Zentimeter."
Steffi jedoch diskutierte nicht lange. Sie wartete bis Adriana den entstandenen Schutt in ein paar Eimer gefüllt hatte und legte wieder los.
Adriana schnappte sich die Eimer und brachte sie raus.
‚Wer weiß, ob die ganze Schufterei überhaupt Sinn macht. Hätte ich bloß nichts gesagt', dachte sie und zog die Stirn ärgerlich in Falten.

Als sie wieder im Keller war hörte sie den Stemmhammer nicht mehr. Leo stand mit Steffi vor der Betonwand und leuchtete mit einer Taschenlampe in ein faustgroßes Loch. Sie waren durchgebrochen und so wie es aussah war dahinter ein Raum in dem sie im Licht der Taschenlampe einen Tisch und Stühle ausmachen konnten.
Steffi drehte sich zu Adriana um. „Da ist tatsächlich ein Bunker. Wir können aber noch nicht sehen, wie groß der Raum ist." Sie stieß geräuschvoll die Luft aus und sagte leicht frustriert: „Das wird auch noch eine Weile dauern. Die Betonwand ist mindestens 35 Zentimeter dick."
Leo klopfte mit einem Hammer an einer Stelle herum und fügte hinzu: „Außerdem sind hier Eisenstäbe drin."

Sehr zu Steffis Ärger hatte Adriana beschlossen, am Sonntag nichts zu machen. Zumindest sollte der Stemmhammer ruhen. Nach dem Frühstück schnappte sich Adriana den Staubsauger. Steffi beschloss, dass sie sich dann mal um ihre Wohnung kümmern wollte, was hieß, dass sie ihre Sachen endlich auspacken und das möblierte Appartement nach ihren Vorstellungen ein wenig umräumen wollte.
Leo half Adriana mit beim Saubermachen. Mittags einigten sich die beiden, ein wenig im Schnee spazieren zu gehen. Auch Leo war der Meinung, dass nach zwei Tagen Schwerstarbeit eine Pause ganz gut tat. Sie beobachteten eine Horde Kinder, die sich mit Schneebällen bewarfen und unterhielten sich über die letzten beiden Tage.
Am Samstag hatten Steffi und Leo das Loch so vergrößert, dass man durchsteigen konnte.
Während Adriana Schutt in den inzwischen angelieferten Container brachte, hatten sie Verlängerungskabel

ausgelegt und die von Adriana im Baumarkt gekauften Baulampen im Bunker aufgestellt.

Adriana hatte einen mit Spinnweben und Unrat verwüsteten Raum erwartet. Aber es war nicht eine einzige Spinnwebe, keine Maus und nichts Lebendes zu finden. Der Tisch in dem Raum und die sechs Stühle waren zwar alt aber sehr gut erhalten. Es roch nach abgestandener Luft. Die Wände, Decken und Fußböden bestanden aus nacktem Beton und wiesen keine Farbe auf. Ein flacher leerer dreitüriger Schrank in demselben Stil wie Tisch und Stühle befand sich noch in dem Raum. Die Kuriositäten bestanden aus einem gerahmten Bild von Adolf Hitler und einer Eisentafel mit vielen Schaltern und einem alten Telefonhörer. Leo vermutete, dass das vielleicht mal ein alter Spionagebunker war.

Das Beste war jedoch in dem angrenzenden etwas kleineren Raum. Steffi hatte die Metalltür geöffnet und mit einer der drei Baulampen den angrenzenden Raum beleuchtet. Dort stand so etwas wie ein Generator, so ähnlich wie ein Notstromaggregat. Steffi hatte das Riesengerät sogleich genauer in Augenschein genommen und gemeint, dass das Gerät wohl mit Diesel laufen würde. Leo war erfreut darüber und hatte zu Adriana gesagt, dass somit das Stromproblem gelöst wäre, sofern sie das Ding zum Laufen bekämen.

Während Leo und Adriana wieder zurückgingen und überlegten ob der Raum ausreichen würde, hatte Steffi sich mit einer Taschenlampe bewaffnet und den Bunker weiter erkundet. Es grenzte noch ein Raum an den Raum mit dem Generator. Aber da stand nur ein eisernes Gestell, was wohl mal ein Doppelstockbett gewesen war. Offenbar war dies der letzte Raum. Die Eisentür, die ursprünglich noch weiter geführt hatte, ließ sich nicht öffnen. Sie hatte keine Klinke und war zugeschweißt.

Schließlich waren alle Drei wieder durch das Loch nach draußen gekrochen, hatten den gröbsten Schutt weggeräumt und waren dann nach oben gegangen um zu reden.

Und Steffi redete fast ununterbrochen. Sie wollte in dem letzten Raum eine Mauer setzen, weil man ja nicht wüsste, was dahinter sei. Sie wollte alles weiß streichen und den hinteren Raum als Lager und für die Kühlgeräte nutzen und der vordere Raum, welcher der größte war, wäre als Labor ausreichend. Der schmalere Raum mit dem Generator sollte noch eine Zwischenwand bekommen wegen dem Schmutz und Lärm, so dass zwischen den drei Räumen ein kleiner Flur entsteht. Steffi hatte ihre Pläne auf ein Blatt Papier gemalt bis Adriana sie nach einer Lösung für eine anständige Belüftung und Näherem zu dem Generator befragte.

## 21.

Was den Generator und den Lüfter betraf musste Steffi passen. Sie machte aber den Vorschlag, dass die Räume so hergerichtet werden würden, dass der Bunker wie ein normaler Keller aussieht. Diese Arbeiten könne sie alle selbst erledigen. Aber dann müssten sie jemanden organisieren, der eine anständige Belüftung einbaut und den Generator in Gang bringt. Steffi hatte vorgeschlagen, die entsprechenden Fachleute nicht aus der näheren Umgebung zu nehmen. Dieser Vorschlag stieß auf allgemeine Zustimmung, aber Adriana hatte Steffi immer neugieriger angesehen und fragte Steffi schließlich, wieso sie so viele für eine Frau untypische Dinge konnte. Auch Leo wartete gespannt auf eine Antwort, da auch er nichts von Steffis Vergangenheit wusste.

Steffi sah sich nun genötigt, Ihre Geschichte zu erzählen und bat Adriana, eine Flasche Wein zu holen. Diese Geschichte würde wohl länger dauern.

„Meine Eltern waren die schlimmsten Öko-Freaks, die es je gegeben hat. Ich habe noch einen Bruder und wir wohnten zu viert in einem Haus, welches etwas abseits von dem kleinen Dorf in bewaldeter Hanglage stand. Als Kinder waren wir im Dorf als Freaks verschrien und hatten viel Ärger. Unsere Mutter schneiderte unsere Klamotten selbst und strickte Pullover und so. Ihr könnt Euch ja vorstellen, dass wir damit keinen tollen Stand in der Schule hatten und mussten uns schon beizeiten zur Wehr setzen.

Wir hatten mit Tränen, Wutanfällen und mit allem Möglichen versucht, unsere Eltern dazu zu bringen, dass wir wenigstens nach Außen normal auftreten durften.

Aber nichts half. Im Gegenteil, unsere ohnehin schon viele Arbeit wurde zur Strafe noch vermehrt. Mein Bruder hatte vor Wut damit gedroht, er würde bis zur nächsten Stadt laufen und sich in einem Kaufhaus ordentliche Sachen zusammenstehlen. Als Buße musste er einen ganzen Sonntag lang Holz hacken.

Ach ja, wir hatten unser ganzes Haus mit Holz beheizt. Warmes Wasser musste mit Holz erwärmt werden und einmal in der Woche ging es für alle in die Badewanne – natürlich alle in dasselbe Wasser.

Ich war für den Stall verantwortlich und das Viehzeug. Während andere Kinder spielten, musste ich nach den Hausaufgaben den Stall ausmisten.

An eine Episode kann ich mich noch gut erinnern, als mein Bruder dem Vater klarzumachen versuchte, dass er Automechaniker werden wollte. Es war eine wahnsinnig heftige Diskussion und der Vater war schließlich völlig außer sich. Er schrie Jens an, er solle gefälligst etwas lernen, womit er etwas anfangen könne, so wie Zimmerer oder Bauer.

Mein Bruder war so voller Wut und Enttäuschung, dass er meinem Vater vorwarf, wie im Mittelalter zu leben. Er schrie ihm ins Gesicht, dass er die Schule ja wohl nicht mehr besuchen müsse, weil man für diese Berufe nicht mehr wie lesen, schreiben und rechnen brauche und das habe er schon in der Unterstufe gelernt. Darauf hat der Vater voller Zorn Jens so verprügelt, dass er überall mit blauen Flecken übersät war. Ich weiß noch, dass ein paar Tage später eine Frau vom Jugendamt bei uns aufkreuzte. Sie hätte wohl schon mehrere Beschwerden von Lehrern vorliegen. Leider waren Jens´ blaue Flecke da schon verheilt und da wir anständig zu essen bekamen, etwas anzuziehen hatten und jeder von uns ein eingerichtetes Zimmer hatte, was wir auch immer sauber halten mussten, konnte das Jugendamt nichts machen. Nur seitdem hatte mein Vater Jens nie mehr verprügelt. Die Strafen für unsere Vergehen wurden mit noch mehr Arbeit geahndet."

Steffi stieß geräuschvoll den Atem aus und man sah ihr an, dass diese Erinnerungen ihr zu schaffen machen. Sie fuhr fort: „Nun ja, ich will das hier etwas abkürzen. Wir hatten eine beschissene Kindheit, obwohl unsere Eltern mehr als genug Geld hatten, um ein normales Leben zu führen. Mein Vater war ein hohes Tier bei den Grünen und ein Geizhals und wahrscheinlich der Einzige der nach den Prinzipien lebte, die die Grünen predigten.

Mein Bruder hatte seine Lehre als Zimmerer fast abgeschlossen und sollte bald auf Wanderschaft gehen. Ich hatte eine Lehre als Köchin begonnen als wir die Nachricht erhielten, dass unsere Eltern bei einem Zugunglück ums Leben gekommen waren. Im ersten Moment war diese Nachricht natürlich schockierend, schließlich standen wir zwei plötzlich als Waisen da. Doch wir hatten unsere Eltern gehasst und fühlten uns regelrecht befreit. Mein Bruder war zu dieser Zeit bereits volljährig und ich wurde damals auch in einem Jahr achtzehn. Wir hatten viel Geld geerbt und mein Bruder fing gleich nach dem Tod unserer Eltern an, das Haus umzubauen. Ich brach meine aufgezwungene Lehre ab und half ihm. Die Umbauarbeiten haben wir fast alle selbst gemacht. Das war uns ein Bedürfnis.

Dann aber hatte ich beschlossen, doch noch eine Lehre abzuschließen. So schlecht waren meine Noten nicht und ich bekam eine Lehrstelle als Laborassistentin. Als ich die

Lehre abgeschlossen hatte ging ich zurück nach Hause. Mein Bruder hatte mittlerweile das Haus so modernisiert und mit Lichterketten ausgestattet, dass man es schon von weitem erkennen konnte."
Steffi lächelte in der Erinnerung daran und erzählte weiter: „Er sagte mir, dass er nie wieder als Öko angesprochen werden wollte. Er übertrieb ein wenig, finde ich.
Als ich nun von der Ausbildung zurückkam, hatte er gerade einen Keller in den Hang gegraben. Ich half ihm dabei und lernte sehr viel von ihm. Ich habe also Erfahrung, im Bau von Kellerräumen, wie ihr seht."
Sie machte eine kurze Pause, nippte von ihrem Wein und fuhr fort: „Jens machte dann später seinen Meister und eröffnete eine Tischlerei. Leider nahm er sich auch eine Frau. Das war eine absolute Tussi, der ich ein Dorn im Auge war. Aber mein Bruder war total in sie vernarrt. Also kümmerte ich mich intensiv um eine Arbeitsstelle und zwar deutschlandweit. Eine Zusage bekam ich schließlich aus München und mein Bruder bezahlte mir eine Jahresmiete für eine schöne Wohnung, richtete sie mir ein und stellte mir noch ein Auto vor die Tür. Den restlichen Teil meines Erbes hatte er angeblich für mich angelegt. Er besuchte mich noch ein einziges Mal und seitdem herrscht Funkstille. Seit über drei Jahren habe ich nichts mehr von ihm gehört."
Steffi kippte ihren Wein runter und schwieg. Auch Adriana und Leo schwiegen. Schließlich fügte sie nur noch hinzu: „Wenn ich mal ein wenig Zeit habe, werde ich wohl mal zu meinem Elternhaus fahren und nachsehen, was daraus geworden ist. Telefonisch kann ich jedenfalls niemanden mehr erreichen."

Adriana hatte dagesessen und gestaunt, mit welcher Gleichgültigkeit Steffi von ihrer Vergangenheit sprach. Ihr war jetzt klar, warum Steffi keinen Mann an ihrer Seite duldete und dass bereits ihre Kindheit sie so hart und stark gemacht hatte.

Es fing wieder an zu schneien als die beiden Spaziergänger auf dem Weg nach Hause waren. Sie hatten Steffis Vergangenheit gründlich ausgewertet und sie dafür bewundert, dass sie trotz allem oder gerade deswegen eine dermaßen selbstbewusste junge Frau war. Leo meinte nur, dass sie vielleicht ein wenig zu selbstbewusst war und hoffte, dass es dadurch keine Schwierigkeiten geben würde. Andererseits lobte er seine bisherige Zusammenarbeit mit Steffi.
„Wir werden sehen. Sie ist jedenfalls fleißig und scheint voll hinter uns zu stehen. Das sollten wir nicht vergessen."
Damit beendete Adriana das Thema. Sie waren nun wieder im Haus und machten es sich vorm Kamin gemütlich. Sie hatten den Spaziergang genossen und absolut keine Lust auf Bunker, Labor oder sonstige Themen, die sich mit Arbeit beschäftigten. Völlig entspannt sahen sie sich ihre Urlaubsbilder an. Wenig später gingen sie nach oben, nahmen ein gemeinsames Bad und ließen den Sonntag in trauter Zweisamkeit ausklingen.

## 22.

Es war Mitte Februar als der Elektromeister Adrianas Haus verließ. Er hatte den Generator überprüft und zum Laufen gebracht und sich um eine Lüftungsanlage gekümmert. Steffi hatte Adriana und Leo unermüdlich herumgescheucht und den Bunker und dessen Eingang ordentlich hergerichtet. Adriana sprach den Mitarbeiter im Baumarkt schon fast mit „du" an, weil sie so oft dort gewesen war. Aber sie war Steffi dankbar, denn innerhalb von zweieinhalb Wochen war alles fertig.
Leonhard und Steffi suchten im Internet nach den benötigten Geräten, während Adriana die Weinflaschen entstaubte und in das neue Weinregal einräumte. Sie kehrte und wischte die Kellertreppe und den Weinkeller und ging dann nach oben.
„Habt ihr schon etwas gefunden?", fragte Adriana.
Steffi nickte. „Es wär gut wenn du mit dabei bist, damit wir die Bestellungen machen können."
„Ich geh nur noch unter die Dusche, dann komme ich zu euch!", sagte Adriana und ging nach oben. Sie war froh, dass der Ausbau beendet war. Erika hätte die Hände über dem Kopf zusammenschlagen wegen dem ganzen Staub und Dreck.
Die Dusche genoss Adriana und schob alle Sachen und Handtücher in die Wäscheklappe. Jetzt wollte sie alles frisch und sauber haben.
Unten hatte Leonhard eine Liste zusammengestellt mit den Gerätschaften, die sie brauchen. Aber als alles bestellt war wirkte Leo dennoch ratlos.
„Was ist denn?", fragte Adriana, „Du siehst nicht zufrieden aus."

„Naja, die wichtigste Zutat fehlt und ich weiß nicht, wie wir die beschaffen sollen. Zwar kann ich erst einmal ein paar Wochen arbeiten, weil ich alles neu programmieren und einspeichern muss, aber dann wird es ohne nicht mehr gehen." Adriana sah ihn fragend an und er sagte nur: „Blut!"

Adriana holte Luft, als wolle sie etwas sagen. Allerdings sagte sie dann doch nichts und lehnte sich nachdenklich in ihrem Sessel zurück. ‚Blut! Ja, wir kommen wir an Blut?'

„Wieviel brauchst du denn?", fragte sie und Leo antwortete: „Fürs erste würde ein Blutbeutel reichen."

Das war ein Problem. Mit Geld konnte man fast alles kaufen. Aber wer kauft denn Blut? Und mit welcher Begründung?

„Wenn einer von euch Blut abnehmen könnte, könnten wir unser eigenes nehmen!", schlug Adriana halbherzig vor. Aber Steffi schüttelte den Kopf und Leo auch. Schließlich meinte Steffi: „Wir müssen im Krankenhaus wohl ein wenig spionieren."

Leo zuckte mit den Schultern: „Uns wird nichts anderes übrig bleiben." Adriana sah die beiden an und sagte im Flüsterton, als ob sie Angst hätte, sie würden belauscht: „Oje, das wäre aber Diebstahl."

Man sah Steffi an, dass es ihr nicht ganz einerlei war. Dennoch wiederholte sie Leos Worte: „Uns bleibt nichts anders übrig!"

Adriana gefiel das nicht. Aber was sollten sie tun, wenn sie nicht alles hinwerfen wollten.

Den Sonntag genossen die drei. Steffi war nach dem Frühstück eingetroffen. Sie hatten sich vorgenommen, nicht weiter zu planen oder zu grübeln, sondern mal richtig frei zu machen.

Adriana hatte Erikas letztes vorgekochtes Menü aus dem Tiefkühlschrank geholt. Nach einem frühen Mittagessen schlug Adriana vor, nach Tabarz zu fahren und ein wenig Ski zu fahren. Steffi wollte nicht so richtig, ließ sich dann aber breitschlagen. Mehr als zwei bis drei Stunden Zeit war ohnehin nicht, wenn sie erst einmal dort waren.

Adriana hatte ihre eigene Ski-Ausrüstung. Während Leo und Steffi zum Ski-Verleih gingen, setzte sich Adriana in den Lift und fuhr schon mal eine Runde. Wieder unten angekommen sah sie die beiden mit Skiern zum Lift gehen. Sie beeilte sich, um die zwei noch einzuholen, schaffte es nicht ganz und stand drei oder vier Leute nach ihnen in der Schlange. Leo drehte sich um und rief ihr zu, dass sie erst einmal bis zur Mittelstation fahren würden, weil beide lange nicht gefahren waren. „Zum Einfahren!", meinte er und grinste.

„Ich fahre hoch. Treffen wir uns unten wieder?", fragte sie und Leo nickte. Er drehte sich um und half Steffi bei dem Schlepphaken. Er fuhr mit dem nächsten.

Oben angekommen ließ Adriana den Blick über die verschneite Landschaft schweifen und beschloss, Leo und Steffi zu überreden, beim nächsten Mal auch bis ganz hoch mitzufahren. Die Pisten waren schön breit und nicht besonders anspruchsvoll. Das sollten sie schaffen. Sie fuhr los und genoss die Geschwindigkeit und das Gefühl von Freiheit. Sie wich den Leuten aus, die aus der Mittelstation kamen und fuhr weiter. Sie sah Leo und Steffi am Rande der Piste. Offenbar hatte Steffi ein paar Probleme und Adriana wollte nachsehen warum. Sie fuhr hin. Und das war ein Fehler.

Steffi sah Adriana kommen und rutschte weg. Adriana konnte Steffis Skiern nicht mehr ausweichen. Ihre Ski verfingen sich, die Bindung von Adrianas Skiern löste sich und sie flog in einem kleinen Bogen in den Schnee an der Seite. Dort blieb sie regungslos liegen.

„Adriana!", brüllte Leo, löste hektisch seine Ski und lief zu ihr hin. Steffi saß geschockt im Schnee. Ihr fehlte nichts. Erst als sie merkte dass Adriana sich nicht regte kam sie wieder zu sich. Sie rief einen vorbeifahrenden Skifahrer heran und bat ihn, den Rettungsdienst zu holen. Dann löste sie ebenfalls die Skier von den Füßen und lief zu Adriana.

„Sie ist mit dem Kopf hier davor geknallt", sagte Leo stockend und zeigte auf einen im Schnee versteckten Baumstumpf. Er kniete sich hin und fühlte den Puls. Erleichtert atmete er aus.

„Ich hab den Rettungsdienst holen lassen", sagte Steffi leise, „wir nehmen ihr den Helm lieber nicht ab. Da kommen sie schon."

Steffi sammelte schnell die herumliegenden Skier ein. Der Motorschlitten hielt und der Sanitäter erkundigte sich nach dem Ablauf des Unfalls. Auch sie ließen Adrianas Helm vorerst wo er war und legten Adriana auf eine luftgepolsterte Liege.

„Komm langsam nach!", sagte Leo zu Steffi und fuhr dem Schlitten hinterher.

Adriana wurde zunächst in die Sanitätsstation gebracht. Der Notarzt untersuchte sie und nahm vorsichtig den Helm ab. Er vermutete eine schwere Gehirnerschütterung und stellte vorsichtshalber ein Gefäß neben die Liege, falls Adriana zu sich kommen und sich übergeben musste. Er ließ eine Schwester bei der Patientin und ging hinaus. Draußen wartete Leo.

„Gehören sie zu der Patientin?", fragte der Arzt.

„Ja, ich bin ihr Freund", antwortete Leo.
„Sie hat offenbar eine Gehirnerschütterung. Ich werde sie in ein Krankenhaus zur Beobachtung bringen. Die dortigen Ärzte müssen dann entscheiden, ob die Patientin noch länger bleiben muss oder nicht. Ich brauche noch die Personalien der Gestürzten und wenn möglich eine Chipkarte."
Leo überlegte kurz. Adriana hatte nur den Autoschlüssel mitgenommen. Alles andere hatten sie im Auto gelassen.
„In ihrer Ski-Jacke muss ein Autoschlüssel sein."
Der Arzt brachte den Schlüssel und währenddessen kam Steffi herein. Sie holte Adrianas Tasche aus dem Auto und der Arzt nahm die Personalien auf.
Leo fuhr mit dem Touareg dem Krankenwagen hinterher. In der Sanitätsstation war Adriana kurz zu sich gekommen und musste erbrechen. Sie hatte gestöhnt und nur kurz geblinzelt.
Steffi schwieg die ganze Zeit. So stark sie sonst war, so saß sie jetzt wie ein Häufchen Elend neben Leo. Auch Leonhard sagte kein Wort. Er war mit den Gedanken bei Adriana.

Zwei Tage später stand Leo vor Adrianas Krankenbett. Sie war wach.
„Geht's dir besser?", fragte er
„Ja, naja mir ist noch schwindlig beim Aufstehen und ich bekomme noch Schmerzmittel. Aber der Arzt sagt, dass die Tests positiv waren und keine inneren Verletzungen aufgetreten sind. Wenn alles gut geht, darf ich in drei Tagen nach Hause. Wahrscheinlich werde ich die Nachwirkungen noch ein Weilchen spüren. Ich soll halt noch vorsichtig sein und langsam machen." Adriana

drehte den Kopf und sah sich im Zimmer um. „Was ist mit Steffi?"
Leo musste grinsen. „Die traut sich nicht rein", sagte er und ging zur Tür. Hinter der Tür wartete ein riesiger Blumenstrauß mit zwei Beinen. Der Blumenstrauß kam näher und sagte: „Es tut mir wahnsinnig leid!"
Dann lugte Steffi hinter dem Blumenstrauß vor und sah Adriana verlegen an. „Es tut mir leid, ehrlich!", sagte sie nochmal. Ihr Blick war vergleichbar mit dem eines Hundes, der um eine Leckerei bettelt und Adriana grinste, verzog aber gleich wieder das Gesicht vor Schmerzen.
„Schon gut", sagte sie leise und schloss die Augen.
Nach insgesamt sieben Tagen im Krankenhaus wurde Adriana entlassen. Steffi und Leo behandelten sie wie ein rohes Ei. Anfangs war das Adriana noch ganz recht, weil das Schwindelgefühl und die Lichtempfindlichkeit nur langsam nachließen. Aber es ging ihr von Tag zu Tag besser und schließlich sagte sie: „Jetzt ist es aber genug. Mir geht es wieder gut!"
Den skeptischen Blicken der beiden begegnete sie mit einem zornigen Stirnrunzeln. „Erzählt mir lieber, war hier los war und ob sich Erika wieder beruhigt hat."
Erika hatte nicht schlecht gestaunt, als sie in Adrianas Haus von Leo und Steffi empfangen worden war, die ihr beizubringen versuchten, dass sie Adriana aus dem Krankenhaus holen würden. Sie war völlig aus dem Häuschen, als sie hörte, was geschehen war und hatte Adriana noch mehr verhätschelt als Leo und Steffi. Linda und Frank hatten Adriana auch besucht, wobei Lindas Abneigung gegen Steffi nun leider noch mehr gewachsen war.

Dann erzählten sie, dass ein Großteil der Bestellungen schon geliefert und im Bunker aufgebaut worden war.
„Seid ihr wegen dem Blut schon weiter gekommen?", fragte sie.
Leo sah zu Steffi und Steffi grinste verlegen. „Naja, äh… Das war so. Äh…" Steffi räusperte sich und sagte dann: „Ich habe die Besuche im Krankenhaus gleich genutzt. Es… äh, das Blut ist schon unten." Anfangs hatten sie die drei gestohlenen Blutbeutel im Kühlschrank aufbewahrt und sogleich runtergebracht sobald die Kühlaggregate geliefert und aufgebaut worden waren.
So wie Steffi sie ansah, sollte Adriana wohl böse reagieren, aber Adriana verspürte indes Erleichterung und sagte nur: „Gut."
Innerhalb der nächsten Woche wurden auch die restlichen Bestellungen geliefert, so dass Leo mit seiner Arbeit beginnen konnte. Trotz aller widrigen Umstände verlief alles planmäßig.

Adriana saß am Schreibtisch und öffnete ihre Post. Unter den Briefen befand sich auch die Mitteilung, dass der Tresor fertiggestellt war und die Firma einen Anruf erwarte, wann der Einbautermin stattfinden könne. Sie griff zum Telefon und vereinbarte einen Termin mit dem ausdrücklichen Hinweis, dass nur sie selbst die Lieferung abnehmen und den Einbau überwachen würde.
„Der Tresor wird am 10. März geliefert. Er wird gesichert mit einem 8-stelligen Code und mit Spracherkennung. Ihr beide denkt euch je vier Zahlen aus und ich werde die Spracherkennung nutzen."
Leonhard sah Adriana an und sagte: „Einverstanden."
Auch Steffi gefiel die Lösung. „Okay", sagte sie, „Ich habe

Erika übrigens gesagt, dass wir die Firma hier unten haben, uns aber selbst um die Reinigung kümmern. Sie hat nicht weiter gefragt."
Adriana hatte sich das schon gedacht. „Also ist jetzt alles da, so dass ihr arbeiten könnt?", fragte sie und sah sich in dem steril wirkenden Raum um.
Die beiden nickten. „Wenn der Tresor geliefert wird, sollten die Laborgeräte nicht gesehen werden!", fügte Adriana noch hinzu.
Sie hatte sich zwischenzeitlich so weit erholt, dass nur noch ab und zu ein leichtes Schwindelgefühl auftrat. Ab nächste Woche würde sie dann die Schreibarbeiten übernehmen.

## 23.

Mit einem Wutschrei warf Sven das Glasschälchen mit dem zwischenzeitlich eingetrockneten Blutstropfen an die Wand. „Ich bring ihn um, den Versager!" Die Wut machte aus seinem ansonsten makellosen Gesicht eine Vampirfratze mit blutunterlaufenen Augen, hervorstehendem Gebiss und den typischen verlängerten Eckzähnen.

Dann aber ging er Schritt für Schritt die Unterlagen noch einmal durch. Penibel genau wiederholte er das Experiment. Er hatte diesmal nur eine kleine Probe genommen und glich jeden Schritt mit den Aufzeichnungen ab. Er arbeitete konzentriert und führte schließlich den Versuch, den er am Institut verhindert hatte, noch einmal durch. Doch wieder musste unter dem Mikroskop beobachten, dass sich Blutzellen zwar wie erwartet teilten, anschließend aber abstarben.

Er lehnte sich zurück. William würde toben, aber was sollte er tun? Er war der Meinung, dass es richtig gewesen sei, den Institutsleiter über die Sinnlosigkeit der Forschungsarbeit mit seinen gefälschten Berichten zu täuschen und Leonhard Weis vor der Beendigung seiner Arbeit zu feuern. Leonhard sollte die Bestätigung seines Experiments nie bekommen um diese eventuell dem Institutsleiter vorlegen zu können. Hätte er vielleicht doch noch warten sollen? War er zu voreilig gewesen?

Die erneut aufkochende Wut ließ wieder den Vampir zum Vorschein kommen und ein Zischlaut entfuhr ihm. Selbst wenn er laut Williams Vorschlag den letzten Versuch am Institut manipuliert hätte, stünde er nun an der gleichen Stelle.

Diese Überlegungen brachten ihn nicht weiter. „Was sage ich bloß William." Dass er ihm den Misserfolg beichten musste, darum kam er nicht herum. Aber wenn er gleich die Lösung des Problems mit einfügte…
Ja, er musste Leonhard herbringen. Eine andere Möglichkeit gab es nicht.

William schäumte vor Wut. „So viel Zeit und so viel Geld!" Seine Stimme war ganz dunkel und röhrte regelrecht. Er hatte sich jedoch so weit unter Kontrolle, dass nur seine Augen rot wurden.
„Warst du nicht derjenige der von diesem Stümper überzeugt war? Hast du mir nicht hoch und heilig versichert, dass das Blut sich vermehrt?"
Sven stand mit finsterer Miene, gesenktem Blick und respektvollem Sicherheitsabstand in Williams Privatgemach. William drehte sich zur Wand und starrte das Bildnis einer schönen Frau an, ohne dieses wirklich zu sehen. „Georg! Markus!" brüllte er so laut, dass seine wütende Stimme in der darauffolgenden Stille nachhallte und die Gläser auf dem Tisch leise klirrten.
Keine Minute später betraten die zwei Brüder den Raum, eben jene, die Sven hierhergebracht hatten. Mit wutverzerrtem Gesicht und einer immer lauter werdenden Stimme sagte er zu den beiden: „Wir brauchen eine neue Lieferung, weil dieser unfähige Stümper versagt hat."
Die beiden Brüder verbeugten sich kurz und verließen den Raum, während die letzten Worte nachhallten. Sven blieb weiter stumm. Jedes weitere Wort hätte die Wut zum Überkochen und ihn um seinen Kopf gebracht. Verstohlen sah er zu der mittelalterlichen Klinge an der Wand und schluckte.

William fing an, auf und ab zu gehen. Schließlich sagte er: „Du wirst diesen Forscher hierher holen."
Und mit Nachdruck fügte er hinzu: „Ohne Spuren zu hinterlassen!".
Sven ging davon aus, dass er damit entlassen war und wandte sich um zum Gehen. William jedoch stand urplötzlich vor ihm, packte ihn um die Kehle und hob ihn ein kleines Stück hoch. Mit drohendem Zischen in der Stimme sagte er leise: „Wenn du oder der Forscher versagt, dann mache ich euch beide einen Kopf kürzer!"

## 24.

Während Steffi und Leo im Bunker arbeiteten und Adriana nicht gebraucht wurde, suchte sie weiter nach mysteriösen Nachrichten im Internet.
Viele Bestellungen hatte ihre Firma nicht, aber das war ja so gewollt. Bei den wenigen Aufträgen für die Röntgenpraxis hatte ihr am Anfang Linda geholfen. Jetzt tat sie das allein.
Mittlerweile war über ein Jahr vergangen und es war ein warmer Mai geworden. Der Pool war offen, weil Leo und Adriana abends noch ein bisschen schwimmen wollten. Das Wasser glitzerte in der Mittagssonne, als Leo in den Wintergarten kam und sich mutlos in den Sessel neben Adriana sinken ließ. Adriana klappte den Laptop zu und sah ihn an. „Wieder nichts?"
Leo schüttelte den Kopf. „Steffi versucht´s noch einmal, aber der Fehler muss irgendwo anders liegen. Ich muss jetzt erstmal einen klaren Kopf kriegen."
Er stand auf und ging nach oben. Adriana klappte den Laptop wieder auf. Sie hatte bevor Leo kam einen interessanten Artikel vom April dieses Jahres gefunden.

*Mysteriöser Fund in Happy Valley-Goose Bay, Labrador, Kanada*
*In einem Waldstück nördlich von Happy Valley Goose Bay wurden unter einem verlassenen Holzhaus mehr als 1000 ungeöffnete Konserven und weitere verdorbene Lebensmittel gefunden. Ein Wandertourist hatte in dem verlassenen Haus Unterschlupf vor einem Unwetter gesucht. Beim Verlassen des Hauses stürzte der Mann und rutschte durch die aufgeweichten Schlammmassen in eine Grube hinter dem Haus. Dort fand er*

*mehrere ungeöffnete Konservendosen, welche offenbar vergraben worden waren. Er meldete dies den zuständigen Behörden, welche dann die ungeheuren Mengen zutrage brachten. Laut Angaben der örtlichen Behörden hatte dort ein junges Pärchen gewohnt, welches diesen Ort erst kürzlich verlassen haben muss. Die zuständigen Behörden haben Ermittlungen zum Aufenthaltsort dieser Personen aufgenommen, welcher nach wie vor unbekannt ist.*

*Der einen halben Kilometer entfernt lebende Nachbar erinnerte sich an einen Besuch bei den Verschwundenen und beschrieb deren Lebensstil als sehr spartanisch. Zwar wären die jungen Leute sehr freundlich zu ihm gewesen, wirkten dennoch ein wenig mysteriös. Er gab wörtlich an, dass es ihn sehr verwundere, dass sie nicht in irgendwelchen Hochglanzzeitschriften zu finden waren und das Leben von Leuten auf der Flucht führten.*

*Diese Aussagen veranlassten die Behörden zu einer Hausdurchsuchung. Ein aufmerksamer Beamter fand dabei ein kleines Plastikteil, an dem eingetrocknetes Blut klebte. Bisher konnte das Plastikteil noch nicht identifiziert werden. Das Blut wird noch untersucht.*

Adriana speicherte den Artikel in den Favoriten ab und öffnete Google. Leo kam wieder herunter, nur mit Badehose bekleidet und mit einem Handtuch über der Schulter. Wenig später hörte Adriana das Plätschern des Wassers. Adriana suchte jetzt gezielt nach weiteren Nachrichten aus Labrador. Doch zu diesem Artikel fand sie nichts mehr. Allerdings stieß sie auf eine kurze Meldung von Anfang März. Dort wurde ein Kurier verdächtigt, seine Lieferung für ein Krankenhaus nicht vollständig abgeliefert zu haben. Dabei handle es sich um

Verbandsmaterial und Blutkonserven. Der Kurier bestritt die Vorwürfe und wurde aus Mangel an Beweisen freigesprochen.
Adriana lehnte sich zurück und starrte in die Luft. War das nun eine Spur? Waren das vielleicht Thomas Wind und Sylvia? Konnte es nicht sein, dass die beiden, um ihre Tarnung aufrecht zu erhalten, Lebensmittel kauften und diese dann vergruben, weil sie mit normalem Essen nichts anfangen konnten? Adriana wusste es nicht, aber sie verspürte den dringenden Wunsch, dies herauszufinden. Nur wie erklärte sie Leo und Steffi eine Reise nach Kanada?
Adriana schaltete den Laptop aus. Auch sie brauchte jetzt einen kühlen Kopf, holte sich Badesachen und sprang zu Leo in den Pool. Der hatte den Kopf auf den Poolrand gelegt und ließ den restlichen Körper an der Wasseroberfläche treiben. Adriana beobachtete ihn. Dann kam ihr eine Idee. Sie schwamm zu ihm hin und ließ ein paar Wassertropfen von ihren Fingern auf Leos Gesicht fallen. Es sah so aus, als hätte er nur darauf gewartet. Er schnappte sich Adrianas Handgelenk und zog sie mit sich unters Wasser. Die beiden tobten einen Augenblick wie kleine Kinder und ließen sich dann auf dem Wasser treiben. Adriana sah in den wolkenlosen blauen Himmel.
„Du steckst irgendwie in einer Sackgasse stimmt's?"
„Hm", knurrte Leo nachdenklich.
„Was hältst du davon, erstmal eine Pause zu machen? Ich habe vorhin einen Artikel über Labrador in Kanada gelesen. Dort sollen die Leute sehr gastfreundlich und lustig sein."
Adriana hatte sich im Wasser gedreht und beobachtete Leonhard. Sie sah an seiner Miene, dass ihm die Idee mit

dem Urlaub gefiel. Aber dann legten sich Falten auf seine Stirn.
„Kanada? Hast du nichts anderes auf Lager?"
Adriana beschloss erst einmal nicht weiter darauf zu drängen. „Weißt du was? Wir surfen nachher ein bisschen im Internet und suchen uns etwas Schönes raus, okay?"

Als Steffi genauso mutlos wie Leo nach oben kam war Adriana klar, dass auch sie keinen Erfolg hatte. Leo saß vor seinem Netbook und Adriana vor ihrem Laptop. Steffi ging schweigend raus. Mit im Pool baumelnden Beinen reckte sie ihr Gesicht eine Weile in die Sonne. Dann kam sie wieder herein, ließ sich in einen Sessel fallen und stöhnte: „Ich glaub, ich brauch Urlaub!" Leo grinste Adriana an und Adriana meinte: „Genau das werden wir auch machen!"
Neugierig ging Steffi zu Adriana und sah auf den Laptop. „Ey, das ist ja geil." Adriana hatte eine Website geöffnet, wo Urlaub in einer Blockhütte angeboten wurde. Diese Blockhütte hatte riesige Panoramafenster, durch welche man auf einen See sehen konnte. Das Foto war abends entstanden und durch die beleuchteten Fenster der Hütte war ein gemütlicher Wohnraum zu sehen. Von dem Reiseveranstalter wurde von Frühstück bis All inklusive alles angeboten.
Man konnte wandern, angeln, Kanutouren buchen und sogar eine Wildwassertour machen. Außerdem war es möglich Jeeps zu mieten und auf eigene Faust etwas zu unternehmen.
Neugierig sah Leo von seiner Kreuzfahrtseite auf und ging zu Adriana. Er hatte bisher eher planlos gesucht und deshalb auch nichts gefunden, was ihm gefiel. Als er sah,

was Adriana da im Angebot hatte, sagte er schicksalsergeben: „Ich sehe schon. Wir fliegen nach Kanada."
Steffi fand das toll. Das Abenteuer reizte sie und ohne dass Adriana etwas dazutun musste, machte sie Leonhard diese Reise schmackhaft. Adriana lehnte sich zurück und grinste in sich hinein.
Schließlich gab sich Leo endgültig geschlagen und sah Adriana an. „Wann geht's los?"
„Sobald wir so ein Haus für drei Personen buchen können!", meinte Adriana und wollte sich an die Arbeit machen.
Aber Steffi sagte zur allgemeinen Verwunderung: „Nö, nö, nö! Ihr denkt doch nicht etwa, dass ich mit in euer Liebesnest komme. Das könnt ihr vergessen! Ich werde die Zeit nutzen und zu meinen Bruder fahren."
„Ich dachte du findest das hier so toll!", brummte Leo, war aber eigentlich froh, dass er die Reise mit Adriana allein unternehmen konnte.
„Ich hätte mich schon viel früher mal bei meinem Bruder melden müssen. Aber nie war so richtig die Gelegenheit da. Kanada läuft mir nicht davon."
Steffi hatte sich entschlossen. „Ich geh dann mal. Für Heute war´s das sowieso. Ich habe unten Alles ausgemacht. Bis dann!" Sie warf sich ihre Jacke über die Schulter und verließ das Haus.

## 25.

Mühsam seine Wut unterdrückend entfernte sich Sven von dem Haus. Leonhard war weg. Steffi war weg. Das Einwohnermeldeamt hatte keine neue Anschrift der beiden.

Am liebsten würde er unter den ahnungslosen Menschen wüten, die ihm entgegenkamen und gestresst ihrer Wege gingen. Aber er musste seine Identität wahren. Er musste außerdem unbedingt trinken und sich ein ruhiges Plätzchen suchen. Er konnte ja schlecht hier auf der Straße einen Blutbeutel aus seinem Koffer ziehen und genüsslich dran saugen. Außerdem musste er sich überlegen, wie er Leonhard finden könnte.

Sven ging in eine Seitengasse und vergewisserte sich, dass niemand ihn sehen konnte, wie er in das Abbruchhaus hineinging. Dort holte er sich das Blut aus seinem Koffer und lehnte sich während er trank an einen halb verrotteten Türrahmen.

Was wusste er über Leonhard? Familie war keine da. Die Hausbewohner wussten nichts. Freunde? Er hatte mal etwas von Leipzig gesagt, wo er aufgewachsen war. Vielleicht war er dorthin zurückgegangen. Okay, sein nächster Weg würde ihn also nach Leipzig führen. Aber wieso war diese Assistentin, die er nach Leos Verbleib befragen wollte, ebenfalls verschwunden? Spurlos! An ihrem Wohnort hatte er die Nachbarn in ein Gespräch verwickeln können. Die haben ihm dann verraten, dass Frau Drahme gesehen wurde, wie sie in das Auto eines blonden Fremden gestiegen war, den sie noch nie gesehen hatten und seitdem war sie nicht mehr gesehen worden. Das Auto war angeblich ein Passat gewesen. Leonhard

fuhr einen Passat. War das alles Zufall? Eigentlich hatten sich Steffi und Leo doch nie viel zu sagen gehabt. Oder hatte das gemeinsame Unglück, der Verlust des Jobs, die beiden zusammengeschweißt?
Sven nahm sich vor, zuerst in Leipzig zu forschen. Wenn er dort nicht weiterkommen würde, dann würde er versuchen, etwas mehr über Steffi herauszufinden. Soweit er es in Erinnerung hatte, war da ein Bruder gewesen...

Fünf Monate lang hatte sich Sven erfolglos in Leipzig umgehört. Er hatte bei Ämtern nachgefragt, in Krankenhäusern (wobei er gleich seine Blutreserven auffüllte) und schließlich an der Schule, die Leonhard besucht hatte. Dort hatte er angegeben, er sei ein guter Freund von Leonhard Weis. Der Schuldirektor hatte ihm die gewünschten Auskünfte verweigert. Er hatte es dann noch einmal bei der Sekretärin versucht, als der Direktor im Unterricht gewesen war. Sie war sehr gesprächig geworden, nachdem Sven seinen Charme spielen ließ. So war er in Besitz der Namen der Klassenkameraden gekommen.
Er hatte sich alle, die noch in Leipzig wohnten, einzeln vorgenommen und war nach einiger Zeit tatsächlich fündig geworden. Zwei dieser Klassenkameraden hatten geheiratet und die gaben ihm die Auskunft, dass Leo sie vor über einem Jahr mal besucht hatte, aber nicht lange geblieben war, weil er wohl eine Frau kennengelernt hätte. Mehr wussten die beiden auch nicht. Sven beobachtete das Haus dieser Freunde noch über einen Monat. Leonhard war jedoch nicht aufgetaucht.
Sven lief die Zeit davon. Zwischenzeitlich hatte William bestimmt schon seine Spürhunde auf ihn gehetzt.

Eine letzte Möglichkeit gab es noch.

Die freundliche Stimme aus dem Bahnhofslautsprecher verkündete die Abfahrt des ICE nach Mainz. Sven hatte sich für den Zug entschieden, da das Laufen zu viel Energie kostete, Energie die ihm nur das immer knapper werdende Blut geben konnte. Außerdem konnte er so in Ruhe überlegen, wie er dem Herrn Drahme unverdächtig Informationen über Steffi entlocken konnte.

## 26.

„Okay hier hört die Straße auf, also muss es das hier sein", meinte Leonhard und parkte den Jeep. Adriana schnappte sich den Schlüssel und stieg aus. Im Dämmerlicht konnte man hinter dem zweistöckigen Blockhaus zwischen hohen Bäumen die hellen Flecken eines Sees ausmachen. Adriana hoffte sehr, dass die Schlüssel passten, denn nach dem langen Flug, den freundlich gemeinten Erklärungen und Tipps des Vermieters samt Übergabe des angemieteten Jeeps und der eher abenteuerlichen Fahrt auf den Schotterpisten Labradors wollte sie endlich ankommen.

Adriana drehte den Schlüssel um und öffnete die Tür. Sie blieb überwältigt stehen. Leonhard sah das. Er stieg aus, ging zu ihr und konnte nun sehen, was Adriana erstarren ließ. Es war wirklich ein atemberaubender Anblick.

Das Haus war gar nicht zweistöckig. Die Zwischendecke fehlte und man stand in einem großen loftartigen Raum. Gegenüber der Eingangstür war eine große Fensterfront, die den Blick auf einen herrlichen See, Bergen und den fernen Lichtern einer Stadt freigab. Der hintere Teil des Hauses war U-förmig zum See hin offen. Der obere Teil der beiden gegenüberliegenden dreieckigen Stirnfronten war total verglast, so dass tagsüber viel Licht ins Haus kommen konnte. Im Eingangsbereich waren rechts und links neben der Tür relativ kleine Fenster. Gegenüber der Eingangstür war eine komplett verglaste Terrassentür, die man falttürenartig öffnen konnte. Rechts und links neben der Terrassentür führten Türen in die Schenkel des U-förmigen Hauses. Das alles war dank der großen Fensterfronten im schwindenden Dämmerlicht noch zu erkennen.

Leonhard erwachte zuerst aus seiner Erstarrung, schob Adriana ganz durch die Tür damit er sie schließen konnte und machte Licht. Ein andächtiges „Boah" entfuhr ihm. Die Wände und die Decke waren erwartungsgemäß kanadisch mit Holz getäfelt. Kiefer tippte Leonhard. Sah man nach links war eine moderne amerikanische Küche zu sehen und ein runder Essplatz mit 6 hohen Stühlen. An der Wand hing ein großes Foto von einer wunderschönen, wahrscheinlich kanadischen Berglandschaft.
Rechts war ca. drei Schritte neben dem Eingang ein schmaler Raum abgetrennt. Dahinter kam ein gemütlicher bis in die Mitte des Lofts reichender Wohnbereich, bestehend aus einer in dunkelbraunem Leder gehaltenen halbmondförmigen Wohnlandschaft, einem Tisch, dessen schwere Marmorplatte auf einem flachen, baumartigen Geäst zu liegen schien und einem sehr gemütlich aussehendem Ohrensessel. Vervollständigt wurde der Wohnbereich durch einen in die Wand eingelassenen Flachbildschirm und einem mit Backsteinen gemauerten und mit Glasscheibe versehenem Kamin.
„Okay", sagte Adriana gedehnt, als sie sich vom Staunen erholt hatte. „Die Bilder im Internet haben uns nicht betrogen. Schon das ist die vollen 7.500 Euro im Monat wert." Ihre Stimme war beinahe andächtig und Leo nickte. Er hatte bei diesem Anblick absolut keine Lust, wieder mit Streiten anzufangen, dass es das andere Blockhaus welches er im Internet für die Hälfte des Geldes gefunden hatte, auch getan hätte. Adriana hatte auf diesem Haus hier bestanden, weil es direkt am See lag, eine Sauna hatte und die Verpflegung all inklusive beinhaltete.
„Ich räum dann mal das Auto aus", meinte Leo und ging hinaus. Adriana wollte zunächst sehen, was in dem

schmalen Raum neben dem Eingang war. In dem Raum befand sich ein leeres Wandregal. Hier würde sie die Koffer unterbringen. Sie machte Licht und sah, dass hinten Holz aufgestapelt war und der Kamin von hier aus befeuert werden musste. Gegenüber dem Regal links und rechts neben einer kleinen runden Luke mit Milchglasscheibe waren große nach oben gebogene Haken in der Wand. Offenbar konnte man hier die Skiausrüstung trocknen und bergen, wenn man Winterurlaub machen wollte.

Adriana schloss die Tür wieder und ging zur Küche. Im Kühlschrank fand sie zwei kalte Platten für das Abendessen und verschiedene Getränke. Sie holte die Platten und eine Flasche Wasser aus dem Kühlschrank und stellte sie auf den runden Tisch. Als sie die Gläser holte, kam Leo mit den ersten beiden Koffern herein. Als er das Essen auf dem Tisch sah beeilte er sich, die anderen beiden Koffer zu holen und das Auto abzuschließen. Aber Adriana meinte, dass die Platten noch zu kalt wären. „Komm wir sehen uns noch den Rest an!", sagte sie und ging auf die Tür zu, die zu dem linken Flügel führte. Dort war ein hell gefliestes Bad mit Doppelwaschtisch, Badewanne und Dusche zu sehen. Die Toilette war in einer geschlossenen Kabine und hinter der Kabine befanden sich eine Waschmaschine und ein Wäschetrockner.

„Fehlt noch das Schlafzimmer" sagte Leonhard und verließ das Bad um zu dem rechten Flügel hinüber zu gehen. Das Schlafzimmer war genauso groß wie das Bad, nur hatte es nicht nur zur Terrasse ein Fenster, sondern noch ein großes Panoramafenster an der Stirnseite. Die fensterlose Außenwand nahm komplett ein Schrank ein.

Das Bett mit zwei Nachtschränkchen stand unter dem Fenster an der Seite zum „Innenhof". Gegenüber dem Bett war in der Mitte des riesenhaften Schrankes ein nach oben zu öffnendes Rollo hinter dem ein kleiner Flachbildschirm stand. Bis auf ein zweites Mal Bettzeug war der Schrank leer. „Hm", brummte Adriana mehr zu sich selbst, „offenbar kann die Wohnlandschaft auch noch zum Bett umfunktioniert werden."
„Hm", brummte Leo in der gleichen Tonart, „groß genug ist sie ja für vier." Er setzte sich auf das Bett und testete die Matratze indem er auf und nieder wippte. Offenbar zufrieden stand er wieder auf und folgte Adriana aus dem Raum. Da Adriana sich an den Koffern zu schaffen machte schnappte sich Leo die Fernbedienung und machte sich mit dem Fernseher vertraut. Er suchte den Satelliten mit den deutschen Sendern und speicherte die Sender, die er am wichtigsten fand, ab. Adriana hatte das Waschzeug hervorgekramt und ins Bad gebracht.
„Na komm, wir essen erst mal! Auspacken kann ich auch morgen. Jetzt bin ich viel zu fertig", sagte Adriana müde.
Leonhard ließ den Fernseher laufen und sah in der Küche nach, ob vielleicht auch ein kühles Bier zu finden war. Er wurde nicht enttäuscht, fand auch einen Öffner, öffnete die Bierflasche und setzte sich zu Adriana. Sie sah so aus, als würde sie beim Essen gleich einschlafen.

Als die Sonne sich gegen Mittag des nächsten Tages zwischen den Wolken hindurchgekämpft hatte schien sie genau in Adrianas schlafendes Gesicht und kitzelte sie wach. Leonhard hatte Adriana am Vorabend mehr oder weniger ins Bett getragen und dann noch ein wenig

ferngesehen. Er war zwar überhaupt nicht müde gewesen, aber trotzdem bald darauf ins Bett gegangen.
Adriana hatte anders mit dem Jetlag zu kämpfen als Leo. Sie sah ihn noch tief und fest schlafen und stand leise auf. Ein Blick aufs Handy sagte ihr, dass es fast Mittag war. Sie fühlte sich trotzdem unausgeschlafen und matt. Hunger quälte sie. Adriana wankte zum Kühlschrank und holte sich einen Snack vom gestrigen Abendessen heraus. Es war noch so viel übrig, dass es für heute noch einmal reichte. Lustlos kaute sie auf dem Essen herum und trank einen Schluck Wasser dazu. Neben dem Herd entdeckte sie ein Kärtchen, auf dem eine Telefonnummer abgedruckt war, bei welcher sie essen bestellen konnte. *Bitte rufe diese Nummer eine Stunde vor du willst essen*, stand darunter.
Adriana musste grinsen und an das gestrige Gespräch mit dem Besitzer denken. Er war sehr nett und hatte die Übersetzung offenbar selbst handschriftlich auf das Kärtchen geschrieben.
Der kleine Snack war viel zu trocken. Oder lag es vielleicht daran, dass sie doch noch nicht so richtig wach war? „Blöder Jetlag!", murmelte sie und setzte sich mit Blick auf den geöffneten Koffer auf die Wohnlandschaft. Sie sah die Ecke eines Buches hervorstehen und wusste sofort, dass es Thomas Winds *Wahrheit* war. Aber zum Auspacken hatte sie jetzt keine Lust. Außerdem fühlten sich ihre Beine noch an wie Gummi. Sie wandte den Blick von den Koffern ab, lehnte sich zurück und nahm einen Schluck aus der Wasserflasche. Über die Suche nach dem Haus, wo dieser seltsame Lebensmittelfund war hatte sie schon während des Fluges nachgedacht. ‚Was sag ich Leo', sinnierte sie wieder und war fünf Minuten später

eingenickt. Irgendwann erwachte sie und weil ihr kalt war und da es draußen so regnerisch grau aussah ging sie wieder ins Bett. Leonhard schlief immer noch tief und fest.

Zwei Tage nach ihrer Ankunft ließen die Auswirkungen der Zeitumstellung endlich nach. Sie waren zwar ziemlich früh wach gewesen aber noch im Bett geblieben. Es war schließlich Urlaub und die Liebe sollte auch nicht zu kurz kommen. Gegen sieben Uhr der Ortszeit hörten die beiden ein Auto kommen. Es war hier so ruhig, dass dies sofort auffiel. Ein paar Augenblicke später hörten sie ein leises Klopfen und kurz darauf fuhr das Auto wieder weg. Sie sahen sich an. Leonhard zuckte mit den Schultern und stand auf.
Vor der Tür stand ein geschlossener Korb. Er hob den Deckel und rief laut: „Frühstück!"
Neugierig packten sie den Korb aus. Toasts, ein brötchenartiges Gebäck, süße Aufstriche, Käse, ein Thermosgefäß mit Rührei, Milch und richtiger schöner heißer Kaffee in einer Isolierkanne. Leo ging los und holte zuerst zwei große Kaffeetassen. „Aaaaah", seufzten beide und genossen den Kaffee.
„Das ist eine Wohltat nach dem gestrigen verschlafenen Tag", fügte Adriana noch hinzu. Sie stieg erst einmal unter die Dusche, während Leo ein Feuer im Kamin anzündete. Der Blick nach draußen war nicht sehr ermutigend und versprach keine Wärme.
Danach stieg er unter die Dusche und Adriana deckte den Tisch. Im Korb fand sie wieder ein Kärtchen, auf welchem die Firma *Happy Valley Catering* darum bat, die

Reste wieder in den Korb zu stellen und Wünsche und Anregungen mitzuteilen.

Sie legte es mit auf den Tisch. Sie selbst war zufrieden mit dem Frühstück aber vielleicht hatte ja Leo irgendwelche Extrawünsche.
Nach dem Frühstück packten sie die Reste in den Korb und Leo schrieb auf die Karte: *The breakfast was delicious. Thank you very much.*
„Oder hat es dir nicht geschmeckt?", fragte er. Adriana antwortete kurz: „Doch, doch", während sie anfing, die Koffer auszupacken. Leonhard stellte den Korb vor die Tür. Dann half er Adriana beim Auspacken und brachte die Koffer wunschgemäß in den Abstellraum. Sie entdeckten noch weitere Kärtchen des Vermieters mit seiner handschriftlichen Übersetzung. Diesen konnten Sie die Telefonnummer für den Reinigungsdienst entnehmen und auch die Telefonnummer des Besitzers, falls Probleme auftauchen sollten.

Adriana öffnete die Terrassentür. Kühle Luft strömte herein und beide gingen nach draußen. Über ihnen war der Himmel dicht bewölkt aber über dem Berg hinter dem See schien die Sonne. Auf der oberen Terrasse war ausreichend Platz für einen Tisch und zwei Stühle. Dahinter führten acht Stufen über die gesamte Breite nach unten zu einer ebenen Grasfläche die genauso breit wie das Haus war und rechts und links von einem weißen Zaun begrenzt wurde. Hinter dem Zaun, der die Grundstücksgrenze bezeichnete, begann der Wald. Mitten auf der Rasenfläche war ein überdachter Essplatz mit Barbecue-Grill. Gleich hinter dem linken Schenkel des

Hauses war ein geschlossener Glaspavillon. Neugierig gingen Leonhard und Adriana darauf zu.

„Das sieht aus wie ein Tauchbecken", stellte er zögernd fest. Adriana drehte sich um und sah, dass der untere Teil Stirnseite des linken Hausflügels komplett verspiegelt war mit einer Tür in der Mitte. „Genau das ist es und hier ist die Sauna", antwortete Adriana. Die Tür war verschlossen. Adriana rannte die Stufen hoch und holte den Schlüssel.

Die Sauna war zweigeteilt in eine trockene und eine feuchte Sauna, die als Dampfbad genutzt werden konnte. Ausreichend für zwei Personen, wobei man durch das verspiegelte Glas nach draußen sehen konnte.

In dem rechten Hausflügel fanden sie Liegestühle. Zubehör für den Grill, Paddel und noch etliche nützliche Kleinigkeiten und Werkzeug. Auf den See führte ein schwimmender Holzsteg hinaus, an dem ein kleines Holzboot befestigt war. Adriana nahm Leos Hand und küsste ihn. „Ist das nicht herrlich hier?", fragte sie als sich ihre Lippen wieder voneinander lösten. „Hmm" murmelte Leo bei dem der Kuss ganz andere Wünsche ausgelöst hatte. Eilig zog er Adriana hinter sich her zum Schlafzimmer und sie hatte nichts dagegen.

## 27.

Steffi hatte sich Leonhards Auto ausgeliehen. Adrianas Touareg hatte sie abgelehnt. Sie fand dieses Auto einfach zu protzig. Ihr Ziel war ein kleiner Ort nahe Saarbrücken in der hintersten Ecke Deutschlands. Sie hatte überlegt mit dem Zug zu fahren, aber das war zu umständlich. Da hätte sie erst nach Leipzig fahren müssen, in Mainz umsteigen und von Saarbrücken aus war die Verbindung zu ihrem Heimatort noch schlechter.

Steffi hatte oft schon darüber gegrübelt, warum die Kommunikation zu ihrem Bruder abgebrochen und weshalb seine Telefonnummer nicht mehr vergeben war. Sie hatte im Internet gesucht, aber nicht einmal die Tischlerei war zu finden. Steffi hatte nur eine einzige Erklärung: die Tussi. Die hatte Steffi von vorn herein misstrauisch beäugt und ihr auf ihre so unbegreiflich hochnäsige Art auf direktem Wege gesagt, dass sie Lesben nicht toleriert. Gut, das war ihre Sache. Steffi wollte auch nicht die zukünftige Schwägerin besuchen, sondern den Bruder und das konnte ihr keiner verbieten.

In den frühen Morgenstunden war sie losgefahren. Mit nur einer Pause hatte sie es geschafft noch vor der Mittagsstunde am Ziel zu sein. Ruhig fuhr sie die ihr noch wohlbekannte Straße mit den drei serpentinenartigen Biegungen nach oben. Es war ein merkwürdiges Gefühl nach so langer Zeit wieder in der Heimat anzukommen. Sie beschloss zuerst in die Tischlerei zu gehen und hoffte ihren Bruder zu erwischen bevor er nach Hause zum Mittagessen ging. Das große zweiflüglige Tor der Tischlerei stand noch offen und Steffi stieg aus.

Auf dem Weg zum Tor stellten sich ihr plötzlich die Nackenhaare auf, so als würde sie beobachtet. Ihr Instinkt ließ sie nach hinten schauen, die Straße hinab, die sie gekommen war. Aber da war nichts. Steffi zuckte die Schultern. Vielleicht stand auch ihre Schwägerin hinter den gardinenverhängten Fenstern ihres Elternhauses auf der anderen Straßenseite.
Sie betrat die Tischlerei und fand ihren Bruder über eine Zeichnung gebeugt.
„Hallo Jens!", begrüßte sie ihn.
Ihr Bruder zuckte zusammen und hob den Kopf. „Steffi!"
Steffi musterte ihn und konnte alle möglichen Gefühle von Angst über Enttäuschung bis Zorn in seinem Gesicht lesen, nur keine Wiedersehensfreude. „Offenbar freust du dich nicht, mich zu sehen", stellte sie mit gespielter Gleichgültigkeit fest.
„Ich, äh… - Was machst du denn hier?", fragte er und ignorierte ihre Bemerkung.
Steffi hob die Arme und antwortete: „Was ich hier mache? Dich besuchen? Nachsehen, ob du noch lebst? Gott verdammt, Jens, du bist mein Bruder und das hier ist meine Heimat!"
Er hatte sich aufgerichtet und atmete nun geräuschvoll aus. Er winkte ihr, ihm zu folgen und ging voran in einen büroartigen Bretterverschlag mit einem großen Fenster. Dort bot er ihr einen Stuhl an. „Kaffee?" fragte er.
„Ja." sagte Steffi. Das war ja schon mal ein Anfang. Sie hatten sich nie umarmt oder geküsst, aber ein wenig mehr Herzlichkeit oder wenigstens eine kleine Regung, dass er sich freute seine Schwester wiederzusehen, hatte sie erwartet.

Er goss Kaffee aus einer Thermoskanne in zwei Tassen und stellte eine davon vor Steffi ab. Mit seiner Tasse setzte er sich in den Drehstuhl auf der anderen Seite des überdimensionalen Schreibtischs.
„Ich hoffe, du hast nicht vor, hier wieder einzuziehen!", sagte er.
War das ihr Bruder? Steffi erinnerte sich an Zeiten, wo sie zusammengehalten hatten gegen die Eltern, gemeinsam das ganze Haus umgebaut hatten und sich gegen alle behaupteten, die sie als „Ökos" und als „Freaks" bezeichnet hatten.
„Einziehen wollte ich nicht, aber ein paar Tage bleiben!", antwortete sie.
„Das geht nicht!" Die Heftigkeit, mit der er diese Worte ausgesprochen hatte, erschütterten Steffi. Sie brauchte eine Weile um sich zu beruhigen um dann zu fragen: „Warum nicht?"
„Sie soll dich nicht sehen. Das gibt nur Stress! Und ich will keinen Stress!", stieß er verärgert hervor.
„Wusste ich´s doch. Die Tussi hat dich ja voll im Griff. Hast du deshalb die Telefonnummern geändert? Hast du deshalb…" Steffi konnte nicht weiterreden, denn Jens fiel ihr heftig ins Wort:
„Die TUSSI ist meine Frau! Die TUSSI ist die Mutter meines Sohnes!" Er schrie fast.
Doch Steffi war wie vor den Kopf geschlagen: „Du hast geheiratet und ein Kind? Und du hältst es nicht für notwendig, mir wenigstens eine SMS zu schreiben?"
Das war zu viel! Steffi musste mehrmals schlucken und krampfhaft versuchen, die Tränen der Wut oder auch der Enttäuschung zurückzuhalten.

Offenbar merkte er etwas, denn er lehnte sich ergeben und mit einem leichten Anflug von schlechtem Gewissen in seinem Stuhl zurück. Aber auch die nächsten Worte waren nicht überlegt: „Steffi, was willst du? Ist es Geld?"
Aber Steffi stand wütend auf und warf dabei den Stuhl um. Sie sah auf ihren Bruder herab und warf ihm in verächtlichem Tonfall die Worte zu: „Ich hab dir gesagt, was ich hier will. Ich scheiß auf dein Geld. Ich weiß jetzt, dass ich keinen Bruder mehr habe!"
Die halbvolle Kaffeetasse ließ sie stehen. Ohne ein weiteres Wort wandte sie sich um. Den umgestoßenen Stuhl ließ sie liegen und ging mit hoch erhobenem Kopf aus der Tischlerei.
Sie hatte nicht nur im Zorn diese Worte zu ihm gesagt. Diese Worte waren das Ergebnis ihrer Grübeleien und die Bestätigung hatte sie von Jens jetzt erhalten. Sie würde nie wieder hierherkommen. Sie hatte keine Heimat mehr. Mit diesen niederschmetternden Gedanken im Kopf startete sie den Wagen und fuhr los. So kam es, dass sie unaufmerksam war, deshalb auch nicht in den Rückspiegel sah und so auch nicht den Mann bemerkte, der sorgfältig das Autokennzeichen in ein kleines Notizbüchlein schrieb.

## 28.

Sven steckte das Notizbuch ein. Jetzt musste er vorsichtig sein. Er glaubte nämlich in der Nähe der einzigen Pension des Ortes zu Füßen dieses Berges Markus gesehen zu haben, einen von Williams Neffen. Und wo der war, war sein Bruder nicht weit. Er trat wieder ein Stück tiefer in den Wald und holte einen Blutbeutel hervor. Zwar hatte er nur noch fünf Beutel, aber er brauchte jetzt viel Blut, um in Windeseile zu verschwinden und dabei noch einen großen Bogen um den Ort zu machen. Er beschloss, erst in Frankfurt wieder Halt zu machen, um dort an einer Tankstelle die Frage des aufgeschriebenen Kennzeichens zu klären und in den entsprechenden Zug zu steigen. Aber bis dahin war es ein weiter Weg.
Kurz vor Frankfurt wurde Sven immer langsamer. Er hatte mehrere Haken geschlagen und war sich jetzt sicher, dass er nicht verfolgt wurde. Seine Kraft ließ nach und er musste neues Blut zu sich nehmen.
Er war jetzt sparsamer und trank nur wenige Schlucke. Bis zur nächsten Tankstelle war es nur ein Stück die Straße hinunter und das konnte er langsam und im Schatten eines Waldes gehen.
Ein Autoatlas in der Tankstelle gab Sven die nötige Information: Burgenlandkreis! Davon hatte er noch nie etwas gehört und wusste auch nicht wo das war. Da die Strecke bis zum Frankfurter Bahnhof weit und größtenteils offen war und die Sonne, die ihm seine letzten Kräfte rauben würde, um diese Jahreszeit sehr intensiv schien, beschloss er, einen der hier rastenden Lastkraftwagenfahrer dazu zu bringen, ihn bis zum Bahnhof oder zumindest in dessen Nähe mitzunehmen.

In der Buchhandlung am Bahnhof fand er dann wonach er suchte. Er ließ sich die Strecke ausdrucken und buchte ein Ticket nach Naumburg. Im Zug studierte er dann die im Buchladen gestohlene Karte Sachsen-Anhalts und dort speziell den südlichen Teil.

Es war Nacht als er in Naumburg ankam. Nach der Hitze im Zug war die Kühle und Dunkelheit der Nacht angenehm. Ärgerlich betrachtete er den letzten Rest von zwei Blutbeuteln in seinem Koffer. Fast genauso ärgerlich war sein arg zusammengeschrumpftes Bargeld, wobei ein bestimmter Betrag sorgfältig für die Rückreise nach Sibirien separiert worden war. Er durfte jetzt nicht auffallen, so dass seine üblichen Betrügereien bei Geldnot oder ein Kassenraub in einem Nachtclub nicht in Frage kam. Er beobachtete eine junge Frau, die mit einer großen Tasche auf dem Rücken ein Sportstudio verließ und eiligen Schrittes wahrscheinlich nach Hause lief. Er widerstand der Versuchung, sie zu überfallen. Wahrscheinlich hatte sie sowieso nicht viel Geld dabei und ihr Blut konnte er auch nicht haben, ohne sie aufwendig zu beseitigen.

Langsam lief er durch die nächtlichen Straßen der Stadt bis er ein Hinweisschild zum hiesigen Krankenhaus entdeckte. Er beschloss sich dort auf die Lauer zu legen, in der Hoffnung seinen Blutvorrat wieder auffüllen zu können.

Sven hatte Glück gehabt. Zwölf neue Blutbeutel lagen jetzt ordentlich einsortiert im dem isolierten Doppelboden seines Koffers. Er hatte sich am Morgen den Weg zur Zulassungsstelle beschreiben lassen und saß jetzt mit den Wartenden auf dem Flur des Amtes und beobachtete aufmerksam das Geschehen. Als seine Nummer aufgerufen wurde ging er hinein. Die Dame vor ihm mit blond gesträhntem Haar und kunstvoll modellierten Fingernägeln fragte nach seinem Begehr.

„Ich benötige eine Auskunft zu diesem Kennzeichen."
Sven übergab ihr einen Zettel, wo Leonhards Autokennzeichen drauf stand.

„Wir geben keine Auskünfte über die Halter", klärte ihn die Dame auf. „Wenn der Halter dieses Fahrzeugs Ihnen Schaden zugefügt hat, müssen Sie sich an die Polizei wenden."

‚Ja, dieser blöde Kerl fügt mir zur Zeit beträchtlichen Schaden zu', dachte Sven wütend und sagte mit viel zu sanfter einschmeichelnder Stimme: „Nein, der Halter hat mich nicht geschädigt. Er heißt Leonhard Weis und ist ein alter Freund von mir. Ich habe nur leider seine Adresse verlegt. Bitte helfen sie mir."

Aber die Dame schob geziert mit ihren kunstvollen Fingernägeln den Zettel zurück und erklärte streng: „Ich kann ihnen keine Auskunft geben. Vielleicht sollten Sie es beim Einwohnermeldeamt versuchen."

Wütend stand Sven auf und verließ den Schalterraum. „Blöde Schlampe!", dachte er. Er hatte absolut keine Lust bei jeder der elf verfluchten Gemeinden nachzufragen.

Bevor er zum Einwohnermeldeamt ging musste er erst einmal seine Wut unter Kontrolle kriegen. Er ging in ein Café und bestellte sich ein Wasser. In der Toilette des Cafés brachte er sich mit einem kräftigen Zug aus einem Blutbeutel wieder zur Räson. Nachdem er sein Wasser ausgetrunken und bezahlt hatte, ging er schräg über den Markt zum Amt für Meldeangelegenheiten. Hier geriet er an eine junge Frau, die ihm zuerst auch nicht weiterhelfen wollte, die er aber mit Charme und einer erdachten

Geschichte über einen verschollenen Freund dann doch zum Reden brachte. Zwar hatte sie ihm die genaue Adresse nicht verraten aber so ganz nebenbei nach Leonhard Weis gesucht und nachdem Sie nach links und rechts geschaut hatte schnell zugeflüstert „In Roßbach und jetzt gehen Sie!"

‚Na das ist doch ein Anfang', dachte Sven zufrieden und wo dieses Roßbach lag, das würde er auch herausfinden.

# 29.

Adriana hatte das Buch aufgeschlagen vor sich liegen. Wenn man darüber hinweg sah, dass sie seit zwanzig Minuten nicht mehr umgeblättert hatte, hätte man denken können, sie wäre total in eine spannende Lektüre vertieft. Leonhard saß in dem Liegestuhl neben ihr mit dem Netbook auf dem Schoß. Die wenigen Sonnenstunden nutzten die beiden und holten die Liegestühle hervor.
Leonhard sah auf. Er hatte im Internet herumgestöbert und versucht herauszufinden, wieso sein brillant durchdachtes Experiment scheiterte. Nein, nicht scheiterte. Das Experiment funktionierte, aber das geschaffene Ergebnis versagte. Er rieb sich den Nacken. Adriana war vor dem Schatten geflohen und saß jetzt leicht versetzt vor ihm. Er beobachtete sie.
Ja, er liebte sie und hier im Urlaub wurde es ihm wieder richtig bewusst. Eine Strähne ihres hellbraunen Haares hatte sich aus dem Zopf gelöst. Sie hatte sie hinters Ohr gestrichen. Leonhard mochte die seitlichen Linien ihres Profils und er mochte ihre blauen Augen, die er jetzt nicht sehen konnte aber die sie sowieso hinter der Sonnenbrille versteckte. Ja, er liebte diese Frau und genoss die Zeit der Zweisamkeit sehr.
„Na? Ist es spannend?", fragte er und Adriana zuckte zusammen. „Woran hast du gedacht?"
„Wieso?", fragte Adriana.
„Komm schon. Du hast seit einer ganzen Weile nicht mehr umgeblättert", erwiderte Leo und klappte das Netbook zu.

„Du hast mich wohl beobachtet?", fragte sie, drehte sich zu ihm um und sah ihn über den Rand ihrer Sonnenbrille an.
„Ja", gab er zu, „und? Sagst du es mir?" Adriana sah ihn fragend an, so dass er noch hinzufügte: „Na, an was du gedacht hast."
Adriana drehte sich wieder um und sah auf den See hinaus.
‚Woran ich gedacht habe? Dass ich seit einer Woche versuche, etwas über das mysteriöse Haus oder über Thomas Wind herauszufinden und noch keinen Schritt weiter gekommen bin, weil ich nicht weiß, wie ich allein meine Nachforschungen anstellen könnte, ohne dich zu belügen!' Aber das sprach Adriana nicht aus. Sie liebte Leo und wollte ihn durch Lügen nicht verletzen. Nur ihr Geheimnis machte es ihr manchmal ganz schön schwer. Sie konnte ihm doch schlecht erzählen, warum sie wirklich nach Labrador wollte. Die Zeit verging aber und bald war diese Spur wieder kalt und die Chance vertan, Thomas Wind und somit die Wahrheit zu finden. Leo war aufgestanden und stand nun breitbeinig über dem Fußende ihrer Liege. Sie zog die Beine an und er setzte sich rittlings auf die Liege. Er sagte nichts, sah sie jedoch fragend an. Adriana atmete einmal tief durch. ‚Wenn er mich wirklich liebt…'
„Also ich bin nicht nur wegen Urlaub hier."
Jetzt war es raus und nun kam sie um weitere Erklärungen nicht mehr herum. Noch einmal tat sie einen tiefen Atemzug. „Ich weiß nicht wie ich es dir erklären soll. Es ist… naja, ähm…" Adriana sah ihn hilfesuchend an, aber er konnte ihr nicht helfen. Er hatte ja gar keine Ahnung, worum es eigentlich ging. Sie senkte den Blick. Das Buch

war in ihren Schoß gerutscht und zugeklappt. Das Bild von Thomas Wind auf der Rückseite sah sie an. Und das brachte sie auf eine Idee.

„Ich kann dir nicht erklären, worum es geht, bevor du nicht dieses Buch gelesen hast."

Sie nahm das Buch auf und reichte es ihm. Er griff danach ohne den Blick von ihrem Gesicht zu wenden. „Es ist nicht viel. Du wirst es in ein paar Stunden ausgelesen haben."

Leonhard legte das Buch auf seine Liege und zog Adrianas angewinkelte Beine zu sich heran, so dass sie von der Lehne abrückte. Dann stand er auf, setzte sich hinter sie, umarmte sie und legte das Kinn auf ihre Schulter.

„Adriana, weißt du noch damals als ich überstürzt nach München zurückgefahren bin? Damals gab es zu viele Fragen und zu viele Geheimnisse. Ich möchte dir aber sagen, dass du über alles mit mir reden kannst. Über ALLES!" Er machte eine kurze bedeutungsschwere Pause. „Adriana", wiederholte er, „Ich liebe dich!"

Adriana schwieg eine Weile. Dann legte sie ihren Kopf an seinen und sagte leise: „Ich liebe dich auch. Aber wenn du verstehen willst, worum es geht, musst du das Buch lesen." Sie griff nach dem Buch und reichte es ihm.

Er nahm das Buch mit der rechten Hand und hielt sie immer noch mit dem linken Arm fest. Er las den Titel und drehte es um. „Thomas Wind, Luzern." Er hob den Kopf und sah sie an. Sie drehte den Kopf zu ihm und sah ihm in die Augen. „Ja, Luzern. Das war der Freund, den ich damals besuchen wollte." Sie hatten gar nicht gemerkt, dass sich die Sonne jetzt hinter dicken Wolken versteckte. Erst als Adriana einen Regentropfen abbekam räumten sie eilig die Liegestühle weg und gingen ins Haus.

Leo hatte ein Feuer im Kamin entzündet und es sich auf der Wohnlandschaft bequem gemacht. Er wollte nicht weiter warten. Wenn er Adrianas Geheimnis wissen wollte, musste er dieses Buch durchlesen.
Während er las ging Adriana ins Bad und widmete sich der ausgiebigen Körperpflege. Irgendwann kam sie in einen Bademantel gewickelt wieder aus dem Bad und ging durch den Nieselregen zur Sauna. Während das Dampfbad vorheizte ging sie in die Trockensauna und starrte gedankenverloren durch das Fenster auf den im Nieselregen grau aussehenden See.
‚War es richtig gewesen, Leo einzuweihen? Wird er mich für eine Spinnerin halten und wird sich seine Liebe zu mir in Mitleid mit einer total verwirrten Person verwandeln? Jetzt war es zu spät! Nun habe ich ihm versprochen, alles zu erzählen. Es wird sich ja zeigen wie sehr er mich liebt.'
Aber bei diesen Gedanken schossen ihr Tränen in die Augen. Auch sie liebte ihn, sogar sehr und es würde sie schwer treffen, wenn seine Liebe erlöschen würde. Er hatte es geschafft, die finsteren Gedanken aus ihrer Vergangenheit zu vertreiben. Er hatte die wenige Freizeit die sie hatten dazu genutzt, ihr beizubringen an die schönen Dinge zu denken. An die vielen schönen Stunden mit Tony oder mit Frank und Linda oder den schönen AIDA-Urlaub. Ja, er - aber auch Thomas Wind - hat es geschafft, sie aus ihrer Lethargie zu reißen und Dinge, die nicht zu ändern waren, zu akzeptieren.
Adriana sah, dass die Dampfsauna schon ganz neblig war und zog den Bademantel aus. Sie legte sich auf die leicht ergonomisch geformte aufgewärmte Steinbank und sah vereinzelte Sonnenflecken über den Glaspavillon huschen.

Die grauen Wolken und der Nieselregen hatten sich also verzogen.

Als Adriana wieder hoch ins Haus ging, las Leo immer noch. Sie sah auf die Uhr. Die Sauna und auch die Tatsache, dass sie zum Mittag nur kleine Häppchen, die sie sich vom Frühstück gemacht hatte, gegessen hatten, ließ ihren Magen knurren. Sie rief den Catering-Service an und bestellte spontan das italienische Gericht, da sie Leo nicht stören wollte aber wusste, dass er italienisches Essen mochte. Dann nahm sie sich ein Glas Wasser und trank es in mehreren großen Schlucken durstig aus. Anschließend ging sie wieder ins Bad, um sich die Haare zu trocknen.

Fast auf die Minute genau eine Stunde später wurde das Essen geliefert. Nachdem Adriana das benutzte Geschirr vom Vortag hingegeben und die Catering-Leute in ihrem Lieferwagen wieder davonfuhren, sah Leo vom Buch hoch. Offenbar hatte der Essensgeruch ihn abgelenkt. Er drehte das Buch um und stemmte sich aus seiner Bauchlage hoch.

„Ich habe gar nicht mitbekommen, dass du bestellt hast", sagte er und setzte sich an den Tisch. Adriana zündete noch die Kerze an und setzte sich ebenfalls. Sie aßen langsam und genüsslich, aber schweigend. Leonhards Gedanken waren unergründlich und Adriana wollte nicht fragen. Er musste das Buch bis zu Schluss durchgelesen haben, bevor sie bereit war Fragen zu beantworten und er schien das zu wissen.

Nach dem Essen las Leonhard weiter und Adriana schnappte sich die zum Frühstück mitgelieferte Zeitung aus Happy Valley Goose Bay. Doch sie fand nichts Interessantes und legte die Zeitung wieder weg. Adriana war nervös. Sie konnte jetzt nicht lesen oder sich mit irgendetwas anderem beschäftigen. Sie musste ständig zu Leo schauen. Sie ging ins Schlafzimmer und machte die Schränke auf und wieder zu. Dann ging sie Holz im Kamin nachlegen. Dann ging sie ins Bad und wusch sich die Hände. Dann ging sie in die Küche und trank ein Glas Wasser. Schließlich lief sie hinunter zum See und setzte sich auf den leicht schwankenden Steg. Dort blieb sie sitzen und starrte hinaus auf das Wasser. Und als es anfing dunkel zu werden kam Leonhard und setzte sich neben sie.

„Ich bin fertig", sagte er nur und Adriana nickte.

Nach ein paar Augenblicken fragte sie: „Und was sagst du zu dem Buch? Wie findest du es?"

Leo lachte und antwortete: „Zwar bis du diejenige die jetzt Fragen beantworten sollte aber gut: Das Buch ist unterhaltsam und sehr authentisch geschrieben. Auch das mit der Vampirfrau klingt merkwürdigerweise real. Das einzige was auf Phantasieliteratur hinweist ist die Beschreibung der vampirischen Fähigkeiten. - Du bist dir nicht sicher, stimmt´s? Du willst diesen Wind fragen, ob es Vampire wirklich gibt, ist es so?"

„Ja", sagte Adriana leise und bevor sie weitersprechen konnte wollte Leonhard sie unterbrechen.

„Adriana, hör ma...", fing er an aber Adriana fiel ihm ins Wort.

„Nein, Leo. Das ist noch nicht alles. Ich war in Luzern und wollte Thomas Wind sprechen. Er ist verschwunden und er hat nicht die kleinste Spur hinterlassen."

Adriana erzählte ihm nun von ihrem Gespräch mit Frau Portli an der Primarschule und als sie fertig war fragte sie: „Wer kauft 489 Mal das gleiche Buch und legt sich dann auch noch den Namen Dracula zu?"

„Ein Fanatiker oder ein Witzbold?", fragte Leo unsicher.
„Nein, weißt du was ich denke? Dass jemand nicht will, dass das Buch unter die Leute kommt. Und das mit Thomas Wind ist auch komisch. Er war beliebt an der Schule und verschwindet einfach so ohne Kündigung oder Urlaubsantrag oder sonst was! Die Polizei sucht nach ihm! Ich glaube, er sucht Sylvia und ist total vernarrt in sie."
Leo überlegte eine Weile, aber ihm fiel auch nichts Besseres ein. Vampire! So etwas gibt es doch nicht! Wenn es sie gab, warum hörte man nichts von ihnen? Er behielt seine Zweifel erst einmal für sich und fragte stattdessen:
„Und wie kommst du auf Labrador? Suchst du hier Thomas Wind?"
Adriana aber stand auf. Es war jetzt fast dunkel. „Komm ich muss dir etwas zeigen!", sagte sie und ging ins Haus. Leonhard folgte ihr. Adriana holte ein zwei Mal gefaltetes A4-Blatt aus ihrer Handtasche und gab es Leo. Er las den Bericht von dem Lebensmittelfund, den sich Adriana aus dem Internet ausgedruckt hatte und schüttelte verständnislos den Kopf. „Was willst du mir damit sagen?"
„Erinnerst du dich an die Ernährung der Vampire?" antwortete Adriana und erwartete keine Antwort, da sie gleich weitersprach: „Blut! Und eventuell Wasser, Kaffee oder Tee. Mit normalen Lebensmitteln können Vampire nichts anfangen. Ich denke, dass in diesem Haus Vampire gewohnt haben. Und mit dem Pärchen könnten Sylvia und Thomas gemeint sein. Ich weiß, dass das sehr weit hergeholt ist und dass es sich bei dem Pärchen natürlich um Milliarden andere Personen oder auch um andere Vampire gehandelt haben könnte, aber ich habe diesen Artikel, der ja nicht so ohne weiteres zu finden war,

erstens gefunden und zweitens sofort an Vampire und an Thomas und Sylvia gedacht. Es ist ein Gefühl. Nicht bloß so ein vages Bauchgefühl, ich glaube fest daran. Nenn es weibliche Intuition!"

Leonhard seufzte. Er hatte geglaubt, dass Adriana die Krise nach dem Tod ihres Kindes überstanden hatte. Aber offenbar hatte er sich getäuscht. Doch ihr zuliebe würde er mitspielen und sagte: „Ich weiß nicht so richtig was ich glauben soll. Aber um die Sache aufzuklären, werde ich dir mithelfen. Was hast du eigentlich vor?"

„Zuerst einmal wollte ich mit Hilfe des Artikels, den ich auch ausgedruckt habe, nach dem Haus fragen und dorthin fahren. In dem Bericht ist von einem Nachbarn die Rede. Ihm will ich das Bild von Thomas Wind zeigen. Weiter geht mein Plan noch nicht."

„Okay", sagte Leo und zog Adriana zu sich herüber. „Das hat Hand und Fuß. Morgen wollten wir ja sowieso in diese Stadt fahren und da fragen wir nach."

## 30.

Es ist erstaunlich wie gut man mit einer Fremdsprache zurechtkommt, wenn man sie benutzen muss. Adriana und Leonhard stellten das Auto auf einem Parkplatz in der Nähe eines Einkaufszentrums ab. Die Stadt war nicht groß und so beschlossen die beiden zu Fuß zu gehen. Sie wollten sich ein kleines Restaurant oder ein Café suchen, um dort nach dem gesuchten Haus zu fragen.
Das Coffee-House nannte sich *Valerie* und hatte zum Schutz vor dem hier ständig wehenden Wind einen komplett verglasten Vorbau mit je vier Tischen auf jeder Seite des Eingangs. Als Eingang diente ein runder Bogen aus mit Kletterpflanzen bewachsenen Metallstäben. Die Attraktion in diesem Coffee-House war ein Graupapagei, der links neben der Tür zu den inneren Galerieräumen der Lokalität auf einer Holzstange saß. Als Adriana und Leonhard den wintergartenähnlichen Vorbau betraten schritt der exotische Vogel gravitätisch auf seiner Stange hin und her und kreischte. Der Kellner erschien und sie bestellten zwei Tassen Kaffee. Als der Kaffee mit einem kleinen Gratisgebäck gebracht wurde raffte Adriana ihre Englischkenntnisse zusammen und verwickelte den Kellner, der sich als Besitzer dieses Cafés herausstellte, in einen Smalltalk. Sie fragte zuerst nach dem Namen des Papageis, welcher genau wie das Café *Valerie* hieß. Weil der Besitzer merkte, dass die Fremden gebrochen englisch sprachen und sie außerdem die einzigen Gäste waren setze er sich zu ihnen und fragte nach dem Woher und es entspann sich ein Gespräch. So konnte Adriana schließlich den Café-Besitzer nach dem Haus fragen, das ihr Ziel war. Der Besitzer wusste sofort Bescheid.

Offenbar sorgte diese Sache in der Kleinstadt noch immer für reichlich Gesprächsstoff. Leonhard und Adriana konnten dem Redeschwall kaum folgen und verstanden auch nicht alles. Es gab viele Vermutungen und abwegige Geschichten, aber auf die abwegigste Geschichte, dass dort Vampire gehaust haben könnten, konnte niemand kommen. Schließlich fragte Adriana nach der Adresse dieser Hütte und mit Hilfe von Adrianas Karte von der Umgebung konnte der Standort angegeben werden. Die Hütte befand sich nördlich der Stadt mitten in einem Waldgebiet. Der Nachbar stellte sich als Holzfäller heraus und würde einfach zu finden sein. Sie bedankten sich bei dem freundlichen Wirt und legten ein schönes Trinkgeld auf die Rechnung drauf. Schließlich erhoben sie sich und machten sich auf den Weg.

Leo fuhr und Adriana navigierte. Die Hütte war relativ einfach zu finden, da viele Autos Spuren im Waldboden hinterlassen hatten. Autos standen jetzt keine da, aber während die beiden den Jeep abstellten entdeckte Adriana zwischen den Bäumen, die die Hütte umstanden eine Gestalt in Jeans und Kapuzenshirt. Die Kapuze war tief ins Gesicht gezogen.

Adrianas Herz klopfte aufgeregt. Sie öffnete die Autotür und rief: „He!" Doch beim Aussteigen trat sie auf eine ausgespülte Wurzel und knickte leicht um. Nur für einen Moment war sie abgelenkt und als sie wieder hinsah, war die Gestalt verschwunden. „Mist!", schimpfte sie.

„Was war denn?", fragte Leonhard, der um den Jeep herumkam und sehen wollte, ob sich Adriana verletzt hatte.

„Da war jemand", sagte sie. Als er nach ihrem Fuß sehen wollte winkte sie ab. „Mir fehlt nichts."

Adriana ging zu der Stelle, wo sie die Person gesehen hatte. Sie spähte in den Wald, konnte aber nichts mehr entdecken. Spuren gab es auch keine, da der Boden mit einer dicken Schicht Nadeln bedeckt war. Enttäuscht wandte sie sich wieder ab und ging zum Haus. Leonhard beobachtete sie nur, sagte aber nichts.
Die Eingangstür war mit dem Siegel der RCMP, der örtlichen Polizei, versehen. Adriana lief um das Haus und versuchte durch die Fenster ins Innere des Hauses zu spähen, ohne Erfolg. Als sie versuchte an einem der Fenster zu rütteln griff Leonhard ein.
„Was machst du denn da?" fragte er und hielt sie fest.
„Na denkst du, ich bin hierhergekommen um mir das Haus nur von außen anzusehen?", zischte Adriana und versuchte sich loszureißen.
„Das ist verboten!", zischte Leonhard zurück.
„Es muss ja keiner wissen. Das Siegel der kanadischen Polizei mache ich ja nicht kaputt, wenn ich HIER ins Haus einsteige!", erwiderte Adriana ungeduldig.
„Hast du nicht selbst gesagt, dass da jemand war?" Er hielt sie immer noch fest.
Aber das brachte Adriana wieder zur Vernunft und sie wehrte sich nicht mehr gegen seinen Griff. Leonhard hatte Recht. Und wenn sie hier noch etwas erreichen wollte, musste sie vorsichtiger sein.
„Ok, wir fahren zu dem Holzfäller!", sagte sie. Leonhard ließ ihren Arm los und ergriff dafür ihre Hand. Gemeinsam gingen sie zum Auto und stiegen ein.
„Mensch Adriana, du hast doch das Polizeisiegel gesehen. Wenn du erwischt wirst kannst du gleich nach Hause fahren. Und wer weiß, was dann noch auf dich zukommt."

„Ja, ich war unvorsichtig. Aber ich werde wiederkommen, Leo, ich will in das Haus rein."

„Du bist verrückt", erwiderte er aufgebracht, „Was erhoffst du dir davon? Dass Thomas Wind an die Wand geschrieben hat: Hallo ich war hier? Oder dass er eine Telefonnummer hinterlassen hat mit der freundlichen Bitte doch mal durchzurufen? Die Polizei ermittelt noch, Adriana, und du hast den Wirt im *Valerie* doch gehört. Die Polizei tappt im Dunkeln und es machen die merkwürdigsten Gerüchte die Runde."

Er strich sich mit beiden Händen durch das blonde Stoppelhaar und ließ sich in die Lehne des Autositzes zurückfallen.

Adriana wusste, dass weitere Diskussionen jetzt nichts brachten. Sie würde nicht locker lassen und Leonhard wusste das. Darum sagte sie nur: „Lass uns jetzt zu dem Holzfäller fahren."

Schweigend startete Leonhard den Wagen und fuhr los. Sie hatten den Abzweig zum Haus des Holzfällers bereits auf der Hinfahrt gesehen und hielten wenig später vor einer Blockhütte an.

Leonhard sah sie fast schon verzweifelt an und sagte leise: „Du gibst nicht auf, richtig?" Adriana schüttelte nur den Kopf und wollte aussteigen. „Bitte, Adriana, überstürze nichts! Lass uns erst einmal darüber nachdenken und vielleicht einen Plan schmieden! Du weißt, dass ich dich nicht alleine dorthin gehen lasse. Außerdem hast du nicht mal eine Taschenlampe dabei." Adriana lächelte ihn an. ER hatte gerade aufgegeben. Und sie war jetzt dafür, dass sie den Einbruch – denn was anderes war es nicht – vorher genau durchdachten.

„Du hast recht", sagte sie, „und danke, weil du mir hilfst."
Sie gab ihm ein Küsschen und stieg aus. Adriana sah auf die Uhr. Es war Mittag und höchstwahrscheinlich ging der Mann seiner Arbeit nach. Aber versuchen wollte sie es trotzdem. Sie lief die Stufen zur Veranda hoch und klopfte an.

Nichts rührte sich und Adriana überlegte, ob sie warten sollte oder nicht. Sie beschloss zum Auto zurückzugehen. Warten konnte sie genauso gut dort.

Sie setzte sich in den Jeep und Leo empfing sie mit den Worten: „Er ist Holzfäller. Was hast du erwartet." Adriana sagte nichts. Sie überlegte immer noch, ob sie warten oder später noch einmal wiederkommen sollte. Leonhard ließ den Blick an Adriana vorbei aus dem Seitenfenster schweifen und erstarrte urplötzlich.

„Adriana?", sagte er ohne eine Antwort abzuwarten, „hatte diese Person, die du vorhin an der Hütte gesehen hast, Jeans und ein dunkelblaues Kapuzenshirt?"

„Ja! Wieso…?" Sie sprach nicht weiter und drehte den Kopf um Leonhards Blick zu folgen. Aber da war nichts. „Hast du ihn gesehen?"

Leonhard starrte immer noch auf die Stelle, wo er den Mann gesehen hatte. Oder war es eine Frau? Er sah Adriana mit gerunzelter Stirn an. „Gerade stand er noch da. Ich habe nur geblinzelt. Da war er weg."

Beide starrten zu der Stelle, als ein lautes Klopfen beide zusammenzucken ließ. Neben dem Auto stand ein Mann. Ein Holzfäller wie man sich einen Holzfäller vorstellt: rotkariertes Hemd, alte Jeans mit Hosenträgern und struppiger Bart.

Adriana fing sich schnell wieder. „Mittagspause", sagte sie grinsend zu Leonhard, schnappte sich ihre Tasche und stieg aus. Die mysteriöse Person mit dem Kapuzenshirt war im Moment vergessen.

„Hi!", sagte Adriana zu dem Holzfäller und fragte in englischer Sprache, ob er der Holzfäller wäre, der hier wohnt. Der Mann sah Adriana misstrauisch an und nickte bloß. Adriana griff in ihre Handtasche und holte den Zeitungsbericht hervor. Sie entfaltete das Blatt und zeigte es dem Mann. Der warf einen Blick darauf. Adriana wies auf den Absatz mit dem Nachbarn und fragte ihn, ob er der Mann sei. Wieder nickte er nur und sah noch finsterer drein. Schließlich holte Adriana das Buch mit Thomas Bild hervor und zeigte es ihm. Doch bevor sie fragen konnte, kam Bewegung in das finstere Gesicht und zeigte nun Erstaunen.

„Yeah, I know him, that´s the man! He has written a book?" Er nahm Adriana das Buch aus der Hand und drehte es um. Aber er konnte die deutsche Sprache nicht lesen und gab es Adriana zurück. Adriana war noch so perplex über die völlig unerwartete Reaktion und die ebenfalls unerwartete Bestätigung ihrer Vermutung, dass sie den Mann sprachlos anstarrte. Der aber drehte den Kopf, weil Leo aus dem Auto stieg und Adriana zu Hilfe kam.

Er reichte dem Holzfäller die Hand und sagte: „Sorry, but she is looking for him for a long time."

Offenbar konnte der Holzfäller mit einem Mann besser umgehen, denn plötzlich sah er gar nicht mehr so finster aus und als er die völlig perplexe Adriana ansah, die ein „Sorry" vor sich hinmurmelte, war in seiner bärtigen Miene so etwas wie Verständnis zu entdecken. Als Leonhard ihm erklärte, dass der Mann Thomas Wind hieß schüttelte der den Kopf. Er sagte noch einmal, dass das

der Mann auf dem Bild sei, der Name aber Tomy Storm war.
Da fing Adriana an zu lachen und Leonhard lachte mit. Zu dem Holzfäller sagte sie fröhlich: „Thomas Wind – Tomy Storm"
Da war der Herr Wind aber nicht sehr einfallsreich. Andererseits würde jemand der nach dem Schweizer Thomas Wind suchte einen Tomy Storm niemals finden. Der Holzfäller war in das Lachen mit eingefallen und als sich alle beruhigt hatten fragte Adriana, ob er sich auch an die Frau erinnern könnte und bat ihn um eine Beschreibung. Er beschrieb sie als sehr hübsch, schwarzhaarig und schlank und er fügte noch hinzu, dass beide immer sehr blass und fast krank aussahen, was ja auch kein Wunder sei, wenn sie nichts gegessen hätten. Adriana stimmte ihm zu. Sie hatte ihre Bestätigung. Ihr Instinkt hatte sie nicht betrogen. Und die äußerst merkwürdigen Umstände und Zufälle, die sie bis hierher geführt hatten, hinterfragte sie nicht. Sie war sich fast sicher, dass eine geheimnisvolle Macht sie hierher geführt hatte und sie hoffentlich auch weiter vorantreiben würde.
Beide bedankten sich bei dem Holzfäller und verabschiedeten sich. Leo wendete das Auto und sie fuhren davon in Richtung Urlaubsdomizil.
Als sie ankamen, bestellten sie Essen und als es geliefert wurde war es schon später Nachmittag. Adriana hatte auf dem Rückweg noch darauf bestanden, ein paar Taschenlampen zu kaufen, was Leonhard mit einem amüsierten Lächeln quittierte.
Dieser Nachmittag war einer der wenigen, der versprach mit einem traumhaften Sonnenuntergang zu enden und so überredete er Adriana, mit ihm auf den See hinaus zu

paddeln. Dort draußen beobachteten sie die langsam sinkende Sonne und schmiedeten Pläne. Noch vor dem Dunkelwerden ruderte Leonhard zurück. Im Haus redeten sie bei Kerzenlicht und Wein weiter. Adriana war zwar unzufrieden, dass es nicht gleich morgen losging, aber sie sah ein, dass noch gewisse Dinge gebraucht wurden. Und da sie sich einig waren, dass die Aktion in den frühen Morgenstunden kurz vor Sonnenaufgang starten sollte, musste sie noch einen Tag länger warten.

Den Jeep hatten sie an der Hauptstraße einen halben Kilometer nach der Einfahrt zur Hütte stehen lassen. Sie mussten nun ein Stück zurücklaufen. Aber das gehörte zu Leonhards Plan. Er meinte, dass sie so beobachten konnten, ob sich ein Auto der Hütte näherte. Zwar wurde es schon langsam hell, aber als sie in den Waldweg zur Hütte abbogen schluckten die hohen Nadelbäume das Licht. Leonhard hatte daran gedacht und er wollte im Wald warten, bis es hell genug war, um im Schutz des Waldes um die Hütte herum zur Rückseite zu kommen.
Ohne Licht, also halbblind schlich Adriana hinter Leonhard her, der offenbar mit der Dunkelheit besser zurecht kam. Irgendwann bog er ab in den Wald und dort wagte er es kurz, die Taschenlampe anzuschalten um sicher zu gehen, dass sie sich nicht in einen Ameisenhaufen setzten. Er löschte das Licht wieder und breitete ein dunkles Stück Folie auf dem Boden aus, worauf sie sich beide niederließen. Jetzt hieß es warten. Warten bis genug Licht zum Waldboden durchkam, um sicher durch den Wald gehen zu können. Und nun hielten sie die Augen und Ohren nach Ungewöhnlichem offen.

Eine halbe Stunde saßen sie da und hörten zu, wie der Wald erwachte. Als sich dann der Waldboden von den dunkleren Stämmen der Bäume abhob, standen sie auf und gingen im Schutz des Waldes um die Hütte herum. Leonhard blieb immer wieder stehen und sah sich um. Er hatte die Gestalt im Kapuzenshirt nicht vergessen. Adriana auch nicht, aber im Gegensatz zu Leonhard hoffte sie, dass sie auftauchte. Der Wald war bis auf ein paar Vögel ruhig und verlassen. Schließlich verließen sie den Schutz des Waldes und gingen zu dem Fenster, welches sie sich zum Einsteigen in das Haus rausgesucht hatten. Das einfache Holzfenster brachte Leonhards Hebelansatz nicht viel entgegen. Er half Adriana hinein, zog sich dann selbst hoch und verschwand ebenfalls im Haus.
Vorsichtig sahen sie sich in dem schwachen Licht, das zu den wenigen Fenstern hereinkam, um. Während Adriana schon das Innere des Hauses betrachtete, sah Leonhard immer noch aus den Fenstern.
Außer ein paar wenigen Möbeln war in dem ersten Raum nichts zu entdecken, der zweite Raum schien eine Küche gewesen zu sein. Aber außer einem Kühlschrank, einer Spüle und einem niedrigen zweitürigen Schrank war nichts zu sehen. Adriana vermisste hier einen Herd und Tisch und Stühle, wofür eigentlich ausreichend Platz gewesen wäre. Im dritten und größten Raum des Hauses, welchen man direkt durch den Eingang betreten konnte wurde es dann endlich ein bisschen wohnlich. Leonhard ging gleich zum Fenster und sah nervös nach draußen. Adriana sah sich um. Die Tür einer hässlichen Glasvitrine stand halb offen. Aber außer zwei Porzellanvasen war sie leer. Auf dem niedrigen Tisch lag eine uralte schon fast vergilbte

Spitzendecke. Zwei kleinere Versionen der Spitzendecke lagen über der Lehne eines alten Sofas. Alles in allem wirkte dieser Raum so, als hätte hier Adrianas Uroma gelebt.

In einer dunklen Ecke stand ein Tischchen, ähnlich einem Telefonschränkchen. Adriana ging neugierig dorthin. Sie schaltete die Taschenlampe ein und um den Lichtkegel so klein wie möglich zu halten trat sie ganz nahe an das Möbelstück heran. Die obere Schublade klemmte und als Adriana ihren Fuß halb unter das Schränkchen stellte um stärker an der Schublade ziehen zu können spürte sie Glas unter ihrer Schuhspitze knirschen. Sie zog den Fuß zurück und beleuchtete die Stelle. Die Glasscherbe stammte von einem Bild, das zwischen Wand und Schränkchen klemmte. Adriana stand auf. Sie ließ den Lichtkegel kurz über die Wand huschen und sah tatsächlich einen Nagel, an welchem das Bild wohl gehangen hatte. Neugierig rückte sie das Schränkchen ein Stück von der Wand ab und holte vorsichtig das Bild hervor.

„Was hast du gefunden?", flüsterte Leonhard.

„Ein Bild", flüsterte Adriana zurück und beleuchtete es. Es war ein Foto, welches im Vordergrund einen Mann und eine sehr schöne Frau zeigte. Hinter ihnen waren mehrere Leute zu sehen.

„Steck es ein und lass uns von hier verschwinden!", sagte Leonhard ungeduldig. Adriana nickte. Hier war sonst wirklich nichts Ungewöhnliches zu sehen. Sie gingen zurück zu dem Fenster als Adriana sich noch einmal umschaute. „Es gibt hier gar kein Bad", flüsterte sie. Aber Leonhard zuckte nur mit den Schultern und winkte sie zu dem Fenster um ihr hinaus zu helfen. Er sprang hinterher und zog das Fenster so gut es ging wieder zu. Dann verstauten sie die Taschenlampen und die Gummihandschuhe in einem Wanderrucksack, den sich Leonhard aufsetze, und gingen Hand in Hand los. Sie sahen jetzt aus wie zwei Wanderer. Doch es kam ihnen niemand entgegen.

Erst als Leonhard den Jeep vor ihrem Ferienhaus parkte löste sich seine Anspannung. Er kreiste die angespannten Schultern und atmete geräuschvoll aus.

Adriana legte eine Hand auf sein Bein und lächelte ihn an: „Alles vorbei und nichts passiert!"

Noch einmal atmete er tief ein und aus und zog eine Grimasse: „Mit dir macht man was mit."

Der Frühstückskorb stand an seiner gewohnten Stelle. Da die Sonne durch die Baumwipfel blinzelte und beiden aufgrund der Anspannung warm war, beschlossen sie das Frühstück auf der oberen Terrasse einzunehmen. Der wunderschöne Seeblick und das fröhliche Zwitschern der Vögel entspannte sie. Es wurde ein langes Frühstück und weil es so schön und friedlich war, ging Adriana noch eine Kanne Kaffee kochen. Bis jetzt hatten beide jegliches Gespräch über ihr frühes Abenteuer vermieden. Beide wollten diesen wunderbaren morgendlichen Frieden so lange wie möglich auskosten.

Aber als Adriana mit dem frischen Kaffee wieder herauskam, brachte sie auch den Wanderrucksack mit. Nachdem sie Kaffee nachgeschenkt hatte holte sie das Bild aus dem Rucksack. Vorsichtig, um sich an dem kaputten Glas nicht zu schneiden, holte sie das Bild aus dem Rahmen und betrachtete es.

Sie hielt das Foto weit von sich weg und sagte zu Leo: „Fällt dir was auf? Schon aus dieser Entfernung?"

Leonhard zuckte mit den Schultern. „Könnte fast ein Faschingsbild sein!"
„Ja fast", erwiderte Adriana, „nur dass die Zwei im Vordergrund die einzigen sind, die sich kostümiert haben. Und sieh dir mal den Raum an!"
Leonhard nahm das Bild und betrachtete die beiden kostümierten Personen. Die Kostüme könnten dem Film *Vom Winde verweht* entrissen sein. Der Raum, den Adriana meinte, könnte noch älter sein und wirkte sehr düster. Tatsächlich hatten die anderen Personen, ausschließlich Männer, dunkle Anzüge an, die in die heutige Zeit gehörten. Plötzlich stutzte Leo.
„Das ist doch nicht möglich. Was macht der denn da?" stieß er ungläubig hervor.
Adriana sah ihn verständnislos an. Aber Leonhard starrte das Bild weiterhin an.
„Es besteht kein Zweifel. Das ist Sven!" Leonhard zeigte auf einen Mann. Adriana jedoch kannte Sven nicht.
„Ist das der Sven, der mit dir in München gearbeitet hat." fragte sie,
„Oder ein Zwilling, oder ein Doppelgänger, der ihm verblüffend ähnlich sieht. Aber sogar der Anzug kommt mir bekannt vor. Sven war immer so ein eitler Geck, dass er grundsätzlich nur die Anzugjacke mit dem weißen Kittel tauschte und das auch erst kurz vor dem Labor. Naja, er hat ja auch nichts weiter gemacht, als am Computer zu sitzen und Sprüche zu klopfen."
„Hübsch! Aber was macht ein Bild mit deinem Ex-Arbeitskollegen in dieser Hütte in Labrador?", fragte Adriana ungläubig.

Leonhard antwortete nicht. Er trank seinen Kaffee aus und fing an, auf der Terrasse hin und her zu laufen. Adriana drehte das Bild um.
„Sieh mal, Leo! Hier stehen irgendwelche Zahlen hinten drauf." Adriana sah noch genauer hin und fügte hinzu: „Offenbar ist das Bild 12 Jahre alt. Die Buchstaben hier sehen irgendwie russisch aus. Zumindest ist das kyrillische Schrift." Aber Leonhard war mit seinen Gedanken woanders. Er blieb stehen und sah auf den See hinaus.
Adriana beobachtete ihn und fühlte sich schuldig. Schuldig, weil diese Sache den Urlaub zu zerstören drohte. Sie rollte das Bild zusammen, damit es in ihre Handtasche passte. Den Rucksack stellte sie in den Abstellraum. Dann trank sie ihren Kaffee aus und brachte das Geschirr in die Küche.
Dies war der erste Urlaubstag an dem die Sonne schon morgens schien und keine Wolken am Himmel zu sehen waren. Das erste Mal erreichte die Temperatur den Höchststand von 22° C. Es war zwar nicht das Wetter zum Baden aber Adriana zog dennoch einen Bikini an und stellte sich so vor Leonhard. Bis jetzt hatte diese Methode immer funktioniert, um ihn von seinen Grübeleien abzulenken. Es schien zu funktionieren.

Die dritte Woche ihres Urlaubs war fast zu Ende und in ein paar Tagen würden sie wieder nach Hause fliegen. Sie fanden heraus, dass die Frau auf dem Bild, welches sie in der Waldhütte gefunden hatten, die Frau war, die mit Thomas Wind zusammen gewesen war. Was Adriana da hineininterpretierte behielt sie erst einmal für sich.
Adriana hatte eine Wildwassertour und einen Rundflug über den Lake Melville gebucht. Sie hatten das *Valerie* zu

ihrem Lieblingscafé auserkoren und waren aller zwei Tage dort. Von dem Besitzer hörten sie allerlei Geschichten, aber nichts was Antworten auf ihre Fragen geben könnte.
Am letzten Tag vor ihrem Rückflug kamen sie noch einmal ins *Valerie*, um sich von dem Wirt zu verabschieden. Er hatte noch ein paar andere Gäste zu bedienen und Leo und Adriana setzten sich an ihren Lieblingsplatz. Adriana sah wehmütig hinaus auf die Straße. Sie würden heute zum letzten Mal hier sein. Langsam ließ sie den Blick die gegenüberliegende Straßenseite entlangschweifen, vorbei an dem Zeitungskiosk, dem zweistöckigen Wohnblock, der etwas nach hinten versetzt hinter zwei großen Bäumen stand, und dem Hotdog-Verkäufer der Tag für Tag seine Runden hier drehte. Doch plötzlich stockte sie. Halb hinter einem Baum versteckt stand der Kapuzenmann.
„Ich komm gleich wieder", sagte sie zu Leo und lief hinaus auf die Straße. Der Kapuzenmann merkte, dass er entdeckt worden war und ging rasch davon. Aber Adriana lief hinter ihm her und rief in deutscher Sprache: „Warten Sie! Bitte!" Aber der Mann lief weiter. Adriana beschloss alles auf eine Karte zu setzen und rief laut: „Thomas Wind?" Der Mann lief nun noch schneller. Und Adriana rannte. „Ich habe Ihr Buch gelesen", rief sie gleich hinterher bevor sie außer Atem war und nicht mehr rufen konnte. Aber das wirkte. Der Mann blieb stehen, drehte sich um und sah nach unten, so dass sie sein Gesicht nicht erkennen konnte. Adriana holte auf und fragte als sie vor ihm stand: „Sind Sie Thomas Wind?" Der Mann hob den Kopf und sah sie an. Ja, es war Thomas Wind, er brauchte nichts zu sagen. Schon dass er die deutschen Worte verstanden hatte, gaben ihr die Bestätigung. Leise, fast

verschwörerisch, fragte sie: „Haben Sie sie gefunden? Gibt es Vampire?"
Aber er gab keine Antwort und fragte nur: „Haben Sie das Buch noch?"
Einer blitzschnellen Eingebung folgend log sie und sagte: „Nein, aber…"
„Wo ist es?" fiel er ihr ins Wort.
„Es existiert nicht mehr, es ist bei einem Wasserschaden verdorben worden und da habe ich es weggeworfen", antwortete Adriana und verfluchte sich im gleichen Moment, dass ihr nichts Besseres eingefallen war.
„Sie lügen!", zischte er und Adriana sah, dass das Weiße in seinen Augen sich blutrot färbte.
Adriana wich zurück. Schnell drehte sie sich um und lief instinktiv dahin zurück, wo viele Leute waren. Sie hatte gehört, wie er ihr hinterherzischte: „Ich werde dich und das Buch finden!"
Sie wusste, dass Thomas Wind sie problemlos einholen und töten könnte, aber er würde das auf einer belebten Straße nicht tun. Sie hatte seine Augen gesehen und sie hatte ihre Antwort.
Und jetzt hatte sie Angst.
Thomas Wind wusste, dass sie das Buch hatte. Und Adriana wusste, dass er es haben wollte. Solange sie unter Leuten waren, konnte nichts passieren. Aber was war, wenn sie zurück in ihrem Haus waren. Würde der Vampir sie finden? Leise erzählte sie Leonhard, der das Geschehen von weitem beobachtet hatte, was vorgefallen war.
Doch der Wirt kam mit dem Kaffee, so dass Leonhard erst einmal dazu schwieg. Er meinte, er hätte heute viele Gäste und jetzt leider keine Zeit für ein Schwätzchen.

Leonhard beteuerte, dass das zwar schade aber nicht so schlimm sei.

Nachdem sie wieder allein waren unterhielten sie sich leise. Sie beobachteten die Straße während sie ihren Kaffee austranken. Schließlich beschlossen sie aufzubrechen und verabschiedeten sich von dem Wirt und seinen Mitarbeitern. Sie beteuerten dem Wirt, dass es ein traumhafter Urlaub war und sie auf jeden Fall wiederkommen würden, sobald es ginge.

So rasch wie möglich fuhren sie zum Ferienhaus zurück, wobei sie ständig die Umgebung und die Autospiegel beobachteten.

Adriana fand keine Ruhe. Sie packte die Sachen, lief hin und her wie ein aufgescheuchtes Huhn und sah ständig aus dem Fenster. Leonhard, dessen Realitätssinn einen Knick bekommen hatte, räumte draußen die Paddel weg, brachte die Sauna in Ordnung und verließ das Außengelände so, wie sie es vorgefunden hatten.

Innerhalb von zwei Stunden war alles gepackt und zusammengeräumt und die Sachen im Auto. Beide saßen nervös an dem Tisch und sahen sich an. Adrianas Hände zitterten.

„Wir können hier nicht bleiben!", sagte sie und Leonhard stimmte stumm zu indem er ihre Hand nahm und sie hinter sich her nach draußen zog. Die letzte Nacht verbrachten sie in einem belebten Hotel in der Nähe des Flughafens und fanden auch dort keinen Schlaf.

Aber in dieser Nacht machte Leonhard eine Entdeckung im Internet. Er hatte im Bereich der Quantenphysik gesucht und rief mit einem Mal aus: „Wasser! Simples normales Wasser! Das könnte die Lösung sein!"

Adriana hatte am Fenster gesessen und die Straße beobachtet. Trotz ihrer zittrigen Anspannung freute sie sich mit ihm und war gespannt auf das Ergebnis des Experiments.

## 31.

Als Steffi das Haus verließ und ins Auto stieg folgte Sven ihr. Doch als er sah, dass sie den Passat auf die Autobahnauffahrt Richtung Berlin lenkte, ließ er sie fahren. Was kümmerte es ihn, wo dieses hässliche Weibsbild hinwollte. Leonhard wohnte in Roßbach und dort sollte er auch irgendwann auftauchen.

Sven hasste das Warten. Es machte ihn mürbe. Schon drei Wochen verbrachte er in diesem Nest mehr schlecht als recht auf seinem Beobachtungsposten, einem großen Kastanienbaum gegenüber von Steffis Appartement. Doch Steffi hatte ihn bisher nicht weitergebracht. Sie war nach Naumburg in Clubs gegangen oder zu irgendwelchen Weinfesten in der Umgebung. Er hatte sie auch einmal bis nach Halle a. d. Saale verfolgt. Doch nie hatte sie ihn zu Leonhard geführt. Er hatte beschlossen, immer umzukehren, sobald sie den Burgenlandkreis verließ. Und jetzt wo er wusste, dass sie in Richtung Berlin fuhr und sie vor einer Stunde nicht zurück sein würde, ging er durch Roßbach, um vielleicht doch etwas herauszufinden. Doch entweder war dieses Dorf total verschlafen oder niemand wusste etwas oder wollte nichts wissen. Verärgert ging er wieder in den Nachbarort zu seinem geliebten Baum.

Es war nur wenige Tage später in der Dunkelheit noch vor Mitternacht als er einen Mann und eine Frau durch den Ort rennen sah und zwar so schnell, dass es nur Vampire sein konnten. Er erkannte die Frau und war sehr verwundert sie hier zu sehen. Sylvia, die wunderschöne Sylvia, die ihn immer wieder eiskalt hatte abblitzen lassen. Sämtliche Frauen lagen ihm zu Füßen, aber diese eine, die er so sehr wollte, konnte er nicht haben. Seit mehr als 8

Jahren hatte er sie nicht mehr gesehen und jetzt tauchte sie hier auf. Hier! In diesem Nest. Na wenn das mal nicht mehr als Zufall war. Neugierig folgte er ihnen und beobachtete dabei misstrauisch und mit einem Anflug von Eifersucht den Vampir an ihrer Seite, den er noch nie zuvor gesehen hatte. Hatte sie ihn konvertiert? Das konnte noch interessant werden, denn William hatte seinen Leuten ein vorläufiges Konvertierungsverbot ausgesprochen. Das galt auch für seine Tochter! Ein zufriedenes Lächeln legte sich über seinen Mund. Falls das stimmte, konnte dieses Wissen vielleicht noch nützlich sein!

Vor einem Haus hielten die beiden an. Doch sie betraten das Grundstück nicht. Sylvia blieb einen Moment wie erstarrt stehen. Dann nahm sie den Mann bei der Hand und war so schnell verschwunden, dass Sven wohl seine liebe Not gehabt hätte, ihnen zu folgen.

Aber Sven hatte sie laufen lassen. Das konnte warten. Stattdessen hatte er sich auf die zwei Personen im Wintergarten des Hauses konzentriert, vor dem Sylvia stehengeblieben war. Er konnte sein Glück kaum fassen und war sehr verwundert, dass Sylvia ebenfalls den Mann verfolgte, den ihr Vater haben wollte. Doch dieses Rätsel musste später gelöst werden. Befriedigt sagte er zu sich: „Ich danke dir Sylvia!" Sein zufriedenes Lächeln wurde zu einem triumphierenden Lachen. Langsam ging er zurück in den Nachbarort, um seinen Koffer zu holen und einen Plan zu schmieden, wie er Leonhard so schnell wie möglich fortholen konnte ohne Spuren zu hinterlassen.

## 32.

Früh im Morgengrauen hielt das Taxi vor Adrianas Haus. Der Taxifahrer stellte die Koffer auf die Straße und während Leonhard die Koffer ins Haus trug, bezahlte Adriana.

Leo stellte die Koffer ab und kochte sofort Kaffee. Er war jetzt so voller Adrenalin, dass an Müdigkeit trotz fehlenden Schlafs seit über 35 Stunden gar nicht zu denken war. Adriana dagegen war wieder schlapp und müde und ging gleich ins Bett nachdem sie Leo ein Küsschen gegeben hatte.

Leonhard dagegen füllte sich den Kaffee in einen großen Kaffeepott, holte den Schlüssel aus dem Versteck und ging in den Bunker.

Unten stutzte er nur kurz, weil ein Weinregal an der Stelle war, die zum Bunker führte. Dann erinnerte er sich daran, dass Adriana das Weinregal mit Scharnieren schwenkbar an die Wand anbringen lassen hatte um den Eingang zum Bunker zu tarnen. Bisher hatte das Weinregal die Tür immer offen gelassen, aber offenbar hatte Steffi vor dem Urlaub daran gedacht, den Eingang zu verstecken für die Zeit, in der sie nicht da waren.

Er schwenkte das Weinregal herum, schloss den Bunker auf und machte sich sofort an die Arbeit.

Der zweite Versuch klappte. Er hatte nur mit ganz normalem Wasser die Lösung für das Dilemma gefunden. Es kam nur auf das Verhältnis an. Es sollte ja schließlich kein verdünntes Blut werden, sondern sich vermehren. Die zwei Stunden Arbeit hatten sich gelohnt. Er speicherte alles ab, zog den Stick heraus und nahm ihn an sich. Dann verschloss er alles und ging ebenfalls zu Bett.

Leonhard jedoch konnte nicht schlafen. Er beobachtete Adriana, die tief und fest schlief. Der Kanada-Urlaub hatte die Welt, so wie er sie kannte, ins Wanken gebracht. Vampire! Bis jetzt hatte er diese Spezies ins Reich der Mythen und Sagen gesperrt, wo er sie nun hervorholen musste. Es fehlte bloß noch, dass ihm ein Werwolf über den Weg lief! Dass Adriana so ruhig schlafen konnte! Doch offenbar hatte sie sich schon lange an den Gedanken gewöhnt, dass es Vampire gibt.

Ja und dann war da noch Adrianas Projekt mit dem Blut. Sie hatte gesagt, dass ihr der Gedanke auf ihrem Weg nach Luzern gekommen ist, als sie Thomas Wind nach der Existenz der Vampire befragen wollte. Vampire und Blut – was hatte Adriana wirklich vor? Er drehte den Kopf zu seinem Nachtschränkchen, auf welches er den Speicherstick abgelegt hatte. Er griff danach und betrachtete ihn nachdenklich. Darauf und in seinem Kopf war das Wissen, wie man eine vorhandene Blutmenge verdoppeln konnte und was man tun musste um diese Blutmenge wiederum zu verdoppeln ohne das die Qualität darunter litt. Dieses Wissen war Milliarden Wert, aber Adriana brauchte kein Geld. Sie hatte genug. Ging es ihr um das Blut oder tatsächlich nur um eine großartige Tat für die Allgemeinheit.

Leonhard richtete sich auf und stützte den Kopf auf die Fäuste. Den Schlüssel zum Reichtum hatte er in der Faust. Die Unterlagen im Safe waren ohne sein Wissen wertlos. Er hatte alles im Kopf und brauchte nur zu gehen, um irgendwo neu anzufangen. Doch konnte er Adriana so hintergehen? Hinterging sie ihn? Und: Was bedeutet Reichtum, wenn man dafür einsam ist? Nein! Adriana liebte ihn, das wusste er. Und er liebte sie ebenfalls.

Leonhard zog die Schublade des Nachschränkchens auf, warf den Stick hinein und legte sich wieder ins Bett. Er zog die schlafende Adriana in seine Arme und nahm sich fest vor, die quälenden Fragen mit Adriana zu klären. Bald darauf schlief er ein.

Adriana erwachte in Leonhards Armen. Ein Blick auf die Uhr sagte ihr, dass sie sechs Stunden geschlafen hatte. Aus der unteren Etage kamen Geräusche und Adriana beschloss nachzusehen.

Es war Erika, die sie herzlich begrüßte und ihr sogleich einen Kaffee anbot. Den nahm Adriana dankend an und unterhielt sich mit ihrer Haushälterin über den Urlaub. Der Wintergarten stand offen und die Mittagssonne heizte ihn auf. Adriana fühlte sich gut, ganz anders als in Kanada nach dem Flug. Zu Hause war eben zu Hause.

Adriana packte die Koffer aus und Erika half ihr. Als sie das Buch *Wahrheit* aus dem Koffer zog, betrachtete sie es stirnrunzelnd. Dann ging sie zum Bücherregal und legte den Einband eines anderen Buches darum. So getarnt stellte sie es in das Regal. Als alles aufgeräumt war verabschiedete sich Erika.

Adriana holte sich noch eine zweite Tasse Kaffee und setzte sich an den Pool. Im Flugzeug hatte sie sich sicher gefühlt. Auch hier fühlte sie sich sicher. Aber durfte sie das? Konnte man Vampire abhängen? Vielleicht haben sie auch im Flugzeug gesessen? Doch Adriana fühlte sich frei, frei von dem bedrückenden Gefühl der Bedrohung. Sie beschloss darauf zu vertrauen.

Der Tag war ruhig und Adriana befand sich gerade im Arbeitszimmer, als sie Leonhard auf dem Flur hörte. Draußen war es noch hell und sie sah auf die Uhr. Um

Sieben, gerade richtig um ein schönes romantisches Abendessen zu zweit zu veranstalten.

Leonhard prostete Adriana zu und sah ihr dabei in die Augen. Das Essen war leicht und lecker gewesen. Adriana konnte nicht gut kochen, aber die Häppchen und der Salat waren völlig in Ordnung. Er hatte nicht vergessen, dass er Adriana noch eine wichtige Frage stellen wollte und jetzt schien der richtige Zeitpunkt.

„Adriana", fing er an, ohne seinen Blick von ihren Augen zu wenden, „ich möchte, dass wir ehrlich zueinander sind. Keine Geheimnisse mehr! Ich habe nachgedacht und die Sache mit den Vampiren in Verbindung mit dem Blut hat mich stutzig gemacht. Ich hatte dir gesagt, dass ich die Lösung für das Problem gefunden habe. Aber jetzt muss ich von dir wissen: Hast du mir wirklich alles gesagt? Alles?"

Adriana schluckte, wagte es aber nicht, den Blick zu senken.

„Ich habe dich nicht belogen, Leo. Die Verbindung vom Blut zu den Vampiren war zufällig. Ich habe dir alles gesagt von der Reise nach Luzern. Alles bis auf eine Sache, die nicht mehr relevant ist, die keine Bedeutung mehr für mich hat seit ich dich kenne. Auch hatte ich Angst, dass du mich für total durchgeknallt gehalten hättest, wenn ich es dir erzählte."

„Also kannst du mir schwören, dass du das Experiment mit dem Blut wirklich nur haben wolltest, um der Menschheit einen Dienst zu erweisen?"

Adriana seufzte: „Bevor ich dich kannte, hätte dieses Wissen auch eine andere Bedeutung gehabt. Aber mittlerweile ist es wirklich so, dass ich mich darauf freue, der Menschheit eine großartige Erfindung präsentieren zu können, zusammen mit dir und mit Steffi."

„Sag es mir!", drängte Leonhard, „Nach dem, was ich in Kanada erlebt habe, ist meine Welt sowieso ins Wanken geraten. Was soll mich jetzt noch erschüttern?"

Adriana merkte, dass er nicht locker lassen würde. Wahrscheinlich würde dieses kleine Detail jetzt auch nichts mehr ändern. Also sagte sie kurzangebunden: „Ich habe mir damals nichts mehr gewünscht, als so schön, so schnell und unsterblich wie ein Vampir zu sein."

Leonhard zeigte keine Regung und fragte nur: „Und jetzt nicht mehr?"

„Nein" erwiderte Adriana heftig, „nein, jetzt nicht mehr. Als Tony starb, wollte ich selbst nicht mehr leben. Mir war das Herz gebrochen. Ich glaubte nie wieder lieben zu können. Dann kam dieses Buch. Was hatte ich zu verlieren? Nichts!"

Sie machte eine Pause und fügte leise hinzu: „Als ich dich kennen lernte, spürte ich, dass ich doch wieder lieben könnte."

Sie senkte den Blick und hoffte, dass das seine Frage beantwortete.

Leonhard glaubte ihr. Er stand auf und zog sie vom Stuhl hoch. Er umarmte und küsste sie.

„Komm!", sagte er und ergriff ihre beiden Weingläser. Er ging zum kalten Kamin und stellte die Gläser auf dem Tisch im Wintergarten ab. Sie war ihm gefolgt und er zog sie zu sich herunter auf das breite Sofa.

„Keine Geheimnisse mehr" begann er und erzählte ihr von seinem gelungenen Experiment.

Es wurde spät und die beiden beschlossen, die Neuigkeiten zuerst mit Steffi zu besprechen und dann mit

Frank zusammen zu beraten, was mit den neuen Erkenntnissen anzufangen war.
Leonhard ließ den Stick in die Schublade seines Nachttisches fallen. Er konnte sowieso erst morgen, wenn alle da waren, in den Safe geschlossen werden.

Es war stockdunkel als Adriana wach wurde. Sie sah auf die leuchtenden Zahlen des Weckers. 2:49 Uhr. Irgendwas war komisch und sie knipste die Nachttischlampe an. Leo lag nicht im Bett. Wo war er? War ihm noch etwas eingefallen und das musste er gleich ausprobieren? Oder konnte er einfach nicht schlafen? Adriana beschloss nachzusehen. Schnell schlüpfte sie in Jeans und zog sich ein Shirt über. Draußen auf dem Gang sah sie ihr Handy blinken. Hatte das Klingeln sie vielleicht geweckt? Sie steckte es ein und ging nach unten. Die Tür zum Weinkeller stand offen und ein Lichtschein war zu sehen.
„Leo?" Adriana ging die Treppe hinunter. Die Tür zum Bunker war offen und auch dort brannte Licht.
„Leo?", rief Adriana noch einmal und erhielt wieder keine Antwort. ‚Was macht Leo bloß?', fragte sie sich, ging in den Bunker und blieb wie erstarrt stehen. Das Labor glich einem Schlachtfeld und da hinter dem Tisch sah Adriana Füße. Erschrocken lief sie um den Tisch und sah Leo da liegen. Doch ehe sie etwas unternehmen konnte spürte sie einen scharfen Schmerz im Nacken. Ihr wurde schwarz vor Augen. Als sie auf dem Boden aufschlug spürte sie schon nichts mehr.

# 33.

Sylvia blieb stehen, als sie merkte, dass sie nicht verfolgt wurden.
„Verdammt!", schimpfte sie, „Was macht Sven dort?"
„Sven?", fragte Thomas, „Wer ist das? Ich habe auch gespürt, dass da jemand war, aber den Geruch kannte ich nicht!"
„Ich dafür umso besser! Ich habe dir doch gesagt, dass ich wegen eines lästigen Verehrers meinem Vater damals für lange Zeit Adieu gesagt hatte. Sven ist dieser Mistkerl. Aber das ist jetzt nicht wichtig. Wichtig ist jetzt nur die Frage, was er von den beiden will."
Sylvia stand lange reglos da und dachte nach. Sie war sehr vorsichtig und es passte ihr überhaupt nicht, dass Sven wusste wo sie war. Aber diese Sache war zu merkwürdig. Was wollte Sven? Er kann doch unmöglich von dem Buch erfahren haben. Auch wenn sie Thomas Wind sehr gern hatte, verfluchte sie ihn manchmal immer noch deswegen. Dass dieser verdammte Erdrutsch wegen den Wassermassen in Labrador ihre Tarnung auffliegen ließ, war sehr ärgerlich gewesen. Aber die Neugier, ob vielleicht jemand auf die Idee kommen könnte, dass Vampire dort ihr Unwesen treiben könnte, hatte sie noch dort festgehalten. Dass dann diese Frau dort auftaucht und dann noch von dem Buch spricht, hatte Sylvia nervös gemacht. Sie wollte Antworten. Schließlich sagte sie: „Wir gehen zurück und beobachten erst einmal aus sicherer Entfernung!"
Sylvia und Thomas hatten den Weg über den Weinberg gewählt und als sie ankamen verließ ein großes Auto die Garage und fuhr in rasantem Tempo davon. Thomas stand auf und wollte hinterherrennen doch Sylvia hielt ihn

zurück. „Das hat keinen Zweck. Wir sehen uns lieber das Haus an."

Die Haustür stand offen. Vorsichtig betraten die zwei Vampire das Haus. Unter der Tür zum Keller kam ein Lichtstrahl hervor und vorsichtig ging Sylvia darauf zu.

„Riechst du das?", fragte Thomas.

„Ich rieche Blut und ich rieche noch etwas anderes. Kann es aber noch nicht einordnen", sagte Sylvia ruhig und öffnete die Kellertür.

Auch Thomas überlegte, woher er diesen seltsam vertrauten Geruch kannte, und zog die Kellertür hinter sich zu bevor er Sylvia folgte. Als er den Bunker betrat, hatte Sylvia sich schon über Adrianas leblosen Körper gebeugt. „Sie lebt noch, gerade noch." sagte sie und fühlte den flatternden Puls. Sylvia fackelte nicht lange. Sie schnitt sich mit einer der am Boden herumliegenden Glasscherben in den Arm. Das hervorquellende Blut ließ sie auf die Adrianas Hals tropfen. Dort wo das Blut Adrianas Hals rot färbte tat Sylvia einen tiefen Schnitt und ließ weiter ihr Blut in Adrianas Wunde laufen. Dann fing die Wunde an sich zu verschließen und auch Sylvias Schnitt im Arm verheilte wieder.

„Sie wird sich verwandeln", sagte Thomas und Sylvia nickte.

„Sie hätte das nicht überlebt. Ich brauche sie aber lebend. Ich muss wissen, was Sven hier wollte."

Es dauerte nicht lange, bis Adriana zu sich kam und die Augen aufschlug. Zuerst sah sie Sylvias Gesicht, was ihr vage bekannt vorkam, es aber nicht gleich einordnen konnte, aber dann kam Thomas in ihr Blickfeld und sie zuckte erschrocken zusammen. Sie setzte sich auf und schüttelte benommen den Kopf. Ihre Glieder summten ganz eigenartig und in ihren Ohren war ein merkwürdiges Rauschen.

„Was ist mit mir?", fragte sie und musste würgen.

„Du wirst dich verwandeln" hörte Adriana Sylvias Stimme.

Doch bevor sie diese Worte wirklich begriff fiel ihr Leonhard ein. Sie drehte ihren Kopf, der ihr vorkam, wie mit Wackelpudding gefüllt und sah zu der Stelle, wo eigentlich Leonhard liegen müsste.

„Was habt ihr mit ihm gemacht?" Im gleichen Moment hatte ihr Gehirn Sylvias Worte verarbeitet und Panik ergriff sie: „Und was habt ihr mit mir gemacht?"

Doch Sylvia griff Adriana hart am Arm und zog sie hoch auf einen Stuhl. „Oh, nein! Jetzt stellen wir hier die Fragen. Was wollte Sven von dir?"

„Sven? Welcher Sven?" Irgendwie war das alles zu viel für Adriana. Ihre Glieder summten, ihr Kopf war wie Pudding und ihre Ohren rauschten und was hat die Frau da von Verwandlung gesagt? Aber das war jetzt im Moment wahrscheinlich egal. Adriana stammelte: „Wir müssen Leonhard suchen."

„Wer ist Leonhard und was weiß er? Ist Leonhard mit dir in Labrador gewesen?" fragte Sylvia. Adriana nickte und hörte nicht gleich wieder auf mit Nicken, weil der Wackelpudding sich in ihrem Kopf in eine merkwürdige Schwungmasse verwandelt hatte.

„Ich muss hier raus und wir müssen Leonhard finden! Er lag hier." Adrianas Arm schwenkte kraftlos herum und zeige zu der Stelle am Boden.

Sylvia fasste Adriana unter den Arm. „Wir bringen sie hoch! In dem Loch hier unten komme ich mir vor wie in einer Falle." Thomas stimmte ihr zu und ging voran.

Doch kaum hatte Sylvia die Kellertür geöffnet schlug ihnen Gasgeruch entgegen.
„Warum riecht es hier nach Gas?", fragte Adriana.
Thomas und Sylvia sahen sich an.
„Raus hier!", rief Thomas und Adriana griff noch reflexartig nach ihrer Tasche an der Garderobe und stammelte: „Auto!" Thomas sah sie an und sie zeigte auf die Schlüssel, die neben dem Telefon auf dem Tischchen lagen. Dann lief er voran in die Garage.
„Der Touareg ist weg", sagte sie und stieg mit Sylvia hinten in den Golf. Thomas startete und fuhr rückwärts die Auffahrt herunter. Dann wurde Adriana so schlecht, dass sie sich gegen Sylvia sinken ließ. Die ließ es geschehen und sagte zu Thomas: „Fahr zuerst in unser Quartier! Wir brauchen unsere Vorräte. Dann fahren wir gleich weiter in Richtung Osten soweit wir können, bis die Sonne kommt!"
Adriana befand sich in einem Dämmerzustand und kam zu sich, als der Golf in einen Waldweg abbog und im Schatten stehenblieb. Ihr war jetzt so übel, dass sie die Tür des Autos aufriss, hinaus taumelte und sich vornübergebeugt mit dem Kopf an einen Baum lehnte. Und da ging es los. Adriana übergab sich und würgte immer wieder, sobald sie sah, was da aus ihr herauskam: Schleim, Blut, Schaum und blutige Stückchen. Es dauerte eine Ewigkeit bis es endlich vorbei war. Ihre Glieder summten nicht mehr, waren aber schwer wie Blei. Ihr Kopf war kein Wackelpudding mehr, aber dafür jetzt so leicht, als wäre er mit Helium gefüllt. Adriana taumelte rückwärts gegen das Auto und rutschte dort in sich zusammen.
Sylvia beobachtete Adriana emotionslos. Das Vampirblut wütete in Adrianas Körper und Sylvia sah so etwas nicht

zum ersten Mal. Thomas fühlte sogar ein wenig mit Adriana. Seine Verwandlung war ihm noch in Erinnerung. Schließlich bugsierten sie Adriana wieder ins Auto und gaben ihr das Einzige, was sie am Leben erhielt und ihr Kraft gab: Blut.

## 34.

Leonhard erwachte auf dem Rücksitz von Adrianas Auto. Seine Hände waren auf dem Rücken zusammengebunden und sein Kopf schmerzte. Vorsichtig richtete er sich auf. Draußen wurde es langsam hell und der Touareg raste mit 200 Stundenkilometern über die Autobahn. Der Fahrer war Sven.
Sven hatte Leonhard im Rückspiegel gesehen als der sich aufrichtete und lächelte süffisant.
Ein Blick auf die Uhr zeigte ihm, dass das Haus, aus dem er Leonhard entführt hatte, in etwas mehr als einer halben Stunde in die Luft fliegen würde. Bis dahin wollte er die polnische Grenze erreicht haben. Die Polizei war ihm heutzutage viel zu schnell. Besser man ging auf Nummer sicher.
Selbst wenn jemand den Gasgeruch bemerken sollte: Das Gas war da und das zerstörte Rohr nicht so schnell zu reparieren. Die kleine Zeitschaltuhr zwischen den voll besetzten Küchensteckdosen und den mit Papier gefütterten Toaster würde auch keiner so schnell entdecken.
Das Haus würde in die Luft fliegen und sämtliche Beweise darin ebenfalls. Leonhard wusste nichts davon und das war gut so. Er musste auch nicht wissen, dass die Frau, die ihn im Keller überrascht hatte, bald sterben wird. Vielleicht war sie ja noch ein gutes Druckmittel, wenn er erst einmal herausgefunden hatte, in welcher Beziehung Leonhard zu ihr stand.
Svens Lächeln wurde noch eine Spur herablassender und überheblicher und Leonhard sah das.

„Was soll das hier?", fragte Leo unwillig und prüfte, ob er seine Hände befreien konnte.

Doch Sven zog nur die Augenbrauen hoch ohne sein süffisantes Lächeln einzustellen.

„Soweit ich weiß gehört dieses Auto nicht dir und ich glaube kaum, dass die Besitzerin es dir freiwillig gegeben hat. Was hast du mir ihr gemacht?", fragte er weiter. Doch statt einer Antwort trat Sven nur noch mehr das Gaspedal durch. Leonhard sah, dass die Tachonadel zitternd bei 230 km/h stehenblieb.

„Hat deine Dummheit dir auch noch die Sprache verschlagen?", zischte Leonhard hasserfüllt. Vielleicht konnte wenigstens die Beleidigung das süffisante Lächeln von dem verhassten Gesicht im Rückspiegel wischen. Und Leonhard hatte richtig getippt. Ärger vertrieb das Lächeln von Svens makellosem Gesicht. Doch auch wenn das Lächeln verschwunden war, fing sich Sven sogleich wieder.

„Deine Freundin wird nur ein paar Kopfschmerzen als Andenken behalten." meinte er und beobachtete Leonhard. Der widersprach dem Wort Freundin nicht und fragte stattdessen: „Und was willst du von mir?"

„Das wirst du schon noch merken!", antwortete Sven und bog auf einen Parkplatz ab. Er hatte sich überlegt, dass es zu riskant war, mit Leonhard bei vollem Bewusstsein durch eine eventuelle Polizeikontrolle zu fahren. Er hielt an, stieg aus und öffnete die Tür zum Fond des Autos. Mit einem gezielten Schlag raubte er Leonhard das Bewusstsein, löste die Fesseln und setzte ihn auf den Beifahrersitz. Dort schnallte er ihn an. So sah es am unauffälligsten aus.

Schnell setzte er sich wieder hinter das Steuer und fuhr mit Höchstgeschwindigkeit weiter.

Leonhard war ziemlich lange bewusstlos. Die Grenze zu Polen hatte das Auto problemlos hinter sich gelassen. Glücklicherweise wurde das Wetter, je weiter er nach Osten kam, immer trüber. Sven konnte also weiterfahren, ohne dass er befürchten musste, dass die Sonne ihm die Kraft raubte.

So kam es, dass er gegen Mittag Warschau erreichte. Leider würde er jetzt nicht mehr so schnell fahren können, da ein paar Kilometer hinter Warschau die Autobahn endete. Zudem regte sich Leonhard. Sven konnte es nicht riskieren, ihn noch einmal so k.o. zu schlagen und beschloss ihn erneut zu fesseln und im Kofferraum unterzubringen.

Auch an der Grenze zu Litauen hatte Sven Glück aber danach hatte sich die Sonne durch dicke Wolken gekämpft und zerrte an Svens Kräften. Er beschloss, die paar Stunden bis Sonnenuntergang im Schatten eines Waldes zu verbringen und lenkte das Auto abseits der Hauptstraße auf eine Schotterpiste. Bald fand er eine geeignete Stelle und hielt im Schatten einiger Bäume an. Er holte den an Händen und Füßen gefesselten Leonhard aus dem Kofferraum und lehnte ihn an einen Baum, ohne sich die Mühe zu machen, die Fesseln zu lösen. Er fand, dass es jetzt an der Zeit war, mit Leonhard ein paar Dinge zu klären.

Leonhard indes verfluchte seine Hilflosigkeit und zischte Sven wütend zu: „Du elender Feigling. Offenbar scheust du einen ordentlichen Kampf von Mann zu Mann!"

Doch Sven lehnte lässig am Auto und erwiderte mit einer unerträglichen Überheblichkeit: „Oh, nein! Es ist nur

Bequemlichkeit, ständig die Knoten lösen zu müssen. Einen Kampf Mann gegen Mann würdest du nur verlieren!"

„Sagte der Feigling zu seinem gefesselten Gegner", erwiderte Leonhard verächtlich.

Sven stieß sich vom Auto ab und hockte sich vor Leonhard. Er starrte Leonhard in die Augen und der sah mit Entsetzen, dass sich das Gesicht des Schönlings in eine Vampirfratze verwandelte. Und die Vampirfratze zischte: „Reiß dich zusammen, wenn dir dein erbärmliches Menschenleben lieb ist!"

Immer noch entsetzt beobachtete Leonhard gebannt, wie das Weiße in den Augen zurückkehrte, die großporige graue faltige Haut wieder blass und schön wurde, die fleischigen aufgesprungen Lippen sich wieder zu Svens schönem Mund zurückbildeten und die spitzen Eckzähne auf normale Größe schrumpften.

Leonhards Entsetzen wich nun einer glasklaren Erkenntnis. Sein messerscharfer Verstand erfasste sofort das Ziel, was Sven verfolgte. Steffis Erzählung von Svens Abgang aus dem Institut in München und die Tatsache, dass das Experiment, wie ursprünglich in seinen Aufzeichnungen geplant, nicht das gewünschte Ergebnis brachte, trieben Sven soweit. Dieses Scheusal brauchte Blut. Und offenbar war es laut Thomas Winds Buch nicht mehr Mode Menschen auszusaugen.

Sven hatte jedoch bemerkt, dass Leonhards Entsetzen nicht allzu lange andauerte und einer fast überheblichen Miene wich und sagte: „Du solltest wissen, dass dein geniales Köpfchen keinen Schaden nimmt, wenn mein Vampirblut dich verwandelt. Wenn du also dein

Menschenleben und das deiner kleinen Freundin erhalten willst, dann wirst du tun, was ich sage."

Er lächelte als er sah, dass die Wut wieder Leonhards Gesicht verzerrte. Und selbst die gezischten Worte: „Du feiges Schwein!", konnten das überhebliche Lächeln nicht auslöschen. Ruhig zog Sven seinen Koffer aus dem Auto und genehmigte sich einen ordentlichen Schluck Blut.

## 35.

Entsetzt starrte Adriana den Blutbeutel an und verzerrte das Gesicht vor Ekel. Angewidert drehte sie das Gesicht weg. Sylvia lächelte wissend, ließ einen Tropfen Blut auf ihren Finger tropfen und schmierte ihn auf Adrianas Lippen. Adriana wischte sogleich mit den Handrücken das Blut ab. Aber statt die Hand irgendwo abzuwischen hielt sie in der Bewegung inne. Ein köstlicher Duft stieg ihr in die Nase, so würzig mit einer kleinen Prise angenehmer Süße, einfach unwiderstehlich. Unbewusst hatte Adriana mit geschlossenen Augen den Handrücken unter die Nase gehalten und mehrere tiefe Atemzüge getan. Sie hatte nicht bemerkt, dass ihre Eckzähne länger als sonst waren und als sie in einer völlig unkontrollierten Reaktion das Blut vom Handrücken leckte verletzte sie sich selbst. Sie bemerkte das kurze Brennen, riss erstaunt die Augen auf und sah, wie der kleine Riss wieder verheilte. Nachdem sie nun Blut geleckt hatte, war die Hemmung weg und großer Durst machte ihren Mund trocken, verklebte ihren Hals und ihren ganzen Körper, so wie es schien. Sie entriss Sylvia den Blutbeutel und trank mit weit aufgerissenen blutunterlaufenen Augen.
Es war wie ein Wunderheilmittel. Die ballonähnliche Leere im Kopf verschwand, ihre Glieder wurden leichter, das unangenehme Austrocknungsgefühl verschwand und Adriana fühlte sich gesund, vital und voller Tatendrang.
Nachdem ein Viertel des Blutbeutels in Adrianas Mund verschwunden war, nahm Sylvia ihn ihr weg und verschloss ihn sorgfältig. Sie musste nicht fragen, wie sich Adriana fühlte. Sie brachte das Blut zurück in ihren Koffer und gab Thomas einen Wink. Der setzte sich

neben Adriana auf den Rücksitz und wenige Sekunden später saß Sylvia auf der anderen Seite des Rücksitzes.
Adriana war eingeklemmt und nun kam die Angst wieder.
„Was habt ihr mit Leonhard gemacht?", fragte sie leise.
Doch Sylvia war nicht gewillt Fragen zu beantworten. Sie stellte dieselbe Frage wie heute Morgen:
„Was wollte Sven von dir?"
Adriana drehte den Kopf zu Sylvia und sah sie verständnislos an. Und bevor Sylvia ungeduldig wurde antwortete sie: „Ich kenne keinen Sven. Leonhard hat von einem Sven erzählt. Aber der kennt mich nicht. Wir sind uns niemals begegnet."
Sylvia dachte kurz nach. „Was hat dieser Leonhard von Sven erzählt?"
„Naja", antwortete Adriana, „er hat mit ihm zusammen gearbeitet in München an einem Institut. Das war wohl ein absoluter Schönling und - wie sagte Steffi so schön - ein blöder Arsch."
„Hat er sonst noch etwas zum Aussehen gesagt?" fragte Sylvia weiter.
Adriana schüttelte den Kopf. „Nein, ich weiß nicht, wie... Halt! Ich hatte doch meine Handtasche eingesteckt, wo ist sie?"
Sylvia verzog zwar misstrauisch die Stirn, hob dann aber die Kofferraumablage hoch und holte Adrianas Tasche hervor. Sie gab sie ihr aber nicht, sondern fragte: „Warum willst du sie haben?"
Adriana war eingefallen, dass sie das zusammengerollte Bild aus dem Haus in Labrador noch nicht aus der Tasche herausgenommen hatte. Dort war ja dieser Sven zu sehen, wenn sich Leonhard nicht geirrt hatte. „In der Tasche ist

ein zusammengerolltes Foto. Leonhard sagte, da ist ein Mann, der diesem Sven zum Verwechseln ähnlich sieht."
Sylvia öffnete die Tasche und zog das Bild hervor. Sie entrollte es und zischte: „Wo hast du das her?"
Adriana zuckte zurück. „Na aus dem Haus in Labrador."
Aber Sylvia gab Adriana wütend eine Ohrfeige: „Da war es nicht mehr. Wir haben es gesucht!"
Aber Adriana runzelte ärgerlich die Stirn und sagte aufgebracht: „Doch! Es war dort. Es war hinter ein Schränkchen gerutscht!"
Sylvia war eine Frau, die Fehler ungerne zugab und ging deshalb nicht weiter darauf ein. Sie zeigte Adriana das Bild und Adriana tippte auf Sven. Sylvia nickte.
„Aber dieser Sven wusste doch gar nichts von mir. Auch nicht wo ich wohne."
Doch Sylvia erwiderte ohne weitere Erklärung: „Er hat es herausgefunden."
Jetzt mischte sich Thomas ein. „Wartet mal, jetzt ist es 11:00 Uhr und ich mache mal das Radio an." Er beugte sich vor und kurz darauf war der Nachrichtensprecher aus den Lautsprechern zu hören. Adriana hielt den Atem an. Gleich der zweite Beitrag ließ sie vor Entsetzen erstarren.
„...Heute Morgen wurden die Bewohner von Roßbach, eines kleinen Ortes bei Naumburg, durch einen lauten Knall geweckt. Kurz darauf ging ein Haus in Flammen auf. Polizei und Feuerwehr sind vor Ort. Ein Polizeisprecher sagte, dass die Ursache noch nicht feststehe, man aber von einer Gasexplosion ausgehe. Ob Personen zum Zeitpunkt des Unglücks im Haus waren, ist noch unbekannt. Die Untersuchungen können derzeit noch nicht beginnen, da die Feuerwehr, das Haus noch nicht freigegeben hat."

Danach folgten weitere Meldungen.

Ohne einen Ton herauszubringen formten Adrianas Lippen das Wort „Leo". Sie verbarg ihr Gesicht in den Händen und stöhnte: „Leo!" und kurz darauf „Oh Gott! Erika!" und dann wieder mit brechender Stimme „Leo!"

Thomas sagte mitfühlend: „Wir wissen nicht, ob er drin war. Du hast doch selbst gesagt, dass er nicht mehr da gelegen hatte, wo du ihn zuletzt gesehen hast. Außerdem hast du ein Auto vermisst, als wir aus deiner Garage geflüchtet sind." Er machte kurz Pause. „Ich denke, dass dieser Sven deinen Leonhard mitgenommen hatte. Aber du musst uns sagen, was Sven von ihm wollte. Das ist wichtig! Und dann muss ich unbedingt wissen, wo das Buch ist!" Als Adriana nicht gleich antwortete wurde Sylvia wieder ungeduldig. Doch Thomas hielt sie zurück und bedeutete ihr auszusteigen. Adriana würde ihnen sowieso nicht entkommen. Es war noch zu viel von ihrem eigenen Blut in ihrem Kreislauf, das sie noch schwächte. Sie würden keinerlei Schwierigkeiten haben, die Frau wieder einzufangen, sollte sie davonlaufen wollen. Doch Adriana blieb zusammengesunken im Fond des Autos sitzen.

„Ich bin sicher, dass Sven diesen Leonhard mitgenommen hat. Wir müssen herausfinden warum und sie zum Sprechen bringen. Vielleicht sollten wir ihr versprechen, dass wir ihr helfen, diesen Leonhard zu finden. Ich fürchte, darauf wird es sowieso hinauslaufen."

Sylvia sah Thomas an und nickte zur Antwort. Sie blieb breitbeinig und mit verschränkten Armen neben dem Auto stehen und dachte nach. Nach einer Weile sagte sie: „Wir sollten nicht zu viel Zeit vertrödeln. Sie ist noch nicht so lichtempfindlich und kann das Auto fahren."

Im ersten Moment drohte Adriana wieder in dieselbe hoffnungslose Verzweiflung zu fallen, wie bei Tonys Tod. Doch – vielleicht lag es auch an der Verwandlung zum Vampir – die Verzweiflung verwandelte sich in Wut und sie stieß einen animalischen Schrei aus, der ihr ein wenig Erleichterung verschaffte. Dann stieg sie aus dem Auto und funkelte Sylvia böse an. Mit einem Seitenblick auf Thomas stieß sie hervor:
„Und ihr könnt schwören, dass ihr Leonhard nichts getan habt?"
Sylvia lachte laut: „Ich schwöre dir gar nichts. Nicht bevor ich weiß, was Sven von dir oder deinem Leonhard wollte!"
„Und wo das Buch ist." fügte Thomas hinzu.
Aufgebracht rief Adriana Sylvia zu: „Woher soll ich das wissen? Ich kannte Sven nicht. Aber offenbar kanntest du ihn doch. Er ist jedenfalls auf dem Bild zu sehen, welches auch dich zeigt? Sag du mir, was er von Leo wollte!"
Sylvia ging aufgebracht auf Adriana zu doch Thomas stellte sich zwischen sie.
„Das bringt doch alles nichts!", donnerte er, „Beruhigt euch!" und zu Adriana gewandt sagte er: „Vielleicht solltest du uns erzählen, was Leonhard und Sven in München gemacht hatten! Aber zuvor sag uns, wo das Buch ist!"
Adriana überhörte die letzte Frage und wollte wütend antworten als ihr plötzlich etwas einfiel. Sie hob die Hände und sagte:
„Wartet mal!" Sie fing an hin und her zu laufen und sagte noch einmal: „Wartet mal!"
Sven hatte die Unterlagen aus dem Institut gestohlen. Damit sollte Blut „geklont" werden. Aber das hatte doch nicht funktioniert. Offenbar war Sven zu demselben

Schluss gekommen. Hat er deshalb Leonhard entführt? Adriana fiel das Foto ein, das Sylvia und Sven im Hintergrund zeigte. Mit großen Augen starrte sie Sylvia an und fragte leise: „Ist Sven etwa auch ein Vampir?"
Sylvia und Thomas hatten gesehen, dass Adriana offenbar zu einem Schluss gekommen war. Die Vampirfrau hatte sich beruhigt und Adriana beobachtet, der offenbar einiges klar geworden war. Sylvia nickte und Adriana lächelte traurig: „Es ist so einfach!"
In Erwartung einer Erklärung hob Sylvia fragend die Augenbrauen aber Adriana sah sie jetzt nachdenklich an.
„Wenn ich Euch sage warum Sven Leonhard braucht, sagt ihr mir dann wo dieser Sven Leonhard hingebracht hat."
„Das weiß ich auch nicht." sagte Sylvia, „Ich kenne Svens Schlupfloch nicht. Eigentlich sollte der bei meinem Vater sein oder zumindest regelmäßig dort auftauchen."
Aber Adriana ließ die Schultern hängen. „Wenn ich Leonhard nicht finden kann, ist mir alles egal. Ich habe nichts mehr zu verlieren."
„Schön", sagte Sylvia, die jetzt wieder die Geduld verlor, „Wenn dir alles egal ist, kannst du uns auch erzählen, was Sven von Leonhard wollte."
Adriana zuckte die Schultern. Sie setzte sich auf die Motorhaube und fing an, den beiden alles zu erzählen was sie wusste. Sie erzählte auch von der Forschungsarbeit in ihrem Hause und dass die Ergebnisse alle im Safe verschlossen waren. Als sie fertig war, schwiegen alle Drei.
„Er kann Blut herstellen?", fragte Sylvia nach einer Weile, „Du meinst, dein Leonhard hat das geschafft?"
Adriana beobachtete einen Käfer und überlegte kurz, ob sie alles erzählen sollte und sagte schließlich: „Er kann es nicht einfach herstellen, aber eine vorhandene Blutmenge

kann er irgendwie vervielfachen." Und wahrheitsgemäß fügte sie noch hinzu: „Das habe ich allerdings noch nicht gesehen."
Doch Sylvia überhörte den letzten Satz und lachte: „Du weißt schon, dass das was du da sagst, das Schlaraffenland für Vampire ist. Nicht auszudenken, was damit für Geld gemacht werden könnte. Genau deshalb glaube ich jetzt, dass hinter allem mein Vater steckt. Er hatte schon lange ein Auge auf Forschungen und solchen Kram."
Adriana sah auf: „Aber das bedeutet ja, dass Sven Leonhard zu deinem Vater bringt. Oder meinst du, dass Sven selbst Vorteil aus dieser Sache schlagen wird?"
„Sven? Nein! Der hatte meinem Vater damals dazu gebracht, menschliche Sklaven in unseren Verliesen zu halten, um ihnen regelmäßig Blut abzuzapfen. Aber davon wollte ich nichts hören und mein Vater hatte damals auf mich gehört. Pah, wenn ich daran denke! Sven wollte natürlich ausschließlich Frauen haben. Der tickt doch nicht richtig! Jedenfalls hatte mein Vater sich dann dagegen ausgesprochen und es nicht mehr zugelassen. Er sagte, dass diese menschlichen Tankstellen lästigerweise durchgefüttert werden müssen und trotzdem nicht lange überleben. Dann müsse man die Leichen entsorgen und die Toten durch neue ersetzen. Da sieht er Gefahr, dass sein Schlupfloch irgendwann entdeckt werden würde."
Adriana merkte, dass es auch unter den Vampiren so etwas wie eine Hierarchie gab und fragte: „Ist dein Vater so etwas wie ein Anführer? Wenn ich als Vampir weiterleben soll, müsste ich da nicht ein paar Regeln kennen?"
Doch Sylvia drängte jetzt zum Aufbruch. „Das können wir dir alles noch erzählen. Du wirst jetzt erst einmal bei

uns bleiben. Bevor wir zu meinem Vater gehen, müssen wir aber noch die Unterlagen aus deinem Tresor holen. Wir fahren also erst einmal zurück und werden von einem Versteck aus beobachten, wann und wie wir am besten an den Tresor herankommen. So wie du gesagt hast, ist es ein Hochsicherheitssafe und wurde wahrscheinlich nicht durch die Explosion beschädigt. Los, du fährst, wir haben es eilig und dir schadet das Sonnenlicht noch nicht so wie uns. Fahr so, dass wir oberhalb deines Weinberges herauskommen."

Adriana sah Thomas an und sagte: „Das Buch wurde jetzt wirklich zerstört. Es war im Haus." Sie setzte sich hinters Steuer und gab ins Navi ihre Heimatadresse ein, während die Vampire sich hinten mit Decken einen Schutz gegen das Sonnenlicht schufen.

## 36.

„Du!", schrie Linda völlig hysterisch, als sie die Tür öffnete und Steffi davorstand, „Ich wusste, dass du und dein teuflischer Plan Adriana ins Unglück stürzt." Frank kam mit schnellen Schritten heran, zog Steffi herein und schlug die Tür zu.

Aber Linda schrie außer sich vor Wut und Empörung: „Ich will dieses Weib nicht in meinen Haus! Raus! Raus hier!" Doch Frank gab seiner Frau eine Ohrfeige, um sie wieder zur Vernunft zu bringen. „Schrei nicht so rum und komm gefälligst wieder zu dir!", donnerte er in einem Ton, der allerdings nur halb so laut wie Lindas hysterisches Geschrei war. Das half nur insoweit, als dass Linda mit Schreien aufhörte und Steffi, die unschlüssig neben der Tür stehengeblieben war, zornig anfunkelte.

„Außerdem war es nicht ihr Plan", setzte Frank noch hinzu, was Lindas Wut allerdings nicht im Geringsten minderte. Frank fasste seine Frau an den Schultern. „Wir werden uns jetzt ganz vernünftig unterhalten!"

Doch Linda zischte: „Sie wird keinen Schritt weiter in dieses Haus tun!"

Frank jedoch sagte in einem Ton der keinen Widerspruch duldete: „Sie wird jetzt mit mir in mein Arbeitszimmer kommen. Wenn du nicht mit ihr sprechen willst, dann ist das deine Sache. Du brauchst nicht dabei sein!" Damit schob er Linda ins Wohnzimmer und schloss die Tür hinter ihr. Er winkte Steffi, ihm zu folgen und kurz darauf verschwanden beide in seinem Arbeitszimmer.

Dort schwiegen beide noch eine Weile. Bei beiden saß die Trauer tief und auch Lindas hysterischer Ausbruch musste erst noch verdaut werden. Schließlich sagte Frank: „Nimm

es ihr nicht übel. Sie hat Adriana sehr gern gehabt und bevor du und Leonhard in Adrianas Leben getreten seid, hat sie in ihr ihre beste Freundin gesehen. Das hat im letzten Jahr sehr nachgelassen, wie du weißt."
Steffi sagte mit belegter Stimme: „Aber das liegt doch nicht an mir!"
Frank seufzte: „Ich weiß das. Linda ist da sehr ungerecht. Sie schiebt alles dir in die Schuhe. Es tut mir leid."
Steffi nickte. Sie hatte Lindas Abneigung schon gespürt.
„Was tun wir jetzt? Ich bin völlig ratlos." Die sonst so starke Steffi wirkte völlig kraftlos und niedergeschlagen.
Frank sah sie mitleidig an. „Zuerst einmal müssen wir abwarten, was die Polizei herausfindet. Es besteht zwar nicht viel Hoffnung, aber vielleicht waren die Beiden ja gar nicht da. Sie haben sich noch nicht zurück gemeldet. Haben sie bei dir angerufen?"
Steffi schüttelte den Kopf. „Das letzte Mal habe ich mit Leo telefoniert, als er noch in Kanada war. Aber da hieß es, dass sie am nächsten Morgen fliegen würden."
Doch Frank meinte optimistisch: „Vielleicht wollten sie noch nicht nach Hause und sind noch irgendwohin gefahren."
Steffi erinnerte sich an das Telefonat mit Leonhard. „Aber Leo war so aufgeregt. Er sagte, dass er die Lösung gefunden hat. Und so wie ich ihn kenne hat er sofort nach seiner Ankunft den Versuch im Labor durchgeführt."
„Vielleicht ist das jetzt anders. Ich meine, jetzt hat er ja Adriana", erwiderte Frank.
Doch Steffi seufzte tief und ließ die Schultern hängen.
„Die Polizei wird nicht lange brauchen und bald vor meiner Tür stehen…"
„Vor unserer auch", warf Frank ein.

„Wir müssen uns überlegen, was wir sagen wegen unserem Projekt!"
Doch Frank schüttelte den Kopf. „Bleib so nah an der Wahrheit wie es geht. Es ist nicht verboten, ein wenig herumzuexperimentieren, solange keine Sprengstoffe oder solche Dinge hergestellt werden. Ihr wart dabei, eine Entdeckung zu machen und letztlich hat es ja nicht geklappt, oder hat Leonhard dir verraten, was die Lösung eures Problems war?"
Steffi verneinte und überlegte. „Da ist noch der Tresor. Adriana meinte, das sei ein Hochsicherheitssafe und die Firma rückte beim Einbau mit relativ schwerem Gerät an. Der ist vielleicht noch intakt. Nur leider kann ihn niemand öffnen, da Leo und ich den Code haben und dann ist da noch die Spracherkennung. Um nach Beweismitteln zu suchen, wird die Polizei ihn wahrscheinlich gewaltsam aufmachen und da drin ist unsere ganze Arbeit."
Frank zuckte jedoch mit den Schultern. „Was hast du vor? Ich weiß nicht, ob die Polizei dir ein Anrecht auf die Papiere einräumt, selbst wenn du behauptest, dass du daran mitgearbeitet hast." Frank stand auf und holte eine Whisky-Flasche aus einer kleinen Hausbar und zwei Gläser. Er schenkte ein und schob ein Glas zu Steffi hinüber. Sie nahm das Glas und schüttete den Alkohol in einem Zug hinter. „Was ist mit Erika?", fragte sie leise.
„Ich habe ihre Adresse in Adrianas Unterlagen. Nur wenn du jetzt hinfahren willst, musst du es alleine tun! Ich will Linda jetzt nicht im Stich lassen."
Was mit Adrianas Vermögen geschehen sollte, dafür hat sie klare Anweisungen hinterlassen. Aber dazu wollte er erst einmal einen Totenschein sehen.

Steffi sah Frank traurig an. „Ich hoffe, dass sie… äh… naja… noch nicht gearbeitet hat."
Frank nickte nur und zog einen Ordner hervor. Diesem entnahm er Erikas Anschrift und gab sie Steffi. Dann brachte er sie noch bis zur Haustür und sagte: „Denk dran. Wir bleiben bei der Wahrheit." Steffi nickte und sagte: „Danke Frank." Sie wollte noch ein „Wir sehen uns" hinzufügen, sah dann aber aus den Augenwinkeln eine Gardine wackeln. Frank merkte das und sagte: „Kein Problem. Ruf mich das nächste Mal vorher an. Die Nummer von meinem Firmenhandy hast du ja." Steffi nickte, hob die Hand zum Gruß und ging.

Bei Erika öffnete niemand die Tür und Steffi befürchtete auch hier das Schlimmste. Auf dem Rückweg in ihr Appartement hielt Steffi an der Straße an und sah über das Feld zu Adrianas Haus. Vor der verkohlten Ruine standen noch zwei Polizeiautos und ein Feuerwehreinsatzwagen. Steffi kniff die Augen zusammen. Aus einem der Polizeiwagen stieg Erika aus. Erleichtert stieg Steffi wieder in den Passat und fuhr nach Hause. Heute Abend wollte sie es noch einmal bei Erika versuchen.

## 37.

Das Auto hatten sie irgendwo in Lettland kurz vor der russischen Grenze stehen lassen. Sven hatte sich noch einmal gestärkt und dann auf unglaublich schnelle Weise mit Leonhard über seiner Schulter und dem Koffer in der anderen Hand die Grenze zu Russland überquert. Sie hatten sich dann bis zu einem russischen Ort, dessen Name Leonhard noch nie gehört hatte, durchgeschlagen. Sven hatte unter der Drohung, Adriana und Steffi etwas anzutun, Leonhard dazu gebracht, kein Wort zu sagen und sich auch sonst unauffällig zu verhalten.
Da Leonhard keine Wahl hatte, spielte er Svens Spiel mit.
In Moskau fuhren sie zunächst in einen Stadtteil, der sehr heruntergekommene Hinterhöfe hatte. Dort wurde für Leonhard ein Pass angefertigt mit falschem Namen. Mit diesem Pass kaufte Sven dann die Fahrkarte für die Transsibirische Eisenbahn.
Jetzt waren sie in einer Wohnung in Ulan-Ude. Dort konnte sich Leonhard endlich duschen. Er bekam einen Anzug, ähnlich dem von Sven.
Sven telefonierte in russischer Sprache und meinte dann zu Leonhard, dass sie in einer halben Stunde abgeholt werden würden. Über das Ziel ließ er Leonhard im Unklaren. Er hatte ihn zwar die ganze Reise scharf bewacht, aber ansonsten in Ruhe gelassen. Auch jetzt schien er über irgendetwas nachzudenken und führte schließlich noch ein zweites Telefonat. Da er deutsch sprach konnte Leo erkennen, dass Sven mit einem Vorgesetzten oder zumindest einer Peron sprach, vor der Sven Respekt hatte und die ihm offenbar noch einige Anweisungen gab. Kurz darauf führte er noch ein

russisches Telefonat und danach schwieg er sich aus, richtete aber hier und dort einen Gegenstand aus, band seinen Schlips neu, begutachtete Leonhard und war ein wenig aufgeregt, so als erwarte er jemanden. Es verging fast eine Stunde bevor es an der Tür klopfte.

Der Mann der darauf eintrat und Leonhard musterte, musste einem exklusiven Männermagazin entsprungen sein. Sein schwarzes schulterlanges Haar fiel ihm offen auf die Schultern. Sein hellgrauer Anzug saß, als wäre er maßgeschneidert.

Leonhard musste nach oben schauen, da der Mann sehr groß war.

Als sich ihre Blicke trafen lächelte der Mann. „Ich bin William", sagte er und hielt Leonhard die Hand hin, „Und sie sind offenbar Leonhard, ein wissenschaftliches Genie, wie mir Sven erzählte. Wir werden dafür Verwendung haben."

Leonhard zögerte kurz, nahm dann aber die dargebotene Hand. Er sagte nichts. Das war auch nicht nötig, denn William ließ Leos Hand wieder los und wandte sich Sven zu.

„Nun Sven, ich dachte schon, dass du mich verraten hast. Es ist sehr viel Zeit vergangen, seit unserem letzten Gespräch. Ich hoffe, dass die Zeit dein Gedächtnis nicht getrübt hat und du noch weißt, was ich sagte."

„Jedes Wort", beteuerte Sven und neigte ehrerbietig den Kopf.

William musterte auch Sven eine Weile schweigend und sagte schließlich: „Gut. Dann werden wir jetzt dafür sorgen, dass es unserem Gast an nichts fehlen wird!" Und nach einem kurzen Blick zu Leonhard fügte er noch hinzu: „Wir gehen!"

Vor dem Haus stand so etwas wie ein Armeejeep, der hinten abgedunkelte Fenster hatte. Offenbar war er umgebaut worden, denn die Sitzbänke standen sich, wie in einer Stretch-Limousine gegenüber. Sven und Leonhard saßen William gegenüber und bevor sie losfuhren wurden Leonhard die Augen verbunden.

Das Auto hielt noch zwei Mal für längere Zeit an und dann waren sie ungefähr eine Stunde unterwegs, schätzte Leonhard. Beim Aussteigen half Sven Leonhard, nahm die Augenbinde jedoch nicht ab. Als William Sven befahl, das Auto auszuladen übernahm William die Führung und ging langsam mit Leonhard los. Sven schien zwei Mal an ihnen vorbei zu rennen. Dann hörte Leonhard den Jeep starten und davonfahren. Nun war Sven wieder Leonhards Führer. Nach einem kurzen Stück geraden Weges ging es dann steil bergauf, wobei Sven Leonhard mehr trug als hinter sich herzog. Daher dauerte die Klettertour auch nicht lange. Leonhard spürte, dass sie jetzt in einem Raum standen. Denn die Schritte hallten und der Wind war weg. Schließlich spürte Leonhard so etwas wie einen Fahrstuhl. Doch die Augenbinde wurde ihm erst abgenommen, als sie durch mehrere Räume gegangen waren, wie es Leonhard vorkam. Er kniff in Erwartung grellen Lichtes die Augen zusammen. Aber das war unnötig. Das Licht war gedämpft. Der Raum, in dem er stand, war ein Wohnzimmer in angenehmer Größe von ungefähr zwanzig Quadratmetern. Die Wände schienen nacktes Felsgestein zu sein, harmonierten aber mit der eher modernen Einrichtung, die aus einer Ledereckcouch, einem Tisch mit Steinplatte, einem dreitürigen flachen Schrank ohne Schnörkel und einem Flachbildfernseher bestand, der an der Wand angebracht worden war. Das

Merkwürdigste war jedoch das Licht. Es kam von einem riesigen Bild an der Wand, dessen Motiv, wie bei einem digitalen Fotorahmen in größerem Abstand wechselte. Da die Motive ausschließlich Landschaften waren, könnte dieses Bild einen Fensterersatz darstellen.
„Nun", ertönte hinter Leonhard Williams Stimme, „Offenbar gefällt Ihnen, was Sie sehen."
Leonhard musste zugeben, dass ihm tatsächlich gefiel, was er sah, aber William erwartete keine Antwort, denn er redete weiter und sprach aus, was Leonhard trotz der schönen Umgebung befürchtet hatte. „Es wäre sehr wünschenswert, denn dieser Raum und noch drei weitere werden für lange Zeit Ihr Zuhause sein. Kommen Sie, ich zeige Ihnen alles."
Leonhard folgte William in ein angrenzendes Schlafzimmer, zu welchem ein diskret abgetrenntes einfaches aber zweckmäßiges „Menschenbad" gehörte, wie William es so schön betonte.
Vom Wohnraum ging noch eine zweite Tür ab. Diese führte in einen weiß getünchten Raum mit greller Neonbeleuchtung. Leonhard erkannte sofort den Aufbau der Geräte. Sven hatte wirklich ganze Arbeit geleistet.
Zurück im Wohnraum sagte William: „Ich lasse Sie jetzt allein. Mein Butler wird Ihnen bald etwas zu essen bringen. Danach werden wir uns unterhalten."
William ging auf die kaum erkennbare Tür gegenüber dem riesigen Leuchtbild zu und drückte einen Knopf. Eine Klinke oder ein Knauf waren nicht zu sehen. Kurz darauf öffnete sich die Tür und schloss sich wieder hinter William. Leonhard war allein.
Er ging zu der Stelle, wo William verschwunden war. Wenn er hier raus wollte, musste der diesen Knopf

drücken. Aber er bezweifelte, dass man ihn einfach gehen lassen würde. Er hob den Kopf und betrachtete die Decke oberhalb der Tür. Seine Ahnung wurde bestätigt: Er fand eine Kamera, von der Sorte, die einen großen Teil des Raumes überwachen konnte, eine von denen die oft in Servicepoints von Banken zu finden waren.

Leonhard wandte sich ab, setzte sich auf die Couch und dachte nach. Er wusste nicht, wie viel Zeit vergangen war bis sich die Tür wieder öffnete und ein livrierter Mann mit weißen Handschuhen erschien, der einen Servierwagen vor sich herschob auf dem ein Serviertablett mit Servierglocke, Gläser, eine Weinkaraffe und ein Krug mit Wasser, Zitrone und Eiswürfeln stand. Der Butler arrangierte alles auf dem Steintisch und verließ den Raum wieder ohne ein Wort zu sprechen. Das Gedeck war für eine Person und da Leos letzte Mahlzeit schon längere Zeit her war, zuckte er mit den Schultern, nahm die Servierglocke herunter und fing an mit Essen. Erst als er satt war und sich mit einem Glas Wein zurücklehnte, ging die Tür auf und William betrat zusammen mit dem Butler den Raum. Leonhard schmunzelte. Es war so offensichtlich, dass sie ihn beobachtet hatten.

Während der Butler die Speisen abräumte, schenkte sich William ebenfalls ein Glas Wein ein und setzte sich auf die Couch. Als der Butler den Raum verlassen hatte, prostete er Leonhard zu und trank einen kleinen Schluck. Auch Leonhard trank und stellte sein Glas ab. Abwartend lehnte er sich zurück und sah William an. Dieser hatte sich zwischenzeitlich umgezogen und schien auch jetzt einem Modemagazin entsprungen zu sein, allerdings einem aus dem 19. Jahrhundert, wenn es so etwas da schon gab. Leonhard musste sich aber eingestehen, dass dieser

Aufzug und Williams ganzes Wesen Macht und Überlegenheit ausstrahlte. Unwillkürlich wappnete sich Leonhard. Er hatte lange nachgedacht und würde sich jetzt nicht von diesem Mann oder Vampir oder was immer er war und seinem überlegenen Gehabe beeindrucken und durcheinanderbringen lassen.

William jedoch lächelte. Er fragte höflich, ob das Abendessen zufriedenstellend war und redete nicht lange um den heißen Brei, als Leonhard seine Frage stumm mit einem Kopfnicken bejahte.

„Nun, Herr Weis, ich denke Sie wissen bereits, warum Sie hier sind. Wir gehen – auch in Ihrem eigenen Interesse – davon aus, dass Sie uns bei unserem Vorhaben unterstützen werden. Sven erzählte mir von Ihrer sehr außergewöhnlichen Entdeckung, welche für uns von großem Interesse ist."

Er machte eine kurze Pause und sah Leonhard vielsagend an: „Leider mussten wir jedoch feststellen, dass das Ergebnis des Experiments sehr unbefriedigend war."

William lächelte immer noch. Er erwartete offenbar eine Reaktion von Leonhard, da er nichts mehr sagte.

„Und offenbar soll ich Ihnen bei der Lösung dieses Problems helfen?", sagte er ruhig.

Williams Lächeln wurde breiter und mit einem Ausdruck im Gesicht, als hätte sein Gegenüber die Antwort zu einer unlösbaren Frage gefunden, schlug er sich auf die Schenkel und sagte: „Genau!"

Leo ignorierte das Gehabe. „Und was passiert, wenn ich mich weigere?"

William tat so, als würde ihn diese Frage völlig unerwartet treffen und setzte eine bestürzte Miene auf. „Das wäre wirklich sehr schade. Wirklich schade!" William stand auf und begann vor Leonhard auf und ab zu gehen. Er wirkte nachdenklich, aber dieses aufgesetzte Gehabe konnte Leonhard nicht täuschen. Kurz überlegte Leo, was passieren würde, wenn die Vampire wüssten, dass er die Lösung des Problems schon kannte, als William weitersprach.

„Wir würden natürlich dafür sorgen, dass IHNEN kein Haar gekrümmt wird. Aber denken Sie doch an die vielen Menschen, die wegen Ihnen sterben würden!" Er sagte das so als könnte nur Leonhard die Detonation einer Atombombe verhindern. „Denken Sie an Ihre Lieben, an Ihre Freunde!"

Leonhard war die Drohung selbstverständlich bewusst, auch wenn sie aus Williams Mund eher wie ein Vorwurf klang. Er ließ sich jedoch davon nicht beeinflussen und sagte: „Woher weiß ich denn, ob sie überhaupt noch leben? Was habe ich für eine Sicherheit, wenn das Rätsel gelöst und Sie Ihr Ziel erreicht haben?"

„Sicherheit?" William war ein perfekter Schauspieler denn aus seiner Miene wich die Bestürzung und machte einem ratlosen fast traurigen Gesichtsausdruck Platz: „Ich kann Ihnen keine Sicherheit geben. Aber Sie haben mein Wort, dass Sie diesen wunderbaren Ort verlassen dürfen, sobald wir haben was wir wollen."

Leonhard stand auf. Er hatte dieses Spiel satt. „Natürlich in einer Holzkiste", sagte er zynisch. „Hören Sie auf mit diesem Theater. Ich weiß, was Sie wollen und Sie wissen, was ich will. Da haben wir eine Pattsituation."

Leonhard war die Verärgerung und die Wut über seine derzeitige Situation anzusehen.

„Ts, ts, ts", machte William und hob den Zeigefinger, als wolle er einen ungezogenen Schüler belehren. „Sie

vergessen eins: Wir können Ihnen Ihr Menschenleben nehmen. Als Vampir werden Sie uns vielleicht sogar noch nützlicher sein, weil Sie dann ähnliche Interessen wie wir haben könnten." Er lachte. „Und Sie verlieren dabei Nichts! Ihren genialen Kopf behalten Sie und vielleicht sogar Ihre Liebe zu Ihrer kleinen Freundin."
Jetzt endlich zeigte William sein wahres Gesicht. Er stand urplötzlich vor Leonhard. Seine Hand umfasste Leonhards Hals. Sein schönes altersloses Gesicht verwandelte sich. Zu seinem Erstaunen musste Leonhard feststellen, dass sich bei William die Wandlung nur an seinen Augen und der Länge der Eckzähne vollzog. Seine Haut und auch die Lippen zeigten im Gegensatz zu Sven keine Veränderung. Nach einem kurzen Augenblick schrumpften die Eckzähne wieder auf Normalgröße und mit einer veränderten Stimme drohte William: „Wir werden deine Freunde finden, so wie wir dich gefunden haben. Wir werden sehen, wie lange du dich weigerst, wenn sie hier sind. Wir werden sehen, wie lange du sie leiden sehen kannst." William ließ Leonhard los und ging zur Tür. Er verfiel wieder auf den höflichen Ton und sagte mit kalter Stimme: „Sie können eine Nacht darüber schlafen! Morgen früh erwarte ich eine Entscheidung von Ihnen! Gute Nacht!"
Die Tür wurde geöffnet und William verschwand. Leonhard war wieder allein.

## 38.

Es war schon spät aber noch nicht ganz dunkel, als die Polizei alles absperrte und den Unglücksort verließ. Die Einsatzkräfte hatten nach menschlichen Überresten oder gar Überlebenden gesucht.
Hinter den Büschen, die Adrianas Weinberg begrenzten hockten die drei Vampire und beobachteten das Geschehen.
Traurig sah Adriana auf die Überreste ihres Hauses. Von Tony hatte sie jetzt nur noch ein Bild in ihrem Portemonnaie. Der Rest war mit ihrem übrigen Hab und Gut verbrannt. Doch wenn alles gut ging, würde sie bald in Besitz wichtiger Unterlagen und eines Umschlags mit 15.000,00 Euro sein. Das Geld hatte sie lachend zusammen mit Leo und Steffi dort deponiert, weil sie der Meinung waren, dass es irgendwie dazugehörte, dass in einem Safe auch Geld war. Außerdem konnte es ganz nützlich sein, wenn bei einem nicht ganz legalen Unternehmen Bargeld für den Notfall da war. Dass dieser Notfall einmal so aussehen sollte…
Adriana seufzte. Glücklicherweise schien während der Explosion niemand im Haus gewesen zu sein, zumindest hatten die letzten Nachrichten das gemeldet. Es bestand also die Chance, dass Leonhard noch lebte.
Als auch die Lichter der Nachbarhäuser erloschen waren schlichen die drei den Weinberg hinunter. Adriana war erstaunt, dass sie sich im Dunkeln so gut zurecht fand, wo sie doch sonst eher nachtblind war. Aber über ihr Dasein als Vampir wollte sie noch nicht weiter nachdenken. Das war irgendwie eigenartig und noch zu ungewohnt.

Der Eingang zum Weinkeller war verschüttet. Doch für die Vampire war es kein Problem, den Schutt rasch und leise beiseite zu räumen. Schließlich konnten sie die Treppe hinuntersteigen. Ein Großteil der Weinflaschen war zerstört, da zwei Weinregale sich durch die Erschütterung aus der Verankerung gelöst hatten. Aber das war jetzt egal. Sie stiegen über die Regale und Glas knirschte. Der Bunker war fast vollständig erhalten, was bei der Mauerstärke ja auch kein Wunder war. Demzufolge hatte auch der Tresor keinen Schaden genommen und Adriana tippte den Generalcode ein, der alle anderen Sicherheitscodes außer Kraft setzte. Sie war nun froh, dass sie diesen Zusatz trotz schlechtem Gewissen damals bei der Firma bestellt hatte.

Sie nahm die Papiere, die Festplatte und das Geld raus. Dann drehte sie sich um und wollte wieder gehen. Aber Sylvia meinte, dass es besser wäre, wenn der Tresor wieder ordentlich verschlossen werden würde.

„Die Polizei wird sowieso mitkriegen, dass jemand hier war", meinte Adriana verschloss aber dennoch den Safe und wandte sich zum Gehen. Der Kegel ihrer kleinen Autotaschenlampe wanderte durch den Laborraum und blieb an der Maschine hängen, die Leonhard für die Blutherstellung entworfen hatte. Sie hielt Sylvia zurück und sagte noch: „Außerdem müssen wir dieses Gerät mitnehmen."

„Ist es das...?" Weiter musste Sylvia nicht fragen denn Adriana nickte vielsagend.

„Müssen wir nicht auch den Laptop mitnehmen?", fragte Thomas. Die beiden Vampire sahen im Dunkeln ausgezeichnet. Adriana brauchte teilweise noch eine Taschenlampe.

„Wir haben alles auf der Festplatte. Normalerweise dürfte auf dem Laptop nichts sein. Aber nehmen wir ihn lieber mit. Wer weiß, was Computerexperten damit alles herausfinden können. Außerdem sieht es dann so aus, als wären hier Diebe eingebrochen."

Sylvia nickte, drängte jetzt aber zur Eile. Sie schnappte sich noch den Laptop und stieg die Treppe nach oben. Genauso lautlos, wie sie gekommen waren, verschwanden sie auch wieder.

Adriana saß jetzt wieder hinten. Thomas fuhr das Auto. Sylvia hatte im Navi Warschau als Ziel eingegeben und schwieg jetzt nachdenklich.

Adriana wollte sich bequem hinsetzen und die Beine nach oben legen. Sie bemerkte einen harten Gegenstand in ihrer Jeans und ihr fiel ein, dass sie ja das Handy eingesteckt hatte, weil da ein Anruf darauf gewesen war. Bevor sie es jedoch hervorzog, nahm sie die Decke, unter der sich Sylvia und Thomas tagsüber verkrochen hatte und deckte sich damit zu. Sylvia und Thomas hatten nur kurz nach hinten geschaut. Vorsichtig und immer auf der Hut schaute sie nach. Es war Frank, der angerufen hatte. Zum Zeitpunkt des Anrufs waren sie und Leo noch im Wohnzimmer zusammen. War das erst gestern gewesen? Doch dann schoss Adriana durch den Kopf: Frank! Er war in Adrianas Augen der Einzige, dem sie eine kurze Nachricht zukommen lassen konnte. Er musste wissen, dass sie noch am Leben war und er würde wissen, was zu tun war. Sie tippte die Nachricht ein: *Lebe noch. Leo + ich in Schwierigkeiten. Habe Hilfe. Melde mich wieder sobald möglich. A.*

Sie schickte die Nachricht weg und stellte ihr Handy gleich darauf auf lautlos. Dann kroch sie noch weiter

unter die Decke und wählte Leos Nummer. Als Leos Mailbox lief, legte sie auf. Sie starrte auf das Handy, aber eigentlich hatte sie nichts anderes erwartet. Kurz darauf meldete ihr Handy einen niedrigen Akku-Stand. Ein Ladekabel besaß sie nicht mehr. Soviel dazu!
Der Golf raste mit Höchstgeschwindigkeit die Autobahn entlang. Sylvia hatte sich noch nicht weiter über das Ziel ausgelassen und hing ihren Gedanken hinterher. Irgendwann jedoch drehte sie sich zu Adriana herum und betrachtete sie nachdenklich.
Adriana sah Sylvia fragend an. Sylvia hatte ihr bereits einige allgemeine Sachen, was das Vampirdasein betraf, erzählt. Sie wollte gerade fragen, was los war als Sylvia die Hand hob.
„Mein Vater ist tatsächlich mein Vater. Vor mehr als 250 Jahren waren wir noch Menschen. Ich hatte dir ja schon gesagt, dass Vampire keine Kinder bekommen können." Sie dachte kurz nach und seufzte. „Meine Mutter hatte die Verwandlung nicht überlebt, sie war schwanger gewesen. Wir waren damals sehr wohlhabend, aber nicht adlig." Sie seufzte nochmals. „Nun ja, meinem Vater war das nicht genug. Er wollte Macht. Um es abzukürzen: Er hatte meiner Mutter, meinen beiden Vettern, mir und sich selbst Vampirblut verabreicht. Der Tod meiner Mutter machte ihn wütend. Er wollte sich an dem Vampir rächen, der ihm nicht verraten hatte, dass für Schwangere die Wandlung gefährlich ist. Dazu schmeichelte er sich erst einmal in dessen Clan ein und brachte Vieles in Erfahrung. Schließlich tötete er den ganzen Clan. Meine Vettern und ich halfen ihm dabei. Aber dann strebte mein Vater nur noch nach Macht. Er hatte durch den getöteten Clan von einem weiteren erfahren und von diesem wieder

und so weiter. Kurz gesagt, er brachte viele um. Heute gibt es soweit ich weiß außer unserem nur noch einen Clan in Norwegen, der aber mit meinem Vater freundschaftlichen Kontakt pflegt. Es mag noch vereinzelte Vampire geben, aber die sind nicht wichtig. Heute hat mein Vater eine gewisse Stellung erreicht, der Älteste oder der Anführer, wenn man so will. Und er hat gewisse Regeln aufgestellt und er verlangt, dass diese eingehalten werden. Die erste und wichtigste Regel ist, dass wir unsere Existenz vor den Menschen geheim halten. Die zweite Regel habe ich nun schon zwei Mal gebrochen. Wir dürfen ohne Erlaubnis meines Vaters unser Blut nicht weitergeben, also neue Vampire erschaffen. Thomas habe ich verwandelt, weil ich ihn gern hatte, weil er mir als Partner willkommen war. Das wird mein Vater respektieren müssen. Bei dir sieht das schon anders aus." Sylvia machte eine kurze Pause und musterte Adriana. „Mein Vater kennt nur eine Strafe für die Verletzung seiner Regeln: den Tod. Aber ich weiß, dass er mir nichts tun wird und wenn wir ihm einen guten Grund nennen, warum ich dich verwandeln musste, dann wird er vielleicht gnädig mit dir sein." Sie zuckte mit den Schultern und drehte sich um. „Wir werden sehen."
Adriana fand, dass diese Informationen nicht dazu beitrugen, sie zu beruhigen. Sie wusste nicht was Sylvia damit bezweckte. Wollte sie ihr Angst einjagen? Wollte sie nur ehrlich sein? So oder so, Adriana musste bei ihr bleiben, wenn sie Leonhard wiedersehen wollte. Und sie musste ihn wiedersehen, auch wenn dieses Wiedersehen mit einem hohen Preis verbunden war. Doch ohne Leonhard wollte sie sowieso nicht weiterleben.

Sie sah auf die Uhr. Wenn es zu hell wurde, musste sie wieder fahren und darum schloss Adriana die Augen und versuchte sich ein wenig zu entspannen. Leicht war das nicht, nach dem soeben Gehörten, aber Adriana hatte keine Wahl.

In den nächsten Tagen würde Adriana mehr und mehr zum Vampir werden. Mit steigender Lichtempfindlichkeit würde auch die Müdigkeit nachlassen. Vampire schliefen nicht, sie ruhten sich höchstens aus oder entspannten bei einem Gläschen Blut oder so. Aber im Moment fühlte sie sich müde.

Gegen sechs Uhr weckte Sylvia Adriana. Sie hatte tatsächlich drei Stunden geschlafen. Doch jetzt musste Adriana weiterfahren. Thomas tankte während Sylvia das Navi neu programmierte. Sie erklärte Adriana, dass Moskau das Ziel war, es aber schwierig war mit dem Auto über die russische Grenze zu kommen. Daher wollte sie das Auto in Ludza stehen lassen und auf ihr bekannten, geheimen Pfaden die russische Grenze überschreiten. Dann würden sie sehen, wie es weiter geht.

Die nächste Etappe der Reise war langweilig. Zum großen Teil waren die Straßen gerade, wie mit dem Lineal gezogen, mit weiten endlosen Feldern auf beiden Seiten. Das einzige, was ein wenig für die Ödnis entschädigte war ein roter Sonnenaufgang, wobei die Sonne, je heller sie wurde die langgezogenen Wolken vertrieb und schließlich einen strahlendblauen Himmel präsentierte. Es wurde ein schöner warmer Tag, worüber sich Adriana normalerweise freute. Aber die hohe gelbe Sonne stach fürchterlich in ihren Augen. Glücklicherweise war im Golf ständig eine dunkle Sonnenbrille deponiert.

Adriana achtete darauf, nicht zu schnell zu fahren, um nicht aufzufallen. Als sie sich ihrem Ziel näherten, dirigierte Sylvia Adriana abseits zuerst auf eine Schotterpiste und dann auf einen Waldweg. Dort versteckten sie das Auto. Sie packten die Papiere und den Laptop in Sylvias Koffer, ähnlich dem den Sven besaß. Dann hockten sie sich in den Schatten und stärkten sich von den Blutvorräten. Nach Einbruch der Dunkelheit gingen sie los. Sylvia ging voran. Sie trug das in die Decke eingewickelte Gerät, was sie aus Adrianas Labor mitgenommen hatten. Danach kam Adriana und zum Schluss ging Thomas mit dem Koffer. Über die Grenze liefen sie so schnell, dass etwaige Grenzposten keine Chance hatten, die drei auch nur zu sehen. Danach liefen sie wieder langsamer und Kräfte zu sparen.

Morgens, kurz vor der Dämmerung, erreichten sie Sebezh. Dort stiegen sie in den Zug in Richtung Moskau.

In Moskau bekam Adriana einen russischen Pass. Da die Transsibirische Eisenbahn erst in ein paar Stunden abfahren würde überredete Adriana Sylvia zu einem abendlichen Einkaufsbummel. Adriana hatte außer ihrer Jeans und einem T-Shirt und ihren Bio-Latschen nichts an.

Und Adriana ließ sich nicht lumpen. Sie alle fanden in dem berühmten Kaufhaus GUM neue Bekleidung. Die beiden Frauen trugen den jetzt eleganten neuesten Chic und Thomas einen neuen Anzug. Das Laborgerät besaß jetzt eine überdimensionale Reisetasche, die Thomas ohne sichtbare Anstrengung trug. Sylvia hatte ihren Alu-Koffer und Adriana einen kleinen Schalenkoffer, den sie hinter sich herzog. Neben dem nötigsten neuen Reisegepäck hatte Adriana sorgfältig ihre Jeans mit dem Handy in der

Tasche eingepackt. Da Vampire nicht schwitzen, hatte Adriana nur noch einen Wechsel an Klamotten gekauft. Sylvia würde bei ihrem Vater Wechselkleidung vorfinden und Thomas war das egal.

Am Morgen des letzten Tages der Reise saß Adriana mit angezogenen Beinen auf ihrer Pritsche und starrte aus dem Fenster ohne wirklich die vorbeirollende Landschaft wahrzunehmen. Je näher sie dem Ziel kam, desto nachdenklicher wurde Adriana. Wieder einmal gingen ihr die letzten Jahre ihres Lebens mit deren Höhen und bodenlosen Tiefen durch den Kopf. Zwar hatte sie in den letzten Jahren die Liebe wieder kennengelernt, aber umso mehr dafür bezahlt. Das Schicksal von Leonhard war ungewiss, ihr Zuhause war zerstört und ihr Menschenleben hatte sie verloren. Sie hatte sich hier ohne die Zeit zum Überlegen zu haben in ein Vorhaben gestürzt, dessen Ausgang äußerst ungewiss war. Und selbst wenn Leonhard noch am Leben war, würde er sie immer noch lieben? Als Vampir?

Gestern in Irkutsk hatten Thomas und Sylvia den Zug verlassen und für die Dauer des Aufenthalts den Bahnhof besichtigt. Als sie weg waren, holte Adriana das Handy aus dem Koffer. Frank hatte eine kurze Antwort geschickt: „Gib Nachricht, wenn ihr was braucht. Lasst euch nicht unterkriegen. F." Danach musste sie das Handy gleich wieder ausschalten. Vielleicht reichte der Akku ja noch einmal für den Notfall.

Adriana war so in Gedanken versunken, dass sie kaum merkte wie Thomas und Sylvia das Abteil noch einmal verließen.

Thomas war aufgestanden und hatte Sylvia gewinkt, ihm zu folgen. Draußen ging er ein Stück vom Abteil weg: „Kannst du ihr helfen?" fragte er.
Sylvia zuckte die Schultern. „Was dich betrifft, sehe ich keine so großen Schwierigkeiten. Was mein Vater mit ihr machen wird kann ich nicht sagen."
Thomas sah Sylvia an: „Sie liebt ihn sehr!"
Und wieder zuckte Sylvia die Schultern: „Ich weiß nicht, ob ich etwas für sie tun kann!"
„Versuch es wenigstens!", drängte Thomas, „denk an uns, wie es bei uns war!"
Sylvia sah ihn verärgert an. Sie erinnerte sich ganz genau daran, wie sie nach Luzern zurückgekommen war. Wie sie Thomas gedroht hatte wegen dem Buch und wie er ihr seine Liebe gestanden hatte.
„Ich werde tun, was ich kann!", entgegnete sie unwirsch, drehte sich um und ging zurück ins Abteil. Adriana schien sich nicht bewegt zu haben. Immer noch leicht verärgert zog sie ihren Koffer vor und holte einen der drei verbliebenen Blutbeutel heraus. Adriana nahm das Blut an, weil sie wusste, dass dies nun ihre Ernährungsgrundlage war. Ohne Blut würde sie keine Kraft haben, für was vor ihr lag. Und Kraft war wichtig, denn heute würden sie Ulan Ude erreichen. Heute würde sie Sylvias Vater gegenübertreten.

## 39.

„Die Garage stand offen und war leer", sagte Erika. Sie sah aus, als wäre sie innerhalb von Stunden um Jahre gealtert. „Ich glaube nicht, dass jemand im Haus war, als… als…" Erika schluckte und Tränen rannen ihr die Wange hinab, „als es passierte."
Steffi sah Erika mitfühlend an. Auch sie war sehr niedergeschlagen und versuchte tapfer die Tränen zurückzuhalten. Wo sind die beiden? Und warum melden sie sich nicht?
Erikas Mann Horst saß in seinem Drehsessel. Sein Gesicht konnte Steffi nicht sehen, weil er sich abgewandt hatte und aus dem Fenster starrte. Auf dem Tisch standen drei Tassen mit inzwischen kaltem, unberührtem Tee.
Erika hatte unter Tränen erzählt, wie sie mit vollen Einkaufstüten vor dem stand, was ihre geliebte Arbeitsstätte war. Sie hatte die Arbeit gern gehabt, sie hatte Adriana gern gehabt und versucht, sie wie eine Mutter zu umsorgen. Auch Leonhard und Steffi waren ihr ans Herz gewachsen. Mit Schaudern dachte sie daran, was hätte passieren können, wenn sie nicht zuerst einkaufen gefahren wäre. Erika wehrte sich mit aller Macht dagegen, dass die Wahrscheinlichkeit bestand, dass Adriana nicht mehr lebte. Die Polizei hatte ihr versichert, dass bisher keine Leichen gefunden worden waren.
Steffi hatte noch die Möglichkeit in Betracht gezogen, dass die Autos auch gestohlen sein könnten. Hatte die Polizei auch im Bunker schon gesucht?
Niedergeschlagen verabschiedete Steffi sich und versprach Erika sofort Bescheid zu geben, falls sie Neuigkeiten hatte.

Zu Hause wählte Steffi Franks Nummer, um ihm zu sagen, dass mit Erika nichts passiert war. Frank berichtete Steffi, dass er von Adriana eine SMS erhalten hat und Adriana und Leo zwar in Schwierigkeiten aber am Leben waren. Als Steffi ihm sagte, dass sie am nächsten Tag selbst zur Polizei gehen wolle vereinbarten sie, auch die SMS nicht geheim zu halten. Die Polizei sollte sich darauf konzentrieren nach der Ursache des Unfalls zu forschen, als weiter nach Leichen zu suchen. Außerdem hieß es nun, Adriana und Leonhard zu finden.

Am Nachmittag des nächsten Tages trafen sich Steffi und Frank in einem Eiskaffee. Steffi berichtete Frank von ihrem Gespräch mit der Polizei. Die Beamten zeigten sich erleichtert, dass die Frage nach Opfern geklärt war. Nach der Unfallursache würde noch gesucht werden, allerdings soll der Unfallort danach nur abgesperrt werden bis die Eigentümerin sich wieder meldet. Auf Steffis Nachfrage, was bezüglich der Eigentümerin und des dort gemeldeten Herrn Weis unternehmen würde, sagte man ihr, dass die Kennzeichen der beiden fehlenden Autos schnellstmöglich weitergegeben würden und nach den Tätern und Opfern gesucht wird.

Frank hatte Steffi die SMS gezeigt. Beide überlegten lange, was das wohl für Schwierigkeiten sein könnten, in welchen Adriana und Leo stecken. Möglichkeiten gab es viele, nicht zuletzt Adrianas Vermögen, was Verbrecher angelockt haben könnte. Steffi hielt es für wenig wahrscheinlich, dass diese Schwierigkeiten mit dem Blut-Experiment zusammenhängen könnten. Schließlich wusste ja keiner etwas davon. Auch ging sie davon aus, dass Leo sie in weitere Pläne eingeweiht hätte, was das Experiment betraf. Beide kamen zu dem Schluss, dass sie

nichts weiter machen konnten als abwarten, bis sich Adriana oder Leo wieder meldeten.
Zwei Tage nach dem Unfall stellte auch Frank sich bei der Polizei vor. Nach den üblichen Fragen wurde Frank mitgeteilt, dass die Kriminalpolizei den Fall jetzt näher untersuchen wolle, weil ein beschädigtes Gasrohr gefunden worden war und einige andere, leider undeutliche Spuren, die eventuell auf ein Verbrechen hinweisen. Weitere Auskünfte könnten ihm nicht gegeben werden. Die Kripo werde sich bei ihm melden.
Frank fuhr gleich darauf zu Steffi, um sie von diesen Neuigkeiten zu unterrichten. Er schärfte ihr noch einmal ein, unbedingt bei der Wahrheit zu bleiben. Auch die Sache mit der Lieferfirma war relativ wasserdicht und würde sich im Notfall als weniger problematisch erweisen, als wenn sie sich wegen Lügen verstricken würden.
Linda war erleichtert, als Frank ihr die SMS von Adriana zeigte. Allerdings hatte ihre Abneigung gegen Steffi sich nicht verringert, weil Adrianas Schwierigkeiten ihrer Meinung nach mit diesem Blut-Experiment zusammenhingen. Egal was Frank auch erzählte: Linda konnte Steffi nicht leiden und schob ihr allein die Schuld an Adrianas Unglück zu. Frank gab es auf, seine verstockte Frau davon zu überzeugen, dass Steffi keine Schuld an dem Unglück trug. Aber er verbot ihr, der Kriminalpolizei irgendwelche Hirngespinste in die Köpfe zu setzen. Er drohte ihr damit, sich scheiden zu lassen, falls sie irgendwelche Märchen erzählen sollte.
Leider hatte die Beziehung der beiden in der letzten Zeit sehr gelitten.
Schon seit längerer Zeit keifte Linda gegen Steffi und fing immer wieder Streit an. Frank war anfangs ruhig

geblieben, aber Lindas ständige Einmischung und ihre Aufwiegelei gegen Steffi hatte stark an seiner Geduld gezerrt. Er hatte sich immer öfter in sein Arbeitszimmer verzogen, während Linda in ihrer Wut und Eifersucht schäumte.

Auf seine Drohung, sich scheiden zu lassen, hatte sie anfangs geschockt reagiert. Aber offenbar war sie der Meinung gewesen, dass das wohl nicht sein Ernst war und hatte diese Drohung am nächsten Tag schon wieder vergessen. Denn die Kripo kam wirklich und Frank hatte große Mühe Lindas Anschuldigungen abzumildern.

„Die haben mich doch tatsächlich beschuldigt, dass ich hinter Adrianas Geld her wäre!", schnaubte Steffi wütend. „Linda tickt ja nicht mehr richtig." Anfangs hatte Steffi immer Rücksicht gezeigt und Linda in Ruhe gelassen. Sie hatte ihr den Gefallen getan und war ihr aus dem Weg gegangen. Aber dass sie der Kriminalpolizei solche Flausen in die Köpfe gesetzt hatte, das brachte das Fass zum überlaufen. Frank sah sich in der Kneipe um.

„Bitte nicht so laut, Steffi!", sagte er mit Blick auf zwei ältere Herren, die schon empört von ihrem Essen aufgeschaut hatten. Er runzelte die Stirn und sagte finster: „Linda ist nicht mehr sie selbst. Ich habe ihr ein Ultimatum gestellt. Wenn sie ihr unmögliches Verhalten nicht bald abstellt, werde ich mich von ihr trennen."

Seit Adrianas Verschwinden hatte Frank im Gästezimmer geschlafen. So kannte er Linda nicht. Ihr bisheriges Leben war harmonisch und ruhig und genau das war es, was Frank sich vom Leben wünschte: Arbeit, Ruhe und Zufriedenheit. Der jetzige Zustand zerrte an seinen Nerven und machte ihn immer unzufriedener. Als Linda von seinem Treffen mit Steffi erfuhr, war sie völlig ausgetickt und beschuldigte Steffi nun auch noch, ihr den Mann wegzunehmen. Frank hatte gesagt, dass er sich aus Rücksicht auf sie außerhalb mit Steffi traf. Aber egal was er sagte, Linda hatte sich in ein keifendes Monster verwandelt. Darauf hatte er ihr gesagt, dass sie sich psychologische Hilfe holen sollte. In ihrer Wut hatte Linda wüste Beschimpfungen gegen ihn und Steffi ausgestoßen. So kam es, dass er Linda ein fünftägiges Ultimatum gestellt hatte.

Er sah Steffi an: „Sie werden auch Erika befragen und sie wird nicht gegen dich sprechen. Mach dir keine Sorgen!"

Steffi hatte sich bereits wieder im Griff. Frank hatte recht. An den Anschuldigungen war nichts dran und das würde sich auch aufklären.

„Warum meldet sich Adriana nicht? Leo meldet sich auch nicht! Ich mache mir Sorgen!", wechselte Steffi das Thema.

„Ja", erwiderte Frank, „Eigentlich hat sie ja geschrieben, dass sie sich meldet. Dass da was nicht stimmt, wissen wir ja. Aber wir haben absolut keinen Anhaltspunkt. Wir können nichts tun!"

„Das ist es ja, was mich so fertig macht." Steffi war am Verzweifeln.

Und wieder ergingen sich die beiden in endlosen Diskussionen und Vermutungen. Spät in der Nacht verabschiedeten sich beide frustriert. Frank ging zu Fuß nach Hause und Steffi nahm sich ein Taxi.

## 40.

Er war zwar ein paar Mal vor Erschöpfung auf der Couch eingenickt, aber im Großen und Ganzen hatte Leonhard die Nacht durchwacht. Seine Lage war denkbar ungünstig. Selbst wenn er es schaffte durch die Tür zu kommen, wohin dann? Er hatte noch gut in Erinnerung wie Sven mit Gepäck und ihm selbst auf der Schulter gerannt war. Innerhalb kürzester Zeit hätten die Vampire ihn wieder eingefangen. Und dann war da noch die Drohung. Er wollte Adriana und Steffi keine Schwierigkeiten machen. Wenn er ihnen doch nur eine Nachricht zukommen lassen könnte. Er nahm sich vor, William davon zu überzeugen, dass Adriana wissen sollte, dass es ihm gut ging, weil sie sonst Himmel und Hölle in Bewegung setzen würde, ihn zu finden.

Und das Experiment? Leonhard glaubte nicht daran, dass er die Höhle hier lebend verlassen würde, wenn die Vampire hatten was sie wollten. Er musste sich unbedingt einen Plan überlegen, wie er seine Entdeckung geheim halten konnte.

Bis dahin musste er so tun, als ob er ernsthaft nach einer Lösung sucht. Und er musste möglichst viel über William und diesen Ort herausfinden, sich vielleicht sogar Vertrauen erwerben oder zumindest unentbehrlich machen.

Als sich die Tür öffnete kam der livrierte Butler herein und brachte ein Frühstück. Leo beachtete ihn ebenso wenig wie dieser ihn. Er ging ins Bad und machte sich ein wenig frisch. Er fand neben Zahnputzzeug auch altmodisches Rasierzeug vor. Davon würde er später Gebrauch machen. Jetzt hatte er Hunger und Leonhard sah keinen Grund, das Frühstück verkommen zu lassen.

Wie er erwartet hatte, erschien William nach dem Frühstück. Diesmal setzte sich William nicht an den Tisch, sondern stellte sich breitbeinig vor das Riesenbild. Er beobachtete Leonhard, der noch einen Kaffee trank. Schließlich fing er an, auf und ab zu gehen.

„Ich hoffe sehr, dass Sie eine angenehme Nacht hatten", fing er an, und als er nicht gleich weitersprach meinte Leonhard: „Sie wissen, dass es nicht so war."

Doch William zog nur kurz die Augenbrauen hoch. „Nun, dann hatten Sie ja eine Menge Zeit, Ihre Lage zu überdenken." Er blieb stehen und sah Leonhard direkt an. „Und ich hoffe, dass Sie sich dafür entschieden haben, für uns zu arbeiten." Noch immer sah er Leonhard an. Sein Blick war fast schon lauernd.

Leonhard trank seinen Kaffee aus und sagte mit Abscheu im Blick: „Habe ich eine andere Wahl?"

Doch William war heute etwas gestresst. Es sah so aus, als wollte er das Gespräch mit Leonhard so schnell wie möglich hinter sich bringen. Daher sagte er nur kurz: „Nein, haben Sie nicht." Er ging voran in das Arbeitszimmer oder Labor und winkte Leonhard ihm zu folgen.

„Sie haben hier alles was Sie für Ihre Arbeit brauchen. Sollten Sie etwas benötigen, können Sie mich oder einen meiner Männer über dieses Telefon darüber informieren. Ich erwarte, dass Sie sofort beginnen." Er wies auf das Telefon und verließ den Raum ohne ein weiteres Wort.

Offenbar hatte es William eilig. Leonhard zuckte mit den Schultern und ging in den Raum, der sein Schlafzimmer darstellte. Er öffnete den Kleiderschrank und dort lagen etwas verloren zwei weiße Leinenhosen und zwei weiße Arbeitskittel. Auf einem Bügel hing ein weiterer Anzug, gleich dem, den er bereits trug und ein weißes Hemd. In der Schublade befanden sich Socken und Unterhosen, noch in der Originalverpackung. Leonhard seufzte schicksalsergeben. Wenigstens wurde er hier mit allem versorgt und warum sollte er das nicht ausnutzen. Er zog sich aus und warf den Anzug unordentlich über das Bett. Wenn hier im Schlafzimmer und Bad auch eine Kamera war, dann würde sicherlich bald der Butler kommen und die Sachen ordentlich verstauen. Leonhard duschte, zog die Arbeitskleidung an und verschwand im Labor.

William stand vor den beiden Monitoren und beobachtete den leeren Laborraum. Er hatte die neue Wasserleitung rauschen hören und wartete nun gedankenverloren darauf, dass Leonhard mit der Arbeit begann. Als er Sven ausschickte um Leonhard zu holen, hatte er sich darauf vorbereitet, wieder einen Menschen zu beherbergen und die unterirdische Wohnung mit dem Bild und allen Bequemlichkeiten und Luxus erschaffen lassen.

Er wusste noch, wie schwach die Menschen waren und wie sehr sie das Sonnenlicht vermissten. Er erinnerte sich daran, wie aufwendig es gewesen war, menschliche Wesen zu halten. Die ersten hatte er heimlich in Ketten gehalten. Doch schon die wenigen hatten für einen Haufen Arbeit gesorgt und waren trotzdem viel zu schnell zugrunde gegangen. Dann hatte er es ohne Ketten, aber mit Zellen versucht. Auch hier siechten sie viel zu schnell dahin, obwohl ihnen weniger Blut entnommen worden war. Menschen brauchten Essen, mussten sich waschen und produzierten einen Haufen Unrat. Selbst sein Butler hatte gestreikt, als es hieß, diesen Unrat zu beseitigen. Nein,

menschliche Tankstellen waren zu aufwendig. Als seine Tochter dann auch noch Wind davon bekommen hatte, musste er das mit den Menschen vollständig aufgeben.
Allerdings wurde es auch immer schwerer, unauffällig Blutkonserven zu besorgen. Wenn er keine anderen Aufgaben hatte, schickte er seine beiden Neffen, Georg und Markus, sogar bis ins Ausland. Sie waren loyal. Da war er sich sicher.
Mit Sven verhielt es sich anders. Er gehörte nicht zur Familie. Ihn hatte er damals selbst in Deutschland „rekrutiert". Er war ein Student gewesen, ein eher mieser Student, aber er kannte viele Leute. Jahre lang hatte Sven in der Gen-Forschung spioniert. Leider hatte er auch ein Auge auf Sylvia geworfen. Er konnte es ihm zwar nicht verdenken, so schön wie sie ist, aber für Sylvia wollte William etwas Besseres. Er war froh, dass Sylvia Sven verabscheute und immer der Meinung, dass auch Sylvia etwas Besseres bevorzugte, mindestens einen einflussreichen Industriellen.
Und da war sein zweites Problem: Heute Morgen hatte er einen Anruf erhalten, dass Sylvia in Irkutsk gesehen worden war mit einem Mann an ihrer Seite. Sie war mit ihm in den Zug nach Ulan Ude gestiegen und offenbar auf dem Weg nach Hause. Was das für ein Mann war, konnte der Spion nicht sagen. Aber schon die Tatsache, dass er nicht mit einem dicken Auto, sondern mit dem Zug fuhr, war nicht sehr erfreulich. Wenn es wenigstens der exklusive Zarengold-Zug gewesen wäre!
Williams Spione waren zuverlässig. Es waren zumeist arme Menschen, die keine Arbeit gefunden hatten. Sie bekamen für Informationen Geld und es interessierte sie

nicht, für wen oder was sie arbeiteten. Und William zahlte für gute Informationen gutes Geld.

Da endlich betrat Leonhard das Labor. Er ging zuerst an den Schreibtisch und schien die Unterlagen zu prüfen. Eine Weile beobachtete William Leonhard und dachte nach. Dann rief er nach Edgar, seinem Butler und bat ihn, Sylvias Zimmer und ein weiteres Zimmer für eine männliche Person herzurichten. Nachdem er Georg gebeten hatte, ab und zu ein Auge auf Leonhard zu haben, verschwand er in seinen Privaträumen und tätigte dort ein paar Anrufe. Eine Weile später verließ er seinen unterirdischen Palast und ließ sich in Richtung Ulan Ude chauffieren.

## 41.

Erst als der Zug hielt und der größte Teil der Passagiere ausgestiegen war, verließen die drei Vampire ihr Abteil. Sylvia ließ Thomas und Adriana mit dem Gepäck stehen und ging zu einem Telefon. Doch bevor sie abnehmen konnte hörte sie hinter sich die Worte: „Schön dich wiedermal zu sehen, meine Tochter."
Erstaunt fuhr sie herum. Doch gleich darauf wich ihr Erstaunen dem Misstrauen und ihre Begrüßung fiel kühl aus. „Hallo Vater, offenbar hat sich nichts geändert und du spionierst mir immer noch hinterher."
Doch Williams Gesicht zeigte nichts als Freude. „Aber nicht doch. Ich versichere dir, dass du diesmal rein zufällig gesehen worden bist, gestern in Irkutsk und ich freue mich wirklich sehr, dich zu sehen nach den vielen Jahren. Und nun sollten wir deinen Begleiter nicht länger warten lassen. Ich möchte ihn gern kennenlernen."
William hatte noch nichts von Adriana erfahren. Sylvia war froh, dass die Vorstellung in aller Öffentlichkeit geschah. So konnte sie Thomas und Adriana ihrem Vater vorstellen, ohne dass dieser gleich über sie herfiel.
Adriana sah Sylvia und dem großen Mann entgegen. Es war ein älterer Mann, aber nicht alt. Er strahlte Macht und Überlegenheit aus. Seine Miene allerdings war nichtssagend. Vorhin, als er Sylvia angesprochen hatte, konnte man Freude auf seinen Gesichtszügen erkennen. War das Sylvias Vater? Hatte Sylvia telefoniert? Woher wusste er…?
Sylvia war herangekommen. „Das ist mein Vater", stellte sie vor und wandte sich zuerst an Thomas, „und das ist mein Partner Thomas." Das Wort *Partner* betonte sie

besonders. Doch Williams Gesicht war keine Regung zu entnehmen. Er begrüßte Thomas höflich unter Sylvias misstrauischen Blicken. Dann stellte Sylvia Adriana vor. Adriana hatte William nicht aus den Augen gelassen und so entging ihr der winzige Ausdruck der Überraschung auch nicht. Altmodisch zog er ihre Hand zum Handkuss zu seinem Mund und sagte charmant: „Sehr erfreut, junge Dame. Bitte nennen Sie mich William!" Adriana spielte das Spiel mit, lächelte kokett und sagte: „Aber nur wenn Sie mich Adriana nennen." Ein Lächeln umspielte Williams Mund und er erwiderte. „Sehr gern."
Sylvia unterbrach das höfliche Geplänkel. Sie wusste ja, dass ihr Vater gern spielte. „Vater", begann sie und sicherte sich so seine Aufmerksamkeit. „Sie sind wie wir!" Noch immer hatte Adriana William nicht aus den Augen gelassen und so entging ihr auch der kurze Ausdruck des Unmuts nicht. Doch William blieb äußerlich höflich und sagte nur zu seiner Tochter: „Ich sehe schon, dass du viel zu erzählen hast." Als er sah, das Sylvia Thomas´ Hand ergriff, schnappte er sich Adrianas Koffer und bot ihr seinen Arm an. „Wenn ihr mir bitte folgen würdet. Unser Chauffeur wartet." Adriana blieb wohl nichts anderes übrig als ihre Hand auf Williams Arm zu legen und sich von ihm zum Ausgang des Bahnhofs führen zu lassen. Sie warf Sylvia kurz einen fragenden Blick zu. Sylvia nickte Adriana kurz zu zum Zeichen, dass alles in Ordnung war.
Doch für Sylvia war nichts in Ordnung. Der Vater hatte Thomas viel zu wenig Beachtung geschenkt. Das war nicht gut. Sie wusste ja, dass er mehr von ihrem Partner erwartet hätte, aber Thomas war nun einmal der Mann, der sie liebte, so wie sie war mit allen ihren Fehlern. Sie wusste genau, dass sie für Thomas die einzige Liebe war.

Hatte er nicht sogar ein Buch wegen ihr geschrieben? Das Buch war zwar ein großer Fehler, hatte sie letztlich jedoch zusammengeführt. Es würde ein hartes Stück Arbeit und ein langes Gespräch werden.
Mittlerweile hatten sie den Jeep erreicht und stiegen ein. Mit, wie Sylvia wusste, gespieltem Bedauern in der Stimme entschuldigte sich William wortreich bei Adriana und auch bei Thomas, dass er ihnen Augenbinden anlegen musste. Beide ließen das wortlos über sich ergehen und kurz darauf fuhr der Jeep los.
Adriana kam die Zeit lang vor. Da sie nichts sehen konnte und keiner während der Fahrt sprach hing sie wiedermal ihren Gedanken nach. Was Sylvia von ihrem Vater erzählte hatte, machte Adriana von vorn herein misstrauisch. Deshalb waren ihr die kleinen Feinheiten in Williams Mimik aufgefallen und sie wusste, dass die ausgesuchte Höflichkeit und Freundlichkeit nur aufgesetzt war. Mit außergewöhnlicher Schönheit wie Sylvia konnte sie auch nicht dienen. Sie erinnerte sich an ihr Erlebnis mit ihrem Spiegelbild im Zug. Zuerst hatte sie eine Fremde angestarrt. Aber je länger Adriana sich betrachtet hatte, desto mehr hatte sie ihre Gesichtszüge wiedererkannt. Die Haut war irgendwie glatter, straffer und irgendwie härter oder fester geworden. Sie hatte sich gewohnheitsmäßig mit hohlen Händen Wasser ins Gesicht geschaufelt. Aber die Haut war nicht nass gewesen. Das Wasser war abgeperlt. Die Augen, Lippen und Nase hatten sich nicht verändert, nur irgendwie waren die Konturen schärfer. Und ihre Haare waren glänzend und überhaupt nicht fettig, obwohl sie sie seit mehreren Tagen nicht mehr gewaschen hatte. Okay, das war ganz schön praktisch. Überhaupt war das Vampirdasein

irgendwie leichter, einfacher. Wie würde es sein, wenn sie nie wieder eine Gesichtsmaske brauchte oder Augenbrauen zupfen. Die ganze Körperpflege schien wegzufallen. Würde da nicht etwas fehlen?
Auch die Sache mit der Schnelligkeit war cool. Sie erinnerte sich an den Grenzübergang. Sie konnte fast mühelos mit Sylvia und Thomas mithalten. Thomas hatte ihr gesagt, dass sie bald genauso schnell und stark wie er oder Sylvia sein würde, wenn sie vollständig verwandelt sei, also das eigene Blut aus dem Körper aufgebraucht wäre.
Mittlerweile war wohl die Verwandlung abgeschlossen. Mit leichtem Unwohlsein dachte sie an Leonhard. Würde er sie auch weiterhin lieben? Würde er sie verabscheuen? Ihre Zukunft war in einer Dunkelheit verschwunden, in der sie keinen Lichtschimmer finden konnte. Leonhards Zurückweisung wäre unerträglich. Was soll sie ohne Leonhard anfangen? Was soll sie überhaupt als Vampir in dieser Welt, wenn nicht ein Partner an ihrer Seite wäre. Adriana musste an Sylvia denken, die ja auch allein gewesen war, bevor sie Thomas kennengelernt hatte. Plötzlich hatte Adriana Angst vor dem Wiedersehen mit Leonhard. Doch das Wiedersehen musste sein. Mit der Ungewissheit zu leben war noch schlimmer.
Vielleicht musste sie sich auch bald gar keine Gedanken mehr machen, nämlich dann, wenn William mit ihrer Existenz nicht einverstanden war.
Sie zuckte zusammen als jemand sie am Arm aus dem Auto zog. Ihre düsteren Gedanken hatten sie so beschäftigt, dass sie überhaupt nicht gemerkt hatte, dass der Jeep angehalten hatte. William führte sie wieder. Die

Augenbinden wurden ihnen erst in dem ovalen Saal mit dem großen Tisch abgenommen.

William hatte sie für einen Augenblick allein gelassen und nun saßen sie alle an der großen Tafel, William an der Stirnseite, Silvia mit Thomas links von ihm und Adriana rechts. Keiner sagte ein Wort. Auch Adriana nicht, obwohl sie am liebsten William angeschrien hätte. Doch dieses ganze Getue und die Umgebung hielten sie davon ab. Sie saß mit versteinerter Miene, wie alle anderen, an dem Tisch und starrte ins Nichts. Sie hatte das Gefühl, dass alle anderen Gesten, Gefühls- oder gar Wutausbrüche vollkommen unangebracht waren und streng bestraft werden würden. Wahrscheinlich dauerte dieser Zustand nur fünf Minuten, für Adriana war es eine Ewigkeit. Irgendwann spürte sie, dass Sylvia sie anstarrte und als sie ihr in die Augen blickte, fand sie dort dieselbe Ungeduld und mühsam zurückgedrängte Wut, wie bei ihr selbst. Langsam, ganz langsam ließ sie ihre Augen zu Thomas wandern und fand dort Unsicherheit und Ungeduld. Der einzige, der die Situation offensichtlich genoss war William. Sie spürte das, obwohl sie ihn nicht ansah. Mittlerweile war ihr ganzer Körper in einem derart angespannten Zustand, dass sie regelrecht zusammenzuckte als der Butler mit vier gefüllten Kristallgläsern den Saal betrat.

William lächelte undurchdringlich. Sylvia lächelte nicht und Thomas sah genauso angespannt und erschrocken aus wie Adriana.

Kurz darauf stand vor jedem ein Kristallglas. Nach der gefühlt ewigen Stille klang Williams Stimme donnernd und noch einschüchternder als er das Glas erhob und sagte: „Auf uns!"

Adriana fand, dass das Blut hier besser schmeckte. Lag es an den Kristallgläsern? Oder lag es daran, dass es irgendwie leicht erwärmt war? Bisher kannte sie Blut nur aus den gekühlten Blutbeuteln aus Sylvias Koffer. Auch wenn sie Angst vor William und seinem einstudiert wirkenden Gehabe hatte: Sie musste zugeben, dass er Stil hatte.
Als Sylvia ihr Glas geleert hatte sagte sie zu ihrem Vater: „Mit deiner Erlaubnis werden wir uns jetzt zurückziehen."
Adriana war wieder zusammengezuckt, vor Schreck, dass Sylvia es wagte, etwas zu sagen. Aber natürlich war diese Reaktion total affig. Niemand hatte etwas von Redeverbot gesagt.
„Aber meine Liebe", antwortete William, „wir haben für deinen Gefährten natürlich ein eigenes Zimmer herrichten lassen. Es liegt direkt neben deinem." Die kleine Pause zwischen den Wörtern „deinem" und „Gefährten" war Sylvia aufgefallen und quittierte dies und die Tatsache, dass ihr Vater getrennte Räume wünschte, mit einem zornigen Funkeln in den Augen. Sie wollte etwas erwidern, doch William kam ihr zuvor und sagte. „Es wäre schön, wenn du mich in meinen Räumen aufsuchst, sobald du ihm sein Zimmer gezeigt hast. Ich werde nur schnell unserem bezaubernden Überraschungsgast das Zimmer zeigen, welches Edgar in der Kürze der Zeit leider nur notdürftig vorbereiten konnte." Sein Ton machte klar, dass Sylvia den Befehl erhalten hatte, bei ihrem Vater zu erscheinen und beinhaltete auch den Vorwurf, dass Überraschungsgäste nicht unbedingt erwünscht waren.
William bot Adriana wieder seinen Arm an, welchen sie annahm und zu einer Tür gleich neben dem großen

Eichenportal geführt wurde während Sylvia die gegenüberliegenden Türen ansteuerte. Vor der Tür blieb William stehen und sagte zu Adriana: „Es ist mir außerordentlich unangenehm, dass Ihr Zimmer nicht angemessen hergerichtet werden konnte. Aber ich bin sicher, dass Edgar dies bis zur Nachtzeit nachgeholt haben wird. Bitte machen Sie es sich dennoch bequem. Ich werde Sie zum Nachtmahl holen lassen." Er öffnete die Tür und ließ Adriana eintreten. Hinter ihr wurde die Tür wieder geschlossen und Adriana war allein. Sie hatte Williams Worten entnommen, dass sie das Zimmer nicht verlassen durfte, bis sie geholt wurde.

Da der Zug in den Vormittagsstunden in Ulan Ude angekommen war und das Blut vorhin offensichtlich als Mittagsmahl galt, nahm Adriana an, dass sie noch eine ganze Menge Zeit bis zum „Nachtmahl" hatte. Sie sah sich um. Der Raum wurde von einem riesigen Bett dominiert. Das Bett hatte an allen vier Ecken Säulen mit filigran geschnitzten Mustern und ein hölzernes Dach. Es konnte mit Hilfe der am Himmel und an den Bettpfosten befestigten weinroten Samtvorhängen komplett verschlossen werden. Außer einer Matratze, die mit demselben Stoff wie die Vorhänge bezogen war, war das Bett leer. Rechts vom Bett stand ein großer Spiegel, dessen Rahmen ähnliche Schnitzereien wie die Bettpfosten aufwies. Links vom Bett stand ein Regal mit einem Krug und Porzellanschüsseln, wobei eins der Gefäße verdächtig einem Nachttopf ähnelte. Dann befanden sich noch ein antiker Kleiderschrank und ein passender Sekretär in dem Raum, der nur durch zwei Wandleuchter auf beiden Seiten des riesigen Bettmonsters beleuchtet wurde. Vor dem Bett stand ihr Schalenkoffer, welcher natürlich ein beißender Gegensatz zum Rest des Zimmers war. Misstrauisch beäugte Adriana noch einmal das Regal mit dem Porzellan. Sollte dies etwa so etwas wie ein Badezimmerersatz sein? Ein Nachttopf? Doch da fiel Adriana ein, dass sie auf der ganzen Reise nicht ein einziges Mal eine Toilette benutzen musste. Erleichtert fiel ihr auch ein, dass Sylvia ihr in ihrer schnellen Einweisung ins Vampirdasein auch gesagt hatte, dass Blut vollständig verwertet wird. Wasser und andere nicht schädliche Flüssigkeiten wurden zum großen Teil verwertet und nur ein kleiner Rest wieder ausgeschieden. Wenn sich Adriana also nur an Blut halten würde, konnte sie die peinliche Benutzung des Nachttopfs verhindern.

Adriana ging zu dem Kleiderschrank und öffnete ihn. Darin fand sie nur drei ordentlich zusammengelegte weiße Tücher in Handtuchgröße. Sie hing die neuen in Moskau gekauften Sachen auf den einzigen vorhandenen Bügel. Ihre Jeans und ihr T-Shirt legte sie ordentlich in eines der leeren Fächer. Diesen beiden Kleidungsstücken entströmte ein vertrauter Duft. Erstaunt stellte Adriana fest, dass dieser Duft sehr intensiv war und sie ganz deutlich auch Leonhards Note ausmachen konnte. Diese Sachen hatte sie getragen, als sie noch ein Mensch war und diese Sachen hatte sie auch getragen als sie mit Leonhard zusammen war.

Übrig war jetzt nur noch ein kleines Kosmetikköfferchen. Dieses nahm sie mit zu dem Sekretär und öffnete ihn. Überrascht sah sie dass der Sekretär nicht leer war. Er beinhaltete Bücher, ein paar Bogen dickes Papier, ein Tintenfässchen und – oh Wunder – einen Füllfederhalter mit Konverter. Adriana hatte so etwas schon einmal für 500 Euro in einem exklusiven Schreibwarengeschäft gesehen. Der Füller steckte in einer Halterung, in welcher sich auch ein gewöhnlicher Bleistift und ein Radiergummi befanden.

Neugierig zog Adriana ein antikes Buch hervor. *Die Österreichisch-Ungarische Monarchie in Wort und Bild*. Sie stellte es vorsichtig wieder zurück. Die anderen Buchrücken verrieten ihr außer dem Namen *James Cook* und *Alexander von Humboldt* nichts.

Adriana öffnete ihr Kosmetikköfferchen und räumte den wenigen Inhalt hervor. Nachdenklich besah sie sich ihre Moskauer Einkäufe. Alles was vor ihr lag waren Dinge, die sie spontan und ohne weiter zu überlegen mitgenommen hatte. Zuerst war da der Lippenstift. Er war blutrot. Eine solche kräftige Farbe hatte sie nie zuvor gehabt. Das zweite war ein kleines Fläschchen Parfüm. Ihr wurde auch hier bewusst, dass sie den schweren süßlichen Duft nie gemocht hatte. Jetzt aber atmete sie den Duft tief ein und war wie berauscht davon. Mit dem Fläschchen unter der Nase betrachtete sie die zwei kleinen mit schwarzem Samt überzogenen Kästchen. Sie tupfte sich einige Tropfen des Parfüms unter die Nase und stellte das Fläschchen ab.

Das Schmuckgeschäft hatte sie magisch angezogen. Sie erinnerte sich, dass sie wie im Trance auf den tiefroten Tropfenanhänger, der mit blitzenden Swarovski-Kristall-Splittern eingefasst war, zugegangen war.

Adriana öffnete das erste Kästchen. Darin lag der Anhänger und auch hier wurde Adriana wieder bewusst, dass dies normalerweise Schmuck war, den sie vor zwei Wochen samt den dazugehörigen Ohrringen links liegen gelassen hätte. Beidem hatte sie in Moskau nicht widerstehen können.

Adriana fasste sich an den Hals und fühlte dort den Eiskristall, den Leonhard ihr an ihrem ersten gemeinsamen Weihnachtsfest geschenkt hatte. Sie ging zu dem Spiegel und betrachtete ihn nachdenklich. Er war immer noch schön, aber irgendwie kalt und farblos. Wie von selbst öffnete Adriana den Verschluss der Silberkette und fing den Eiskristall auf. Sie nahm den Tropfenanhänger heraus und legte den Eiskristall in das Samtkästchen. In dem Kästchen sah er viel schöner aus, staunte Adriana. Doch sie fädelte den Tropfenanhänger auf und ging zum Spiegel. Sie verschloss die Kette. Der dunkle Stein funkelte geheimnisvoll in dem warmen gelben Licht des Raumes, während die Kristallsplitter wundervoll glitzerten. Adriana holte den Lippenstift und legte ihn auf. Das Ergebnis war berauschend. Sie stand immer noch so da als die Tür aufging.

Derselbe Mann in Livree, der das blutige Mittagsmahl serviert hatte, schob einen Wagen vor sich her und schloss die Tür hinter sich.
Außer „Sie entschuldigen!" sagte er nichts und schob den Wagen bis vor das Bett. Adriana ging zu dem Stuhl vor dem Sekretär und räumte langsam ihren Kosmetikkoffer wieder ein. Sie klappte das Köfferchen gerade zu als der Butler sich räusperte. Als sie aufstand und ihn ansah sagte er: „William bittet Sie, dieses Kleid anzuziehen mit dem Hinweis, dass alle Anwesenden in einem solchem Aufzug erscheinen werden. Er wird Sie in Kürze abholen." Der Butler wies auf das auf dem Bett ausgebreitete Kleid und verließ den Raum.
Adriana starrte das Kleid an. Es war tiefrot, in genau derselben Farbe wie ihr neuer Schmuck. Am Ausschnitt

und am Rocksaum war es mit schwarzer Stickerei versehen. Sie ging zum Bett und strich über den herrlich weichen Stoff und hob das Kleid hoch. Von weitem sah es aus, wie eine Filmrequisite aus *Vom Winde verweht*. Aber Adriana bemerkte den Reisverschluss an der Seite. Durch die Schnürung auf dem Rücken konnte das Kleid figurnah angepasst werden. Sie wollte das Kleid wieder aufs Bett legen als ihr der schmale Reifrock auffiel. So sehr wie sie William verabscheute, aber diesem Kleid konnte Adriana nicht widerstehen. Sie stieg in den Reifrock und zog das Kleid über. Sie musste die Schnürung noch einmal korrigieren aber dann trat sie vor den Spiegel.

Erneut betrachtete Adriana die vertraute Fremde in dem Spiegel. Und was sie sah, gefiel ihr sehr. Fürs Haar hatte sie leider nichts, so dass sie nur mit dem Fingern ein paar Mal durchfuhr. Dann bewegte sie sich vorsichtig ein paar Schritte hin und her, um sich an das Tragegefühl zu gewöhnen. Sie räumte ihre Sachen in den Schrank und wartete nun auf William.

Sie sah sich nochmal in ihrem Raum um und bemerkte, dass der Butler ein paar Kissen auf das Bett gelegt hatte und eine dünne Decke, beides in goldenem Satin mit schwarzer Stickerei. Außerdem war der große Porzellankrug jetzt mit Duftwasser gefüllt und ihr Schalenkoffer lag ordentlich verschlossen im Kleiderschrank.

Adriana dachte sich, dass es nur von Vorteil sein konnte, wenn sie William beeindruckte. Jetzt war sie schon viel eher eine Konkurrenz für Sylvia. Vorsichtig probierte sie das Hinsetzen mit dem Kleid und stand wieder auf, aus Angst es jetzt schon zu zerknittern. Was auf sie zukam wusste sie nicht, aber Adriana nahm sich fest vor, William nach Leonhard zu befragen. Es musste sich einfach eine Möglichkeit ergeben.

## 42.

„Mein Liebling, ich habe dich so vermisst." William hielt seine Tochter fest umschlungen. Sylvia wusste, dass er das ehrlich meinte. Ihr Vater liebte sie wirklich. Schließlich führte er sie zu einem Sofa und sie setzten sich beide.
„Nun, willst du mir erzählen, wie es dir ergangen ist?" fragte er und sah sie an.
Sylvia hatte keine Lust sämtliche Details ihrer Odyssee durch Russland, Polen, Deutschland, Schweiz, Belgien und Kanada zu erzählen. Sie wollte so schnell wie möglich zum Punkt kommen und fasste die ersten Jahre bis zu ihrem Aufenthalt in der Schweiz in knappen Worten zusammen. Sie beobachtete ihren Vater ganz genau als sie von ihrer Begegnung mit Thomas und seinem Buch erzählte und wie sie sich in ihn verliebt hatte.
William jedoch zeigte keine Regung. Er sagte nur: „Ich hatte mir für dich zwar etwas anderes vorgestellt, aber wenn du ihn liebst, dann muss ich das wohl akzeptieren."
Diese Worte setzen Sylvia mehr in Alarmbereitschaft, als wenn er sie angeschrien hätte. Doch auch Sylvia konnte gut schauspielern und tat so, als würde sie sich riesig über sein Einlenken freuen. Sie würde Thomas mit Argusaugen bewachen müssen und würde – sobald es ihr möglich ist – zusammen mit ihm wieder verschwinden.
Wenn es ihr gelänge, die Sache mit Leonhard und Adriana zu klären wäre das gut, wenn nicht, würde sie trotzdem verschwinden und die beiden ihrem Schicksal überlassen müssen. Vorher jedoch musste sie vor Thomas beweisen, dass ihr das Schicksal der beiden nicht egal war. Wenn sie tief in ihr Herz sah, war ihr das auch nicht egal. Wenn sie sich aber zwischen Thomas und den beiden entscheiden

müsste, dann stand ihre Wahl fest. ‚Verflucht aber auch‘, dachte sie, ‚Warum muss das alles so kompliziert sein?‘
All diese Gedanken waren sorgfältig hinter einer Maske aus blindem Vertrauen und Liebe zu ihrem Vater versteckt. Und so sagte sie zu ihrem Vater: „Ich bin so froh, dass du das tust."
William lächelte seine Tochter an und bat sie, nun auch noch den Rest zu erzählen. Sylvia überlegte kurz, was sie von Adriana erzählen sollte und entschied sich dann, alles zu erzählen ohne Ausnahme. William konnte nur mühsam seine Wut über die Vorkommnisse in Roßbach beherrschen. Wenn Sven nicht gewesen wäre, hätte Adriana nicht konvertiert werden müssen. Er sagte zu Sylvia: „Du hast alles richtig gemacht. Ich werde Sven zur Rede stellen. Adriana wäre uns als Mensch noch viel nützlicher gewesen."
„Das heißt also, dass dieser Leonhard tatsächlich hier ist und dass es stimmt, was Adriana erzählt: Er kann das mit dem Blut machen? Oder nicht?" fragte sie.
William wirkte nachdenklich und sagte schließlich zu seiner Tochter: „Zumindest haben wir jetzt ein Druckmittel, dass dieser Leonhard alles daran setzt, dass wir nie wieder Probleme mit dem Blut haben und vielleicht einen Haufen Geld machen können. Ich überlege nur, ob es schlau ist, ihm zu verraten, dass seine Freundin ein Vampir ist." Er starrte auf irgendeinen Punkt hinter Sylvia und sagte schließlich. „Lass mich noch ein bisschen darüber nachdenken. Wir veranstalten zum Nachtmahl eine kleine Feier. Tu mir den Gefallen und wähle dir eins deiner schönsten Kleider." Er reichte seiner Tochter den Arm und begleitete sie hinaus und in ihr Zimmer.

Als Sylvia allein war ließ sie sich auf einem Stuhl nieder und dachte kurz nach. Schließlich rief sie nach Edgar.
Der Butler trat steif ein und verneigte sich während er laut nach ihren Wünschen fragte. Doch als Sylvia auf ihn zukam verlor sich plötzlich alle Steifheit und Edgar breitete seine Arme aus. Sylvia ließ sich auffangen und umarmte Edgar ebenfalls. „Ich hab mir Sorgen um dich gemacht, Kind, Georg und Markus auch. Du hast uns so gefehlt." Doch plötzlich zuckte Sylvia unsicher zurück und ihr Blick huschte suchend an der Decke und den Wänden entlang. „Keine Angst!", sagte Edgar „Du wirst nicht überwacht, Georg und Markus auch nicht. Deine Cousins haben sich ihm gegenüber bewährt, stehen aber nach wie vor zu dir. Doch wir müssen vorsichtig sein. Sven lauert dir immer noch auf und William scheint deinen Thomas nicht zu mögen. Er wird überwacht."
„Danke Edgar, wenn ich dich nicht hätte." Sylvia sah den Butler liebevoll an. Dieser antwortete: „Seit dem Tod deiner Mutter gehört meine Loyalität dir. William dürstet es immer mehr nach Macht und hat meine anfangs bedingungslose Loyalität ihm gegenüber seit seiner Mordserie damals völlig verloren. Während ihr nach dem Mord an unserem Konvertierer Reue gezeigt habt, wurde es bei ihm immer schlimmer. Seit dem empfinde ich nur noch Abscheu für ihn und es fällt mir immer schwerer, das zu verbergen. Doch nun sag mir, was ich für dich tun kann! Ich muss noch ein paar Vorbereitungen treffen."
Sylvia dachte kurz nach. „Ich werde heute Abend das dunkelblaue Kleid mit den Silberapplikationen anziehen. Bring mir das Topasensemble aus dem Familienschmuck!" Sie sprach diese Worte laut und deutlich und Edgar nahm seine steife Haltung wieder ein.

„Sehr wohl!", sagte er, zwinkerte ihr noch einmal zu und verließ den Raum.

William sah Sylvia hinterher und überlegte. Er kannte noch jemanden, der mit der Partnerwahl seiner Tochter nicht einverstanden war. Die Uhr verriet ihm, dass noch ausreichend Zeit bis zum Nachtmahl war. Vielleicht konnte er sich so gleich zweier Unerwünschter entledigen. Eine Weile lief er noch tief in Gedanken versunken hin und her. Schließlich fasste er einen Entschluss und ging zu Sven.
„Du wirst ihn töten!" Das war ein Befehl und Sven hatte die Wahl, ihn zu befolgen oder sich William entgegen zu stellen. Beides hatte unangenehme Konsequenzen. Offenbar wartete William auf eine Antwort.
„Dann wird mich Sylvia noch mehr hassen. Sie wird Rache an mir üben", sagte er ausweichend. Doch Williams Mund verzog sich verächtlich.
„Sylvia wird dir niemals gehören. Aber wenn du mir gehorchst, steigst du wenigstens in meiner Gunst." Er zeigte auf den mitgebrachten Koffer und sagte: „Öffne ihn!"
Sven sah William misstrauisch an aber er öffnete den Koffer. Der ganze Koffer war voller Geld. William hob den Zwischenboden an. Darunter lagen nicht wie vermutet die Blutbeutel sondern ein Schlüsselbund und eine Karte.
„Das sind die Schlüssel zu einen Schloss in Schottland, was ich meiner Tochter zur Hochzeit schenken will, wenn ich für sie einen geeigneten Partner gefunden habe. Da es eine Überraschung sein soll, weiß sie nichts davon. Dorthin kannst du dich für die nächsten Jahre absetzen

und mit dem Geld kannst du dir ein luxuriöses Leben gönnen. Wenn Sylvia irgendwann einen geeigneten Mann heiratet, dann wirst du zu mir zurückkehren!"
William wartete nun auf Svens Entscheidung. Er hatte mit seiner Gier gerechnet und seinen Plan darauf gebaut. Offenbar lag er richtig, denn nach kurzem Überlegen fingen Svens Augen an zu glänzen und er sagte: „Ok, was muss ich tun? Wie sieht der Plan aus?"

Edgar hatte William in Svens Räumen verschwinden sehen. Mit einem Koffer. Er hatte den Saal vorbereitet und wartete nun auf William, weil er sich den von Sylvia gewünschten Schmuck geben lassen wollte. Vorsichtig näherte er sich der Tür und lauschte. Es war nichts zu hören und da William jederzeit wieder herauskommen konnte entfernte er sich lieber und wartete in seiner gewohnten steifen Haltung und mit desinteressierter Miene an der Tür zu Williams Bereich. Er musste nicht lange so stehen. William kam bald zurück – ohne Koffer – und verzog ärgerlich das Gesicht, als er Edgar sah. Er herrschte ihn an: „Was ist?"
„Ihre Tochter möchte gern das Topasensemble aus dem Familienschmuck am heutigen Abend tragen. Ich wurde beauftragt, es ihr zu bringen."
Seine Worte kamen in einer derart gleichgültigen und gelangweilten Tonlage, dass Williams Miene freundlicher wurde und dem Butler winkte ihm zu folgen. Zudem freute es ihn, dass seine Tochter sich für den Abend schön machen wollte. Er übergab Edgar das gewünschte Geschmeide und zog sich nun ebenfalls zurück, um sich für den Abend angemessen zu kleiden.

Er setzte sich mit zufriedener Miene in einen Sessel. Was Leonhard betraf, so wollte er ihn erst einmal lassen wo er war. Diese Sache hob er sich für später auf. Immer eins nach dem anderen. Zudem war diese Adriana interessant – sie hatte etwas. Ihre Gesellschaft war irgendwie erfrischend und das wollte er noch ein wenig genießen. Irgendwann schlüpfte Sven durch die Tür und schloss sie rasch wieder. William stand auf und holte aus der untersten Schublade eines alten Schrankes einen langen, in Tücher gewickelten Gegenstand hervor. Diesen gab er Sven mit den Worten. „Versteck dich lieber. Edgar hat mich gesehen." Sven nickte und verschwand in Williams Schlafzimmer.

William blieb noch ein Weilchen nachdenklich sitzen. Schließlich rief er nach Edgar: „Ist alles bereit?"

Als der Butler bejahte fuhr er fort: „Dann soll das Nachtmahl jetzt beginnen. Ich werde mich um unseren weiblichen Überraschungsgast kümmern. Sven und unser Wissenschaftler sind nicht eingeladen."

William ging an Edgar vorbei und wandte sich der Tür zu, hinter der Adriana einquartiert worden war. Edgar wusste, was zu tun war Er folgte William aus dem Raum und schloss die Tür hinter sich.

## 43.

Adriana war lange Zeit auf und ab gegangen. Sie hatte sich eins der Bücher hervorgeholt und blätterte darin herum, ohne wirklich den Inhalt wahrzunehmen. Sie war so in Gedanken versunken, dass sie nicht hörte, wie sich die Tür öffnete. Sie zuckte deshalb erschrocken zusammen als Williams Stimme ertönte: „Es freut mich, dass Sie meinem Wunsch gefolgt sind."
Sie richtete sich auf und William hob erstaunt die Augenbrauen: „Sie sehen umwerfend aus. Das Kleid steht Ihnen ausgezeichnet." Dann warf er einen Blick auf das aufgeschlagene Buch. Adriana sah das und sagte kokett. „Danke William. Die Wahl des Kleides war wirklich vorzüglich, ebenso wie die Wahl der Literatur in diesem Sekretär."
William schmunzelte und nahm die Schmeichelei gnädig an. „Ich denke wir werden uns hervorragend amüsieren."
Er reichte ihr den Arm und führte sie aus dem Raum. Adriana spielte das Spiel mit und überlegte sich, wie sie ihm möglichst unauffällig beibringen konnte, dass man nicht einfach so ohne anzuklopfen das Zimmer einer Dame betrat. Oder hatte sie es nur nicht gehört?
An der deutlich verkürzten Tafel saßen bereits die übrigen Gäste: Sylvia, Thomas und noch zwei junge Männer, um die sich jede Modelagentur geprügelt hätte. Alle trugen Kleidung aus derselben Epoche. Der Butler stand abwartend vor dem großen Eichenportal. Er hielt eine edle mit Blut gefüllte Kristallkaraffe in den Händen.
„Ich möchte Euch die wunderschöne Adriana vorstellen." sagte William zu Georg und Markus. Beide standen auf als William sich ihnen näherte. „Und das, meine Liebe, sind

Georg…" Georg verneigte sich formvollendet. „…und Markus." Markus verneigte sich ebenfalls. Beide verhielten sich höflich aber distanziert und gingen zurück auf ihre Plätze als William Adriana zu ihrem Platz führte, welcher gleich neben ihm und gegenüber von Sylvia war. Sylvia lächelte sie anerkennend an und wandte sich dann an ihren Vater. „Wo ist Sven? Kommt er nicht?"
William zog kurz verärgert die Stirn kraus: „Sven ist nicht geladen. Ich möchte ihn nicht sehen." Dann setzte er wieder seine freundliche Miene auf und winkte dem Butler. Zu Adriana sagte er: „Ich hoffe Ihnen gefällt die kleine Feier." So entgingen ihm die kurzen vielsagenden Blicke, welche sich Sylvia und Edgar zuwarfen.
Auf einen Wink von William füllte Edgar allen die Gläser. Er nahm sein Glas und sagte: „Auf eine schöne Feier."
Alle erhoben die Gläser und tranken. Und William ließ keine lange Weile aufkommen. Er erzählte kleine Anekdoten aus seiner Vergangenheit und lockerte so die Runde auf. Alle spielten mit - alle - außer Thomas und Adriana. Sie saßen nur da und lächelten höflich.
Inzwischen hatte der Butler für Musik gesorgt und aus versteckten Lautsprechern kam klassische Musik. William forderte seine Tochter zum Tanzen auf und die beiden schwebten im Wiener-Walzer-Rhythmus über die freigeräumte Fläche des Saales. Adriana betete stumm, dass sie als einzige andere Frau nicht zum Tanzen aufgefordert werden würde. Vergeblich! Einer der beiden Brüder stand urplötzlich neben ihr.
„Darf ich bitten, schöne Frau?" Adriana nahm den ihr dargereichten Arm und stand auf.
„Ich kann nicht tanzen", raunte sie ihm zu und überlegte ob das Georg oder Markus war.

Doch er lächelte und sagte: „Das glaube ich nicht. Doch auch wenn es so sein sollte: Mit mir können Sie tanzen. Garantiert!" Er zwinkerte ihr zu und führte sie ein Stück von der Tafel weg.
Adriana warf ihm einen bedauernden Blick zu. „Ich habe Sie gewarnt!" Doch er lachte nur, nahm die Tanzhaltung ein und legte los. Und Adriana? Sie hatte gar keine Wahl und bewegte sich automatisch mit. Es schien, als gehörten ihr ihre Beine nicht mehr und ihr Tanzpartner musste über ihr verdattertes Gesicht lachen. „Vampire die nicht tanzen können, gibt es nicht! Das stammt noch aus der alten Zeit, als wir die Menschen noch verführen mussten."
„Sie sind Markus, stimmt´s?", fragte sie irgendwann. Er nickte und Adriana stellte fest, dass seine Zurückhaltung verschwunden war. Er beugte sich nahe zu ihrem Ohr: „Und Sie, schöne Frau, werden bald merken, dass es gar nicht so schlecht ist, ein Vampir zu sein."
Dann war das Musikstück zu Ende und Markus führte sie zurück zu ihrem Platz. Adriana bemerkte, dass Georg ein belangloses Gespräch mit Thomas führte. Auch William und Sylvia nahmen nun wieder ihre Plätze ein. Unaufgefordert füllte Edgar alle Gläser nach.
„Sie haben ein sehr schönes Paar abgegeben." sagte William plötzlich zu Adriana. Adriana sah zu Markus und merkte, dass dieser wieder völlig distanziert wirkte. Sie wollte gerade William klarmachen, dass sie vergeben war und die Chance wahrnehmen, nach Leonhard zu fragen, als William auch schon weitersprach:
„Sie sind ja noch nicht sehr lange eine von uns, doch sicher haben sie die Vorzüge des Vampirdaseins bereits kennengelernt. Ich kann mir jedoch vorstellen, dass Sie noch einige Fragen haben. Meine Neffen würden sich

freuen, Ihre Fragen zu beantworten." William bot ihr den Arm und brachte sie zu den beiden Brüdern. „Bitte kümmert euch um meinen Gast. Ich möchte mich jetzt mit meinem zukünftigen Schwiegersohn unterhalten."

Die Brüder waren aufgestanden und nahmen Adriana in ihre Mitte. Erst nachdem William sich entfernt hatte taute Markus eisige Maske wieder auf. Auch Georg wirkte jetzt zugänglicher und beide unterhielten Adriana sehr gut. Ihr war jedoch klar, dass William ihr bisher ausgewichen war. Er schien zu wissen, dass die Frage nach Leonhard Adriana unter den Nägeln brannte.

Markus erzählte Adriana gerade eine lustige Begebenheit bei einer seiner Reisen als ein fürchterlicher Schrei die drei zusammenfahren ließ. Sie sahen Sylvia in dem geöffneten Flügel des Portals stehen. Markus und Georg sprangen auf und eilten an Sylvias Seite. Adriana saß nun allein an der Tafel und beobachtete verunsichert das Geschehen.

„Du Schwein!", schrie Sylvia wütend und stieß gleich darauf noch einen spitzen Schrei aus. Dem folgte ein dumpfes Poltern und Williams Stimme mit den Worten: „Er hat es nicht anders verdient. Komm Liebes, lass dich trösten!"

Doch Sylvia sagte schrill: „Ich will niemanden sehen! NIEMANDEN!!" Sie rannte in ihr Zimmer und knallte die Tür zu.

Adriana stand auf. Sie ging langsam auf den geöffneten Portalflügel zu. Georg war eingetreten, aber Markus stand da wie festgenagelt.

„Markus?", fragte Adriana leise. Er drehte sich um. In diesem Moment hatte Adriana freie Sicht. Sie schlug sich vor Entsetzen die Hand vor den Mund. Markus schnappte sich ihren Ellenbogen und zog Adriana weg von der Tür.

Sämtliche Förmlichkeit war offenbar jetzt Nebensache, denn er raunte ihr leise zu: „Es ist besser für dich, wenn du das hier nicht siehst. Glaub mir, du solltest am besten auf dein Zimmer gehen!"
Markus schob Adriana in den für sie vorgesehenen Raum und schloss die Tür hinter ihr. Adriana blieb wie betäubt stehen. Irgendwann zog sie mechanisch das Kleid aus und holte sich ihr T-Shirt aus dem Schrank. Steif wie eine Puppe stieg sie in das Riesenbett, zog sich die Decke bis zum Kinn und blieb genau so steif mit offenen Augen liegen. In ihrem Kopf war immer noch die grausige Szene von Thomas Körper und den beiden abgetrennten Köpfen. Beide Köpfe hatten sie aus toten Augen angestarrt und beide Gesichter kannte sie. Das eine war Thomas, das andere hatte sie auf einem Bild gesehen. Es war Leonhards ehemaliger Kollege Sven.
Adriana ließ die beiden Lampen brennen, so dass sie den kunstvoll geschnitzten Himmel des Bettes betrachten konnte, welcher die soeben erlebte Horrorszene etwas abmilderte. Die Dunkelheit hätte ihr die grausige Szene nur zu deutlich wieder vor Augen geführt.

## 44.

„Sylvia, ich bin´s, Edgar." Edgar öffnete vorsichtig die Tür. Aus der hinteren Ecke des Raumes klang ein leises Schluchzen. Der Butler sah sich noch einmal um und als er sicher war, dass niemand da war, schlüpfte er durch die Tür und schloss sie leise hinter sich.

„Ich will niemanden sehen!", zischte Sylvia und atmete gleich darauf tief ein, um ein erneutes Schluchzen zu unterdrücken. Dann sah sie Edgar mit einem Blick an, in dem sich Wut und Verzweiflung paarten.

Edgar nickte und sagte: „Ich muss nur kurz etwas loswerden, dann werde ich gehen, wenn du es willst." Er machte eine kurze Pause um sicherzugehen, ob Sylvia ihm auch zuhörte. Er sprach weiter: „Ich möchte dass du dich an Svens Blick erinnerst, kurz bevor William ihm den Kopf abschlug. Ich denke, dass Sven diesen Mord nicht ohne Zustimmung von William begangen hätte. Und außerdem habe ich William mit einem Koffer in das Zimmer gehen sehen. Ich denke, dass William Sven zunächst für diesen Mord bezahlt und ihn dann beseitigt hat."

Sylvia sah Edgar an und in ihr Verstehen hinein sagte er: „Auch wenn du es tief in deinem Herzen schon lange gewusst hast: Sven war hier das kleinere Monster!"

Edgar stand auf und wandte sich zum Gehen. Er hatte die Tür noch nicht erreicht, als Sylvia sagte: „Ich will solch ein eiskaltes Monster nicht zum Vater haben. Aber was soll ich tun?"

Plötzlich versteifte sie sich. „Er kommt." Sylvia sprang auf und öffnete den Schrank. „Er darf dich hier nicht sehen! Schnell, hier rein!" Sie schloss den Schrank und trat von ihm weg, als sie die Erkenntnis traf wie ein Schlag. Sylvia konnte schon immer Feinde spüren, wenn sie sich näherten. Ihren Vater hatte sie noch nie zuvor gespürt. Dieses erste Mal bestätigte es ihr ganz deutlich. Sie hatte keinen Vater mehr, sondern einen neuen Feind.

Als William das Zimmer wieder verlassen hatte, öffnete Edgar langsam den Schrank. Er konnte noch sehen, wie sich die ausdruckslose Maske von Sylvia löste und die eiskalte Wut widerspiegelte. Edgar konnte das gut verstehen. Er hatte Williams Märchen genau gehört und Sylvia bewundert, wie sie den falschen Trost dieses Monsters über sich ergehen lassen konnte, ohne auszuflippen.

„Das ist nicht mehr mein Vater!" Sylvia runzelte wütend die Stirn. „Ich will, dass er in der Hölle schmort, aber ICH kann ihn nicht dorthin schicken. Edgar, wir müssen ihn loswerden, aber die Blutsbande hindern mich und Markus und Georg daran."

Edgar lächelte und er sagte: „Du und Markus ja, Georg nicht."

Damit hatte er Sylvias gesamte Aufmerksamkeit. „Georg nicht?" fragte sie.

Edgar schüttelte den Kopf: „Davon wusste nur Williams Bruder, seine Frau und ich. Deine Tante war Opfer einer Vergewaltigung. Ich habe die beiden Frischvermählten damals unfreiwillig belauschen müssen, als er zu ihr sagte, dass er sie trotzdem liebt und auch das Kind als sein eigenes anerkennen wird. Ich habe das Geheimnis gehütet, teils auch aus Angst, was sie tun würden, wenn sie herausbekämen, dass ich dieses Wissen hatte. Doch wichtig ist: Georg vereint keine Blutsbande mit William."

Der Butler machte eine lange Pause und sah Sylvia ernst

an: „Ich muss jetzt gehen. Wenn sich William zurückzieht werde ich mit Markus und Georg zurückkommen. Und dann müssen wir beraten, was zu tun ist."

## 45.

Leonhard wusste, dass er überwacht wurde. Er würde langsam, aber stetig und gründlich sämtliche Apparaturen durchprüfen, säubern und neu ordnen. So würde er einen ganzen Tag herausschinden, den er Zeit zum Überlegen brauchte, wie er William weiter hinhalten konnte. Er wusste, dass er auf einem schmalen Grat wanderte und er hatte Angst davor, was die Vampire Adriana antun könnten. Oder hatten sie sie schon getötet? Leonhard horchte in sich hinein: ‚Nein! Sie ist nicht tot.'
Leonhard klammerte sich verzweifelt an diesen Glauben und schob die Möglichkeit weit von sich, dass seiner Liebe etwas zugestoßen sein könnte, denn dann konnte er gleich aufgeben. Ohne sie war sowieso alles egal. Aber weil er fest daran glaubte, dass es Adriana gut ging, musste auch er weitermachen, denn Adriana würde es nicht überstehen, noch eine Liebe in ihrem Leben zu verlieren. Also durchhalten und nachdenken, sagte er sich.
Nach vier Stunden beschloss er eine kleine Pause zu machen und ging in den Wohnraum, um sich ein Glas Wasser zu gönnen. Dort lag sorgfältig eingepackt eine kleine Brotzeit neben dem Wasserkrug. Leo erinnerte sich, dass der Anzug immer noch sehr unordentlich auf dem Bett lag. Nachdem er gegessen und getrunken hatte ging er ins Schlafzimmer, holte den Anzug und ließ ihn unordentlich über eine Lehne der Wohnzimmercouch fallen. Danach ging er wieder ins Labor und arbeitete weiter.
Als die hässliche Bahnhofsuhr im Labor 19:00 Uhr anzeigte, machte Leonhard Feierabend und begab sich in sein neues Wohnzimmer. Er lächelte, als er sah, dass der Anzug weg war und ging sofort ins Schlafzimmer. Dort

hing er ordentlich aufgereiht neben dem Neuen im Schrank. Leonhard schloss daraus, dass das Schlafzimmer nicht überwacht wurde.

Es dauerte auch nicht lange, als der Butler das Abendessen auf dem Tisch abstellte und wieder ohne ein Wort zu sagen verschwand. Leonhard versuchte sich so normal wie möglich zu benehmen und schaltete den Fernseher ein.

Er aß, sah fern und tat so, als wäre nichts Besonderes während er fieberhaft überlegte, wie es weitergehen sollte. Doch er fand keinen Ausweg. Als Kopfschmerzen anfingen ihn zu quälen, schaltete er den Fernseher aus und beschloss, ins Bett zu gehen.

Ihm fiel auf, dass der Butler gar nicht nochmal gekommen war, um das benutzte Geschirr zu holen. Doch er zuckte mit den Schultern und erhob sich. In diesem Moment hörte er gedämpft einen schrillen Frauenschrei. Leonhard erschrak, doch gleich darauf war er sich sicher, dass da nicht Adriana geschrien hatte. Erstens klang es nicht so wie sie und dann glaubte er nicht, dass die Vampire Adriana so schnell hierher bringen konnten. Ihm schossen ein paar grauenhafte Bilder durch den Kopf, was die Vampire dort draußen für schauerliche Spielchen spielten. Schnell schüttelte er sie wieder ab und zwang sich, an etwas anderes zu denken.

Auch wenn ihn hier nicht das Tageslicht weckte, so hatte Leonhard doch so etwas wie eine innere Uhr. Er war sich fast sicher, dass der Butler oder sogar William selbst ein zu langes Ausschlafen verhindern würden. Er tastete nach dem Lichtschalter und stand auf. Da ihn die zeitlose Dunkelheit doch etwas verwirrte ging er ins Labor. Die

Uhr zeigte an, dass es in zwanzig Minuten acht Uhr sein würde.
Leonhard zuckte mit den Schultern und ging duschen. Er zog sich komplett frisch an und warf die Schmutzwäsche im Wohnzimmer provozierend genau unter die Überwachungskamera. Dann setzte er sich vor den Fernseher und wartete auf sein Frühstück.
Doch der Butler kam nicht. Auch William ließ sich nicht blicken. Was hatten die vor? Wollten die Leonhard aushungern?
Leonhard ging ins das Labor zu dem Telefon. Er zog die Augenbrauen überrascht nach oben als er sah, dass es schon nach neun Uhr war. Er hob den Hörer ab und beschloss ganz sachlich demjenigen, der auch immer am anderen Ende war, klarzumachen, dass er etwas im Magen brauchte, bevor er arbeiten könne.
Aber niemand meldete sich. Leonhard wurde unsicher. Er legte den Hörer wieder auf und ging ins Wohnzimmer. Er stellte sich vor die Überwachungskamera und sagte laut und deutlich, dass er mit leerem Magen nicht arbeiten könne. Dann setzte er sich wieder hin und wartete erneut.
Diesmal musste er nicht lange warten. Die Tür öffnete sich.
Doch weder William noch der Butler kam, sondern eine wunderschöne junge Frau, die Leonhard seltsam bekannt vorkam. Einen Moment dachte er scharf nach bis ihm einfiel, wo er sie schon mal gesehen hatte: Auf dem Bild, das Adriana gefunden hatte. Das war diese Sylvia! Aber was machte sie hier? Sollte sie nicht mit Thomas Wind in Kanada sein? Unsicher stand er auf und wollte gerade etwas sagen, als sie ihm zuvor kam:

„Komm mit!", forderte sie ihn auf und Leonhard folgte ihr ungläubig durch die Tür, die ihm als der einzige Weg in die Freiheit erschien.

## 46.

Sylvia sah alle drei noch einmal aufmerksam an. Am längsten verweilte ihr Blick bei Georg, der noch stark mit der Neuigkeit kämpfen musste, dass er sein Leben lang eine Lüge lebte.

„Georg, du wirst immer zur Familie gehören. Immer! Mein Onkel war dein Vater, denn er war es, der dich großgezogen hat. Die Liebe, die er und seine Frau dir gegeben haben, haben dich zu dem gemacht, was du heute bist: mein Cousin und der Bruder von Markus." Als Georgs Augen zu Edgar flogen schüttelte Sylvia den Kopf und fuhr fort: „Edgar könnte es niemals tun. Er hat noch nie ein Schwert in der Hand gehabt."

Sylvia lehnte sich zurück. Georg war der einzige der es tun konnte, der einzige, der in Williams Rücken unbemerkt bleiben konnte. Es war ihr ein Rätsel, dass ihrem Vater noch nicht aufgefallen war, dass er Georg nicht spüren konnte. Wahrscheinlich lag es daran, dass er immer zusammen mit Markus war. Denn William konnte Blutsverwandte spüren, so wie sie Feinde spürte, die ihr näherten. Sie schloss kurz die Augen und sagte dann zu allen: „Wir dürfen keinen Fehler machen. Keinen! Und jetzt sollten wir den Rest der Nacht nutzen, um uns auf den Morgen vorzubereiten und noch eine Weile zu ruhen. Jeder weiß, was er zu tun hat."

Edgar erhob sich als Erster, wünschte Sylvia gute Nacht und verschwand. Markus klopfte Georg auf die Schulter und sagte locker: „Na los Brüderchen, Sylvia braucht ihren Schönheitsschlaf."

Georg seufzte und stand langsam auf. Markus wurde ernst und legte Georg beide Hände auf die Schultern, während der ihn ansah: „He, du wirst immer mein Bruder sein. Wo du bist, bin ich und wo ich bin, bist du – weißt du nicht mehr? Blutsbande kümmern mich einen Scheiß!" Er nahm seine rechte Hand von Georgs Schulter und klopfte sich auf seine linke Brust. „Das hier ist es was zählt. Das, was William nicht mehr hat!"

Georg nickte: „Ja, ich weiß, aber dennoch macht diese Neuigkeit mir sehr zu schaffen." Er riss sich zusammen und sagte zu Sylvia: „Es wird funktionieren. Markus und ich haben schon lange darauf gewartet, dass du es endlich erkennst. Gute Nacht, Sylvia." Markus nickte und folgte Georg. „Gute Nacht, Sylvia!"

„Gute Nacht, ihr beiden!" sagte Sylvia. Als sich die Tür hinter ihnen schloss, blieb sie reglos sitzen. Ihr Blick war leer.

Hatte sie soeben einen Plan geschmiedet, der ihren Vater das Leben kostet?

Ja! Und es war nicht mehr ihr Vater! Der Mann, der einst ihr Vater war, war gestorben. In seinem ganzen Machtstreben hatte er seine Menschlichkeit vernachlässigt als er sein Leben und das seiner Familie gegen das Vampirdasein eintauschte. Vollständig eingebüßt hatte er diese Menschlichkeit, als er im Blut- und Machtrausch die Vampirclans auslöschte.

Ja, Sylvia fand ihr neues Dasein cool, aber sie hatte sich ein gutes Stück ihrer Menschlichkeit bewahrt. Sie hatte in vielen Sachen ihr Herz sprechen lassen und weil sie ein Herz hatte, konnte ihr Vater sie manipulieren. William hatte auf seine Art seine Tochter geliebt. Doch diese Liebe bestand aus Besitzstolz und Machtgier. Das hatte Sylvia erkannt, als William den EINEN töten ließ, der Sylvia wichtiger war als alles jemals zuvor. Ihr Schmerz hatte endlich hervorgebracht, was ihr Unterbewusstsein ihr schon lange klarzumachen versuchte.

Was sie morgen vernichten wollten war nicht ihr Vater, sondern ein herzloses Monster.

Sylvia ging als erstes zu Adriana. Diese lag mit offenen Augen und einer bis ans Kinn hochgezogenen Decke regungslos inmitten des riesigen Bettes. Sylvia schloss die Tür und ging zum Bett.

„Adriana", sagte sie leise aber eindringlich. Dies bewirkte dass Adriana den Kopf hob und Sylvia in die Augen blickte.

„Adriana!", sagte Sylvia nochmal in demselben Ton, „Du musst mir jetzt unbedingt vertrauen. Ich weiß, dass es einige Unstimmigkeiten zwischen uns gegeben hat. Aber jetzt und hier ist es wichtig, dass du auf keinen Fall diesen Raum verlässt. Auf keinen Fall! Wenn alles gut geht, wirst du bald Leonhard wiedersehen. Aber nochmal: Du darfst auf keinen Fall dein Zimmer verlassen!"

Sylvia sah Adriana an und wartete auf eine Reaktion. Erst als Adriana stumm nickte sagte sie: „Gut!"

Sylvia drehte sich um und verließ den Raum. Sie stellte sich zu ihren Cousins und wartete mit ihnen gemeinsam auf Edgars Zeichen.

Schließlich öffnete sich ein Flügel und Edgar sagte mit ausdruckloser Miene: „Ihr Vater wird Sie jetzt empfangen." Während Sylvia in Williams Salon rauschte, sagte William: „Aber mein Baby, für dich habe ich doch immer Zeit." Edgar schloss die Tür von außen und gab den Brüdern ein Zeichen, was ihnen sagte, dass alles bereit war.

Sylvia schien ihr Spiel gut zu machen, denn es dauerte nicht lange, dass William nach Edgar rief und ihm befahl die Brüder zu holen. Diese warteten einen angemessenen Zeitraum bevor sie eintraten. Wie erwartet erhob sich William, als die beiden näher kamen und William ihren Respekt erwiesen. Georgs Gesicht war eine ausdruckslose Maske und Markus sah äußerlich aus wie immer.

„Meine Tochter ist immer noch untröstlich und möchte mit der Familie gemeinsam auf ihren ermordeten Gefährten anstoßen. Zudem äußerste sie den Wunsch, seinen Leichnam zu verbrennen und erbittet dafür eure Hilfe."

Markus antwortete: „Selbstverständlich werden wir Sylvia helfen!" während Georg zur Tür ging und Edgar beauftragte, eine Karaffe Blut und vier Gläser zu bringen.

Als der Butler das Gewünschte brachte, sagte Georg in barschem Ton. „Stell das dahin und verschwinde." Der Butler stellte das Tablett auf ein altertümliches Sideboard in Williams Rücken und verschwand.

Als Edgar weg war stand Sylvia auf und lenkte Williams Aufmerksamkeit gemeinsam mit Markus von Georg ab, der geräuschvoll die Kristallkelche füllte. Der Plan ging auf. William schöpfte keinen Verdacht.

Während Sylvia und Markus Vorschläge machten, in welcher Einöde Thomas' Leichnam verbrannt werden sollte, angelte Georg das von Edgar versteckte und auf einem Stück Filz liegende Schwert unter dem Schrank hervor. Georg hatte alle vier Gläser gefüllt. Doch statt das Tablett mit den Gläsern zu bringen, hob er das Schwert auf, war sekundenschnell hinter William und hieb ihm mit einem gewaltigen Schlag den Kopf ab. Er stand hinter ihm, wie ein Racheengel, während Williams Körper vor ihm zusammenfiel und der Kopf Markus vor die Füße rollte.

Sylvia sah die ganze Zeit nur Georg an. Dieser hielt ihren Blick fest, bis Markus und der herbeigeeilte Edgar Williams Leiche entfernt hatten. Dann holte er zwei der gefüllten Kelche und reichte einen davon der immer noch stummen Sylvia. Mit grimmiger Miene prostete er Sylvia stumm zu und stürzte das Blut in einem Zug herunter. Danach warf er den Kristallkelch kraftvoll an die Wand, wo dieser in tausend Scherben zersprang, und verließ mit schnellen Schritten den Raum.

Sylvia setzte sich langsam mit dem vollen Kelch in der Hand. Sie spürte wie das erste Gefühl des Entsetzens wich und wie Erleichterung sie durchströmte. Erleichterung, weil sie dieses Monster nicht mehr als Vater verehren musste. Erleichterung, weil ihr Liebster gerächt war und sie spürte Trauer, nicht um den Vater sondern um Thomas. Dass Markus und Edgar wieder eingetreten waren, merkte sie erst als diese sich mit vollen Gläsern neben ihr niederließen. Bevor Markus etwas sagen konnte hob Sylvia die Hand.

„Ich verspüre keinerlei Reue, nur Erleichterung. Hoffen wir, dass dies ein gutes Zeichen ist und ich mich nicht auch in ein herzloses Monster verwandle", sagte Sylvia und hob das Glas. Markus und Edgar erhoben ebenfalls die Kelche und tranken sie gemeinsam mit Sylvia in einem Zug aus.

Markus sagte leise: „Georg fängt sich wieder. Ich glaube, ich würde genauso reagieren." Sylvia und Edgar nickten gleichzeitig.

Edgar holte die Karaffe und schenkte noch einmal nach. Er erhob das Glas und sagte laut: „Wir werden keine Monster werden. Wir werden die Gaben, die wir besitzen sinnvoll nutzen." Jetzt nickten Sylvia und Markus. Kurz

darauf kam Georg wieder herein. Edgar sprang auf und holte einen Silberbecher aus einem der Schränkchen. Er schenkte ihn voll und verteilte den Rest in der Karaffe auf die anderen Gläser. Alle sahen Georg an. Der sagte finster. „Ich habe die Welt von einem Monster befreit. Ich verspüre nichts als Erleichterung."
Sylvia nickte, lächelte ihn traurig an und sagte. „Mir geht es genauso."
Markus horchte kurz in sich hinein. „Mir auch." Und Edgar sagte im Brustton voller Überzeugung: „Und mir erst recht!"
Wieder tranken alle ihre Trinkgefäße in einem Zug leer. Eine kleine Weile versank jeder der Vier in Nachdenken und schließlich sagte Sylvia: „Wir müssen jetzt beschließen, wie es weitergehen soll. Wir haben schließlich noch zwei Gäste hier."
Markus nickte und Sylvia sah Edgar an. Edgar aber wirkte ein wenig unsicher. „Dieser Leonhard ist ein Mensch! Er ist ein Wissenschaftler und überhaupt nicht dumm. Du weißt am besten über das, was William von ihm wollte, Bescheid und du kennst die Frau. Erzähl uns von ihnen. Dann können wir entscheiden, was passieren soll." Und leise fügte er noch hinzu: „Doch sollten wir bei unseren Entscheidungen berücksichtigen, dass wir eben keine Monster sind."
Sylvia lächelte. Sie hatte Edgar schon immer wegen seiner klugen und besonnenen Art gemocht, auch wenn er meistens steif und teilnahmslos auf andere wirkte. Sie erzählte die Geschichte mit Adriana und ließ nichts aus. Und während sie erzählte fingen Edgars Augen an zu leuchten. Als sie fertig war strahlte er. „Weißt du was es bedeutet, wenn wir diesen Leonhard überreden könnten

für uns zu arbeiten? Unabhängigkeit! Nie wieder Blut stehlen."
Sylvia seufzte: „Ja, nur wird er seine Adriana verändert vorfinden. Sie ist ein Vampir, er ein Mensch. Ihr wisst, was das heißt und ich hoffe das wird nicht zum Problem!"
Doch Edgar erwiderte: „Nicht wenn du ihm vorher behutsam erklärst, dass sie kein Mensch mehr ist und dass sie gar nicht mehr existieren würde, wenn du sie nicht verwandelt hättest. Zu allererst solltest du ihn aber aus seinem Gefängnis befreien und etwas zu essen vorsetzen."
Markus, dem Adrianas Liebe zu Leonhard irgendwie gar nicht passte, stand auf: „Wir sehen uns dann später. Ruft uns, wenn es darum geht, Entscheidungen zu fällen. Bis dahin werden wir uns zurückziehen." Auch Georg erhob sich. Man sah ihm an, dass er jetzt mit seinem Bruder allein sein wollte.
Edgar stand auch auf und sagte zu Sylvia. „Ich werde dem Wissenschaftler ein Frühstück machen und in der Empfangshalle servieren, nachdem ich mich hier um die Scherben und Blutflecken gekümmert habe." Sie nickte und half ihm bei den vielen Blutflecken. Als der Salon soweit wieder vorzeigbar war ging Edgar in den Vorratsraum und Sylvia holte Leonhard.

47.

In dem großen Saal war die Tafel inzwischen wieder korrekt aufgestellt. Sylvia bot Leonhard einen Platz an.
„Also, ich bin Sylvia", fing sie an. „Ich denke, dass du das schon weißt."
Leonhard nickte und da sie ihn duzte sah er keinen Grund, warum er das nicht auch tun sollte: „Ja, ich kenne dich von einem Bild."
„Das dachte ich mir. Adriana hat mir das Bild gezeigt."
Als er bei dem Namen seiner Liebsten aufsprang hielt Sylvia seine Hand fest und sagte ruhig:
„Edgar bringt gleich ein Frühstück. Du musst mir versprechen, dass du ruhig bleibst und mich bis zum Schluss anhörst!"
Leonhard klopfte das Herz bis zum Hals. Adriana ist hier? Er wollte die Frage dieser Vampirfrau ins Gesicht schreien, beherrschte sich aber. Besser war, er tat was sie sagte. Langsam setzte er sich wieder und sagte mit mühsam beherrschter Ungeduld in der Stimme: „Gut. Ich höre zu."
Da kam auch schon der Butler. Leonhard schaute ihn verwundert an. Er kam ihm gar nicht mehr so steif vor und er lächelte sogar. Nun war er gespannt auf Sylvias Geschichte und fing an zu essen.
Sylvia überlegte kurz: „Zuerst einmal ist es vielleicht wichtig, dass du weißt, dass William tot ist." Leonhard, der gerade eine Gabel voll Rührei in den Mund schieben wollte, hielt mitten in der Bewegung inne und sah Sylvia erstaunt an. Doch er hielt sich an sein Versprechen und sagte nichts.

Sylvia wartete bis Leonhard das Rührei runtergeschluckt hatte und sagte noch bevor er den nächsten Happen in den Mund steckte: „Sven auch."
Leonhard ließ die Gabel wieder sinken und konnte sich nicht zurückhalten: „Da muss ja in letzter Zeit ganz schön viel los gewesen sein", murmelte er. Er beobachtete Sylvia und konnte sehen, wie so etwas wie Verzweiflung in ihre Augen trat. Und leise fügte sie hinzu: „Ja, so war es wohl. Denn es gab noch einen Tod."
„Wer?", fragte Leo mit erstickter Stimme und hoffte, dass es nicht Adriana war.
„Thomas, mein Gefährte." Sylvia sah jetzt so traurig aus, dass Leonhard sie am liebsten getröstet hätte. Aber sie fasste sich und fuhr fort: „Deine Adriana lebt." Sie sah seine Augen aufleuchten und schluckte. „Sie ist hier und du kannst sie gleich sehen. Aber ich muss dich warnen. Sie hat sich verändert." Leonhard erschrak. Sie haben Adriana verwandelt. Er wollte schon seiner Entrüstung lautstark Luft machen, als Sylvias strenger Blick ihn an sein Versprechen erinnerte. Und Sylvia sprach weiter: „Wir haben Adriana halb tot in ihrem Keller liegen sehen. Wenn ich ihr nicht mein Blut gegeben hätte, wäre sie jetzt tot."
Adriana ist ein Vampir. Dieser Satz fegte immer und immer wieder durch Leonhards Gedanken. Er hatte aufgehört zu essen und starrte ins Leere. Irgendwann schaffte es Sylvia wieder zu ihm durchzudringen.
„Leonhard! Leonhard! Hallo!" Als Sylvia merkte, dass er ihr wieder zuhörte fuhr sie fort.
„Adriana mag jetzt ein Vampir sein. Aber sie liebt dich. Sie hat diesen ganzen Weg als Vampir auf sich genommen, um dich hier rauszuholen. Ihr Herz schlägt

immer noch für dich. Wenn du es zulässt, wird sich an eurer Liebe nicht viel ändern. Und dann ist da noch etwas: Ich glaube, Adriana hat sich mit ihrem Zustand bereits abgefunden und ist nicht unbedingt unglücklich darüber."
Leonhard musste an das Gespräch in Kanada denken, als Adriana ihm gestanden hatte, dass sie mal ein Vampir werden wollte. Er schluckte und lehnte sich mutlos zurück. Sylvia beobachtete ihn. Offenbar war ihm das Essen vergangen. Daher fragte sie ihn: „Willst du sie jetzt sehen?" Leonhard nickte. Ja, er wollte sie sehen. Und er wollte wissen, ob es stimmte, was Sylvia da gesagt hat. Er wollte wissen, ob sie ihn, einen simplen Menschen, noch liebte.
Sylvia stand auf und führte ihn zu der Tür, hinter welcher Adriana war. Doch bevor sie sie öffnete sagte sie noch. „Wir lassen Euch Zeit zum Reden. Aber heute Abend setzen wir uns alle zusammen und da müssen wir entscheiden, wie es weitergehen soll."
Leonhard sah Adriana auf dem Bett liegen. Sie starrte an den Betthimmel und blieb völlig reglos liegen, als hätte sie nicht gehört, dass jemand eingetreten war. Leonhard trat näher und sagte leise: „Adriana?"
Als Adriana seine Stimme hörte, sah sie ruckartig in die Richtung aus der die Stimme kam. Sie sprang aus dem Bett und warf sich Leonhard in die Arme. „Ich hab dich so vermisst."
Leonhard fing sie auf und drückte sie an sich. „Ich hatte solche Angst um dich." sagte er. Dann schob er sie leicht von sich und starrte sie an: „Du... du siehst... ähm naja also du bist äh..."
Adriana senkte den Blick und sah nach unten. Sie nahm seine Hand und führte ihn zu dem Bett. Beide setzten sich

und sie sagte leise: „Ja, ich habe mich verändert, Leonhard. Und ich habe Angst, dass ich dich deshalb verlieren könnte."
Zärtlich strich Leonhard ihr das Haar zurück und hob sanft ihren Kopf an. „Ich weiß, was du jetzt bist und ich hoffe, dass ich mich daran gewöhnen kann. "
Adriana lächelte ihn traurig an: „Leo, ich liebe dich." Sie näherte sich seinem Mund und berührte seine Lippen. Sie spürte, dass er den Kuss unsicher und zögernd erwiderte. Und plötzlich durchströmte sie ein wildes Verlangen. Verlangen nach seinem nackten Körper und nach seiner Leidenschaft. Und sie spürte noch ein viel stärkeres Verlangen. Ein Verlangen, was nicht sein durfte. Sie wollte ihn beißen und von seinem Blut kosten. Jäh wich sie zurück und hielt sich die Hände vors Gesicht. Sie stand auf und trat vor den Spiegel. Ihr Spiegelbild bestätigte ihren Verdacht. Sie hatte blutunterlaufene Augen, ihre Haut sah aus, als hätte man sie mit Säure übergossen und die Eckzähne hatten sich über ihre Unterlippe geschoben.
Leonhard war erstarrt sitzen geblieben und beobachtete Adriana. War das jetzt immer so? Durften sie sich etwa nicht lieben?
Wie zur Bestätigung schüttelte Adriana den Kopf. Ihr Gesicht wurde wieder schön und sie drehte sich um. Entsetzen stand in ihren Augen. Kurz flammte Panik auf und wich dann einer tiefen Traurigkeit. „Ja, ich liebe dich und darf dich nicht lieben. Was soll jetzt bloß werden?"
Leonhard versuchte den Abscheu vor Adrianas Verwandlung zu verbergen. Jetzt lag zwar wieder die Maske der Schönheit darüber, aber die Vampirfratze hatte sich in sein Hirn gebrannt. Er stand auf. Adrianas letzte Worte erinnerten ihn an Sylvias Worte, die sie sagte kurz bevor er

in diesen Raum eingetreten war. Um seine Unsicherheit und die aufkeimende Angst zu verbergen fing er an, hin und her zu laufen. Schließlich sagte er:
„Heute findet eine Versammlung statt, wo entschieden werden soll, was mit uns geschieht."
Adriana hatte sich wieder auf das Bett gesetzt und starrte mutlos den Fußboden an. Sie zuckte mit den Schultern. „Was soll mit uns passieren. Ich denke das ist Williams Entscheidung."
„William ist tot!", sagte Leonhard. Adriana sah ihn erstaunt an. Tot? Er auch? Doch gleich darauf drückte ihre Miene wieder Hoffnungslosigkeit aus. „Dann entscheidet es halt Sylvia oder die Brüder."
Doch Leonhard runzelte die Stirn: „Also ich glaube eher, dass wir zu dieser Versammlung mit eingeladen sind." Er sah Adriana an, die wieder völlig teilnahmslos dasaß und den Boden anstarrte. Er seufzte und setzte sich neben sie aufs Bett. „Hör mal, das ist jetzt alles neu für mich, genauso wie für dich. Ich muss das erst einmal verarbeiten. Gib mir ein wenig Zeit, ja? Lass uns jetzt lieber überlegen, wie es weitergehen soll, denn offenbar wollen die... äh ja... Vam... Vampire etwas von uns." Er hatte bei dem Wort Vampire gestockt. Adriana war ja nun auch einer.
Ohne aufzusehen sagte Adriana leise: „Du weißt was sie wollen: Deine Erfindung!"
Leonhard riss sich zusammen und ergriff ihre Hand. Sie war kühl und glatt und völlig makellos. Er legte sie zwischen seine Hände, so als ob er sie wärmen wollte. „Ja, das kann ich mir denken. Nur die Frage ist wie? Werden sie mich wie William zwingen, für sie zu arbeiten?"

Adrianas Blick war auf ihre Hand gerichtet, die zwischen seinen klemmte. Es fühlte sich ganz normal an. Das Verlangen nach seinem Blut kam nicht. Was war das dann vorhin?
„Ich weiß nicht", antwortete sie. Er sagte nichts und sah sie nur stumm an. Irgendwann, als das Schweigen anfing unangenehm zu werden, hob sie den Blick und sah ihm in die Augen. „Ich hatte geahnt, dass es so mit uns kommt und ich hatte Angst davor. Aber bis vorhin hatte ich noch gehofft." Sie machte eine kurze Pause und zog die Hand zwischen seinen hervor. „Du sollst die Zeit, die du brauchst, von mir haben. Ich fange nur langsam an zu zweifeln, dass die anderen Vampire sie dir geben werden. Ich denke, dass du für dich entscheiden musst, ob du in irgendeiner Form bereit bist, den Vampiren das Blut zu beschaffen."
Leonhard sah Adriana ungläubig an: „Aber hast du da nicht ein Wörtchen mitzureden. Es war schließlich deine Idee. Und es war dein Geld, was uns das alles ermöglicht hat."
Adriana lachte kurz freudlos auf: „Mein Geld spielt überhaupt keine Rolle mehr. Und von unserem Labor ist nur noch der Laptop und dein Apparat übrig."
„Und was ist mit den anderen Sachen?", fragte Leonhard neugierig.
„Hat es dir Sylvia nicht erzählt? Mein Haus steht nicht mehr. Es ist durch eine Gasexplosion zerstört worden. Nur der Bunker blieb unversehrt. Und damit niemand die Versuche nachverfolgen kann, haben wir den Laptop und deinen Apparat mitgenommen." Adriana hoffte inständig, dass Leonhard nicht an den Tresor dachte. Aber Leonhard sah sie mit großen Augen entsetzt an.

„Dein Haus ist…" Leonhard schluckte. „Das hat Sylvia wohl vergessen zu erwähnen." Er lachte kurz und freudlos: „Ha! Toll! Wir sind obdachlos!" Er überlegte kurz und zerstörte Adrianas Hoffnung indem er fragte: „Und was ist mit dem Tresor?" Aber Leonhard beantwortete die Frage glücklicherweise selbst. „Wenn die Polizei keine Leiche gefunden hat, dann giltst du als vermisst und der Tresor gehört noch dir." Adriana war froh, dass sie die Sache mit dem Tresor nicht erklären musste und sagte: „Frank weiß, dass ich noch lebe. Ich habe ihm eine SMS geschrieben."
Leo sah sie an: „Du hast dein Handy noch?"
„Ja, aber kein Ladekabel."
Leonhard stand auf, warf die Arme in Luft und fasste die Lage kurz zusammen: „Also wir haben kein Zuhause mehr, wir sind von der Außenwelt abgeschnitten und wir werden von Vampiren festgehalten. Rosige Aussichten!" Er ging zum Sekretär und setzte sich. Adriana sagte nichts und dachte nur: ‚Und ich bin auch ein Vampir!' Sie beobachtete Leonhard, der die Ellenbogen auf den Sekretär und den Kopf in die Hände sinken ließ.
Adriana erhob sich und ging langsam zu ihm hinüber. Ihre Hand strich sanft über seinen Kopf und spielte kurz mit seinem Haar. Leise sagte sie: „Vielleicht macht uns Sylvia ja auch ein faires Angebot?"
Leonhard rührte sich nicht. Er dachte nach und zuckte eine Weile später mutlos mit den Schultern und sagte: „Ja, vielleicht!"
Adriana stand noch immer hinter ihm. Er drehte sich um und betrachtete die Hand, die ihn soeben so sanft liebkost hatte. Und wieder fiel ihm auf, dass die Hand ohne Makel war, so wie Adrianas gesamte Gestalt. Sie war einfach zu

perfekt, wie eine modellierte Puppe. Bestimmt war das kleine Bäuchlein auch weg und die kleinen Pölsterchen am Oberschenkel und die etwas zu runden Schultern. Er hatte Adriana mit ihren kleinen Fehlerchen geliebt und sich darüber amüsiert, wie sie sich immer selbst kritisierte.
Schließlich stand Leonhard auf. Ihm war aufgefallen, dass er die Liebe zu Adriana bereits in der Vergangenheit betrachtete. Aufmerksam betrachtete er ihr Gesicht ihre Haare und nahm schließlich ihre Hand.
„Adriana, ich…" Er merkte, dass er seine Gedanken nicht aussprechen konnte. Er merkte auch, dass er doch noch etwas für sie empfand, dass sich diese Gefühle aber verändert hatten. Er wusste plötzlich, dass er Leidenschaft im Bett mit ihr niemals mehr haben wollte, aber er spürte eine tiefe, vielleicht freundschaftliche, Verbundenheit – freundschaftlich, vielleicht sogar familiär? Er hatte jedenfalls Adrianas Körper an den Vampir in ihr verloren, wollte sie aber nicht ganz aufgeben. Ihre traurigen Augen sagten ihm, dass sie verstanden hatte. Sie reichte ihm symbolisch die Hand und lächelte zaghaft:
„Ich akzeptiere." Ihre Stimme war brüchig und fast tonlos. Er nahm ihre Hand, drückte sie und sagte: „Danke."
Adriana hatte instinktiv gespürt, dass sie ihn nicht fragen brauchte, ob er konvertieren wollte. Dafür liebte er die Sonne und gutes Essen und die ganzen Dinge, auf die sie als Vampir nun verzichten musste, viel zu sehr.
Beide erschraken, als ein lautes Klopfen ertönte. Ein richtiges Klopfen an dieser Tür hörte Adriana bewusst das erste Mal. Adriana sah Leo an und grinste spitzbübig.
„Was denken die denn, was wir hier machen?"

Leo grinste genauso und da wusste sie, dass es funktionieren konnte. Dieser Augenblick war der Beginn einer neuen Freundschaft.

## 48.

Aus Rücksicht auf den Menschen hatte Edgar beschlossen, das Blut in undurchsichtigen Silberbechern darzureichen. Für Leonhard stand noch ein kleiner Snack und Kaffee bereit. Auch vor Sylvia und Adriana stand neben dem Silberbecher noch eine Kaffeetasse.

Leonhard hatte Hunger und er versuchte nicht an den Inhalt der Silberbecher zu denken. Nach und nach gelang es ihm und er begann langsam seinen nun schon nervenden Hunger zu beruhigen.

Sylvia übernahm das Wort: „Wir müssen nun beschließen, wie es weitergehen soll. Auch wir haben eine neue Situation. William weilt nicht mehr unter uns." Sie machte eine kurze Pause, in der deutlich die Worte ‚Thomas auch nicht' fehlten.

Doch dann sprach sie weiter: „Dieser Ort hier ist uns wichtig. Er wurde lange Zeit geheim gehalten und er muss unter allen Umständen geheim bleiben." Diese Worte waren deutlich an Adriana und Leonhard gerichtet. „Wir können nicht riskieren, dass die Menschen unsere Existenz und unseren Rückzugsort herausfinden." Das klang nicht gut und Leonhard wollte schon etwas sagen, als Sylvia weitersprach: „Wir haben aber auch eine Bitte!"

Das Wort „Bitte" hatte Sylvia besonders betont und sie wandte sich jetzt direkt an Leonhard. „Wir möchten, dass du mit oder für uns - je nachdem wofür Du dich entscheidest – zusammenarbeitest. Es geht natürlich um das geheime Experiment von welchem behauptet wird, dass du Blut herstellen kannst." Alle starrten Leonhard an, die Brüder überrascht, Sylvia und Edgar neugierig und Adriana skeptisch. Leonhard sah alle an und sein Blick blieb schließlich bei Adriana hängen. Doch Adriana schüttelte den Kopf und sagte nur: „Ich will es auch, Leo, aber es ist deine Entscheidung! Du solltest vielleicht aber bedenken, dass deine Errungenschaft, unser Dasein erleichtert. Es würde bedeuten, dass eben kein Blut mehr aus Krankenhäusern gestohlen werden muss, wo es dringend benötigt wird"

Da ertönte noch einmal Sylvias Stimme: „William hatte willkürliche Konvertierungen verboten, was ich sinnvoll finde. Wir würden uns allerdings bereit erklären, für deine Verwandlung eine Ausnahme zu machen. Vielleicht hilft dir das bei deiner Entscheidung. Es würde auch die Frage der Geheimhaltung dieses Ortes vereinfachen."

„Nein!", sagte Leonhard schnell, „Ich möchte ein Mensch bleiben!"

Sylvia seufzte, nickte aber: „Wir werden deine Entscheidung respektieren."

Einige Zeit lang schwiegen alle. Dann ergriff Edgar das Wort:

„Vielleicht wäre es ein guter Anfang, wenn uns Leonhard seine Bedingungen sagt, zu welchen er bereit ist, die Sache mit der Blutherstellung durchführen. Wir bestehen nicht unbedingt darauf, dass dies hier an diesem Ort stattfinden muss."

Er holte den Koffer hervor, den er aus Svens ehemaligen Zimmer geholt hatte und öffnete ihn. Zunächst waren nur gebündelte Geldscheine zu sehen, doch dann griff Edgar in den Koffer und brachte einen doppelten Boden zum Vorschein. Zum Erstaunen aller holte er einen Schlüsselbund und eine dicke Mappe hervor und breitete eine Karte auf dem Tisch aus. „Entschuldige Sylvia, ich habe dieses Geheimfach kurz vor unserer Gesprächsrunde

entdeckt." Er tippte auf ein Kreuz auf der Karte, welches mit Sylvi's Castle bezeichnete wurde. „Diese Bezeichnung erinnerte mich an etwas, was ich einmal auf dem Schreibtisch in Williams Arbeitszimmer gesehen hatte. Ich habe mir die Unterlagen vorhin aus Williams Schreibtisch geholt."
Direkt zu Leonhard sagte er: „Wir haben natürlich alle unsere Vorstellungen von einer Wundermaschine, die das Schlaraffenland für Vampire bedeutet. Da sind wir gespannt, was du uns dazu sagen kannst. Dieses Schloss hier bietet genügend Platz und Sicherheit für Menschen und Vampire und ein paar Wundermaschinen. Es hat viele Zimmer, mehr als einen großen Saal und wundervolle, auch geheime Kellergewölbe. Das ganze Gelände wird von einem Sicherheitszaun umgeben, welcher mit moderner Technik ausgestattet ist." Edgar hatte seinen Bericht, mit Zeichnungen und Bildern aus der Mappe untermalt. Alle hatten sich über die Bilder und Zeichnungen gebeugt. Auch Leonhard betrachtete interessiert die Skizzen und Bilder zu dem Schloss. Da ergriff Markus das Wort und sagte zu Leonhard: „Wenn du ein Mensch bleiben willst, könntest du dort als Mensch leben. Wir warten jetzt nur noch auf deine Entscheidung."
Leonhard merkte, dass ihn alle wieder anstarrten und lehnte sich zurück. Er rieb sich die Stirn und bat um kurze Bedenkzeit.
Edgar nickte und zeigte Sylvia eine Notiz von William, aus welcher hervorging, dass das Schloss mal ihr Hochzeitsgeschenk werden sollte. Sylvia verzog das Gesicht und machte Edgar klar, dass William sie damit nur kontrollieren wollte. Sie hatte ein Bild vor sich liegen,

welches einen Überwachungsraum zeigte. Sie schüttelte sich vor Abscheu.

Markus und Georg betrachteten interessiert die Skizzen der Kellergewölbe und unterhielten sich leise. Adriana saß da und beobachtete alle stumm. Ihre Gedanken weilten bei Frank, Linda, Erika und auch Steffi. Hatte Letztere nicht auch ein Wörtchen dazu zu sagen?

Da stand Leonhard auf. Sofort hatte er die Aufmerksam sämtlicher Anwesender.

Er sagte: „Durch einen Vampir aus euren Reihen hat Adriana ihr Zuhause verloren. Ich finde es nur recht und billig, dass ihr nun ein, ihrem neuen Zustand angepasster, Ersatz geboten wird. Willst du dort leben, Adriana?"

Adriana überlegte kurz und nickte dann ernst. Und Leonhard fuhr fort: „Unter der Voraussetzung, dass noch zwei weitere, in meinen Augen vertrauenswürdige Menschen zustimmen und beitreten, schlage ich vor, dass wir eine Firma gründen."

# EPILOG

Steffi und Frank saßen gemeinsam in ihrem Appartement. Sie hatten eine Flasche Wein geöffnet und starrten nachdenklich in die halbvollen Gläser.
„Wirst du es tun?" fragte Steffi schließlich.
„Ja", sagte Frank. „Der Plan klingt gut."
Steffi nickte: „Na, ich bin auf alle Fälle dabei. Und ob Schottland oder hier ist mir egal. Ich hab sowieso kein zu Hause mehr. Warum dann also nicht ein Märchenschloss am Ende der Welt?"
Frank war klar, dass diese Entscheidung mit sehr viel Arbeit verbunden war. Aber wenn alles gut ging und alle Fragen geklärt waren, konnte er sich zur Ruhe setzen und brauchte sich nur noch mit Entscheidungen auseinandersetzen, die ein Heer von Anwälten ausarbeiten würden. Er würde dann einer der acht Firmenoberhäupter sein, die das Züngelin an der Waage darstellten.
Als Adriana vor drei Wochen anrief sprudelte sie nur so vor Ideen. Ihr und Leonhard schien es gut zu gehen, auch wenn Franks feine Sinne einen Hauch Melancholie bei beiden feststellte. Sie hatte in kurzen Sätzen ihre Reise und Leonhards Entführung zusammengefasst. Und sie hatte versucht, die neuen Firmenmitglieder zu beschreiben. Das Wort ‚anders' hatte sie gebraucht, aber tüchtig und aufrichtig. Sie selbst hätte sich auch verändert. Mit einem nervösen Auflachen hatte sie gesagt, dass die Anderen wohl ansteckend gewesen seien, was auch immer sie damit meinte. Aber sie klang gesund und voller Tatendrang.

Über seine Trennung von Linda war sie erschrocken, hatte dann aber gesagt, dass ihr Lindas Hass auf Steffi schon länger Sorgen bereitet hätte. Sie bedauerte sehr, dass Linda sich so verändert hatte.

Merkwürdig an der ganzen Sache war, dass sie nicht verraten wollte, wo sie war. Frank hatte ihr erzählt, dass ihre beiden Autos in einem Wald in Lettland gefunden worden waren. Soweit deckte sich das mit ihrer Erzählung. Dann aber hatte sie es vermieden anzugeben, in welcher Richtung sie verschwunden war. Sie wollte in einer Woche zusammen mit Leonhard, einer gewissen Sylvia und einem Markus herkommen. Frank hatte bereitwillig sein Haus zur Verfügung gestellt, da Linda zu ihrer Mutter gezogen war.

Dann wollten sie hier alles regeln und Vorbereitungen für ihre Ausreise treffen. Frank hatte bei den beiden Begleitpersonen, die Adriana benannt hatte ein komisches Gefühl, vielleicht deshalb, weil Adriana ein klein wenig verärgert darüber war, dass die beiden dabei waren.

„Du kannst immer noch abspringen." sagte Steffi, die Franks nachdenkliches Gesicht beobachtet hatte.

„Vielleicht tue ich das auch", sagte Frank, „Wenn mir Adrianas mysteriöse Begleiter nicht gefallen. Aber ich denke, wir können ihr und vor allem auch Leo vertrauen."

„Wird schon schiefgehen." grinste Steffi und gemeinsam stießen sie auf die unbekannte aber hochinteressante Zukunft an.